及記憶學習的練習。第一章及第二章著重
充單字的目標。第三章著重學習與某一字
，第一部分重於單字及英文字義的配對。
字當中。

定字首的總匯。英文單字之前要加上 in-、
部分是很讓學習者困擾的問題。本附錄網
字。第二個附錄是英文構詞。字首或字尾
英文還有很多構詞的法則，如「名詞 + 形
如 health conscious（有健康意識）便是
nog（煙霧）是由 smoke 的 smo 和 fog 的
，並大量舉例，可幫助學習者猜測不認識

列書中的字首、字尾、字根，以利查閱。
具備的核心字彙為範圍，因此所收錄的字
高階的專業字首、字尾、字根請另見作者

Vocabulary Power Made Easy
An Affix and Root Approach

核心字彙記憶捷徑

字首/字尾/字根學習法

陳明華/張明勤/李恆敏
編著

PEARSON
Longman 朗文

　　這三章的每一小節皆有幫助擴充

在字首及字尾的應用練習，以達到擴

根相關的常用單字練習，分為兩部分

第二部分則練習如何將單字應用在句

　　本書後面有兩個附錄，其一為否

im-、un- 或 dis- 來形成否定意思，這

羅核心字彙中所有具有否定意思的單

與字根的組合是英文構詞的一部分。英

容詞」，可形成另一形容詞性質的字。

由 conscious of health 變來的，又 sm

g 拼湊起來的，本附錄詳錄各個規則

的新字。

　　另外本書末附有索引，按字母排

本書主要針對中等程度的學習者所該具

首、字尾、字根都是屬於常見的，較高

所著的《字首・字尾・字根全集》。

目錄

附錄

符號說明

v 動詞	n 名詞	adj 形容詞
adv 副詞	prep 介系詞	→ 變化成
+ 連接	= 等同	↔ 相反
【美】美式用語	【生】生物學	【音】音樂
【英】英式用語	【宗】宗教學	【修辭】修辭學
【化】化學	【法】法律	【哲】哲學
【心】心理學	【物】物理學	【數】數學
【電】電子學		

第一章

英文字首（Prefixes）

字首是加在某一單字前面的字母或字母群，具有一定的含義，用來改變原單字的意義。本章按字首的本身涵義分類，並給與實例。

1.1 表示「否定」的字首

否定意義的字首把一個詞從正面的意思變為反面的意思，可以分為三種類型：
純否定、倒轉和反對。

1 表示「純否定」的字首：a-, dis-, il-, im-, in-, ir-, non-, un- 這類字首的意思是
not，即「不、非、無」。

i a-

moral [`mɔrəl] (adj) 道德的	→	amoral [e`mɔrəl] (adj) 與道德無關的
political [pə`lɪtɪk!] (adj) 政治的	→	apolitical [͵epə`lɪtək!] (adj) 無政治意義的
symmetry [`sɪmɪtrɪ] (n) 對稱	→	asymmetry [e`sɪmɪtrɪ] (n) 不對稱
vocation [vo`keʃən] (n) 職業	→	avocation [͵ævə`keʃən] (n) 副業

ii dis-

appear [ə`pɪr] (v) 出現	→	disappear [͵dɪsə`pɪr] (v) 消失
honest [`ɑnɪst] (adj) 誠實的	→	dishonest [dɪs`ɑnɪst] (adj) 不誠實的
like [laɪk] (v) 喜歡	→	dislike [dɪs`laɪk] (v) 不喜歡
obey [ə`be] (v) 服從	→	disobey [͵dɪsə`be] (v) 不服從
order [`ɔrdə] (n) 秩序	→	disorder [dɪs`ɔrdə] (n) 無秩序
organized [`ɔrgən͵aɪzd] (adj) 有條理的	→	disorganized [dɪs`ɔrgə͵naɪzd] (adj) 沒有條理的、混亂的

iii il-, im-, in-, ir-

ability [ə`bɪlətɪ] (n) 能力	→	inability [͵ɪnə`bɪlətɪ] (n) 無能力
appropriate [ə`proprɪ͵et] (adj) 適當的	→	inappropriate [͵ɪnə`proprɪɪt] (adj) 不適當的
capable [`kepəb!] (adj) 有能力的	→	incapable [ɪn`kepəb!] (adj) 沒有能力的
curable [`kjurəb!] (adj) 可治癒的	→	incurable [ɪn`kjurəb!] (adj) 不可治癒的
edible [`ɛdəb!] (adj) 能食用的	→	inedible [ɪn`ɛdəb!] (adj) 不能食用的
famous [`feməs] (adj) 著名的	→	infamous [`ɪnfəməs] (adj) 聲名狼籍的

flexible [ˋflɛksəb!] (adj) 有彈性的	→	inflexible [ɪnˋflɛksəb!] (adj) 沒有彈性的
justice [ˋdʒʌstɪs] (n) 公正	→	injustice [ɪnˋdʒʌstɪs] (n) 不公正
sensitive [ˋsɛnsətɪv] (adj) 敏感的	→	insensitive [ɪnˋsɛnsətɪv] (adj) 感覺遲鈍的
stability [stəˋbɪlətɪ] (n) 穩定	→	instability [ˏɪnstəˋbɪlətɪ] (n) 不穩定
tolerable [ˋtɑlərəb!] (adj) 可容忍的	→	intolerable [ɪnˋtɑlərəb!] (adj) 無法忍受的
visible [ˋvɪzəb!] (adj) 看得見的	→	invisible [ɪnˋvɪzəb!] (adj) 看不見的
voluntary [ˋvɑlənˏtɛrɪ] (adj) 自願的	→	involuntary [ɪnˋvɑlənˏtɛrɪ] (adj) 非自願的

🔑 **註　釋**

▶ 以 b, m, p, 起頭的單字，否定字首用 im-

- balance [ˋbæləns] (n) 平衡 → imbalance [ɪmˋbæləns] (n) 不平衡
- mature [məˋtjur] (adj) 成熟的 → immature [ˏɪməˋtjur] (adj) 不成熟的
- mobile [ˋmob!] (adj) 可移動的 → immobile [ɪˋmob!] (adj) 無法動的
- passable [ˋpæsəb!] (adj) 能通行的 → impassable [ɪmˋpæsəb!] (adj) 不能通行的
- patient [ˋpeʃənt] (adj) 耐心的 → impatient [ɪmˋpeʃənt] (adj) 不耐煩的
- practical [ˋpræktɪk!] (adj) 實際的 → impractical [ɪmˋpræktɪk!] (adj) 不切實際的

▶ 以 l 起頭的單字，否定字首用 il-

- legal [ˋlig!] (adj) 合法的 → illegal [ɪˋlig!] (adj) 違法的
- logical [ˋlɑdʒɪk!] (adj) 合乎邏輯的 → illogical [ɪˋlɑdʒɪk!] (adj) 不合邏輯的

▶ 以 r 起頭的單字，否定字首用 ir-

- regular [ˋrɛgjələ] (adj) 規則的 → irregular [ɪˋrɛgjələ] (adj) 不規則的
- replaceable [rɪˋplesəb!] (adj) 可替換的 → irreplaceable [ˏɪrɪˋplesəb!] (adj) 不能替換的
- responsible [rɪˋspɑnsəb!] (adj) 負責任的 → irresponsible [ˏɪrɪˋspɑnsəb!] (adj) 不負責任的

iv non-

existent [ɪgˋzɪstənt] (adj) 存在的	→	nonexistent [ˏnɑnɪgˋzɪstənt] (adj) 不存在的
fiction [ˋfɪkʃən] (n) 小說類作品	→	nonfiction [ˏnɑnˋfɪkʃən] (n) 非小說類散文作品
sense [sɛns] (n) 道理、意義	→	nonsense [ˋnɑnsɛns] (n) 無意義的詞語、胡說
standard [ˋstændəd] (adj) 標準的	→	nonstandard [nɑnˋstændəd] (adj) 不標準的
stop [stɑp] (n) 停留、停止	→	nonstop [nɑnˋstɑp] (adj) 直達的；(adv) 直達地
violence [ˋvaɪələns] (n) 暴力	→	nonviolence [ˋnɑnˋvaɪələns] (n) 非暴力

v un-

conditional [kənˋdɪʃənḷ] (adj) 有條件的	→	unconditional [ˏʌnkənˋdɪʃənḷ] (adj) 無條件的
conventional [kənˋvɛnʃənḷ] (adj) 慣常的	→	unconventional [ˏʌnkənˋvɛnʃənḷ] (adj) 不依慣例的
fortunate [ˋfɔrtʃənɪt] (adj) 幸運的	→	unfortunate [ʌnˋfɔrtʃənɪt] (adj) 不幸的
real [ˋriəl] (adj) 真實的	→	unreal [ʌnˋriəl] (adj) 不真實的

🔑 註　釋

▶ in- 和 un- 的用法

從詞義上說，un- 不僅僅表示否定的意義，它還帶有貶義色彩，如：unkind（不厚道的、不親切的），unworthy（不值得的）等。因此，un- 不用在有貶義的詞前面。如：foolish（愚笨的），ugly（醜的），bad（壞的），evil（邪惡的）前面不加 un-，而是用 clever（聰明的），beautiful（美麗的），good（好的）等反義詞。另外，un- 和 in- 在構詞上還有以下區別：

a）以 in- 或 im- 開頭的單字，不再加 in-，而用 un-。

　　如：unimportant（不重要的），uninhabitable（不適宜居住的）

b）字尾是 -ate, -ent, -ant, -ite, -ible 的單字，多半用 in- 表示否定。

　　如：inadequate（不充足的），irrelevant（不恰當的），independent（獨立的），indefinite（不確定的），indefensible（不可防禦的）

c）字尾是 -able, -ed, -ful, -ing, -ory, -some 的單字，多半用 un- 表示否定。

　　如：unable（不會的），undecided（未決定的），unsuccessful（不成功的），unceasing（不停的），unsatisfactory（令人不滿的）

▶ 注意區別：

- immoral [ɪ`mɔrəl] *(adj)* 不道德的　　— amoral [e`mɔrəl] *(adj)* 與道德無關的
- uncomfortable [ʌn`kʌmfətəbl]　　— discomfort [dɪs`kʌmfət]
  (adj) 不舒服的、不愉快的　　　　*(n)* 不舒服、不安
- unlike [ʌn`laɪk] *(prep)* 不像　　— dislike [dɪs`laɪk] *(v)* 不喜歡

練習1.1.1 請將以下各字加一否定字首（a-, dis-, il-, im-, in-, ir-, non-, un-）形成它的對應否定詞。

1. comfort → _____
2. sexual → _____
3. accessible → _____
4. count → _____
5. advantage → _____
6. competent → _____
7. mortal → _____
8. liberal → _____
9. essential → _____
10. resistible → _____
11. educated → _____
12. civilized → _____
13. fortune → _____
14. ability → _____
15. stable → _____
16. stability → _____
17. pleasant → _____
18. relevant → _____
19. legitimate → _____
20. secure → _____

2 表示「倒轉」的字首：de-, dis-, un- 這類字首表示 to reverse, to remove，即「反轉、倒轉、去除」之意。

i de-

frost [frɑst] *(v)* 結霜	→	defrost [di`frɔst] *(v)* 除霜
increase [ɪn`kris] *(v)* 增加	→	decrease [dɪ`kris] *(v)* 減少
inflation [ɪn`fleʃən] *(n)* 通貨膨脹	→	deflation [dɪ`fleʃən] *(n)* 通貨緊縮
promote [prə`mot] *(v)* 晉升	→	demote [dɪ`mot] *(v)* 降級
throne [θron] *(v)* 登上王位	→	dethrone [dɪ`θron] *(v)* 廢黜
value [`vælju] *(v)* 估價、重視	→	devalue [di`vælju] *(v)* 降低…的價值、使…貶值

ii dis-

able [ˋebḷ] *(adj)* 有能力的	→	disable [dɪsˋebḷ] *(v)* 使失去能力、使傷殘
arm [ɑrm] *(v)* 武裝	→	disarm [dɪsˋɑrm] *(v)* 解除…武裝
connect [kəˋnɛkt] *(v)* 連接	→	disconnect [ˌdɪskəˋnɛkt] *(v)* 使…分離、拆斷
courage [ˋkɝɪdʒ] *(n)* 勇氣	→	discourage [dɪsˋkɝɪdʒ] *(v)* 使氣餒、阻礙

iii un-

dress [drɛs] *(v)* 穿衣	→	undress [ʌnˋdrɛs] *(v)* 脫衣服
fasten [ˋfæsṇ] *(v)* 拴緊	→	unfasten [ʌnˋfæsṇ] *(v)* 鬆開
fold [fold] *(v)* 折疊	→	unfold [ʌnˋfold] *(v)* 打開
lock [lɑk] *(v)* 鎖	→	unlock [ʌnˋlɑk] *(v)* 開鎖
tie [taɪ] *(v)* 打結	→	untie [ʌnˋtaɪ] *(v)* 解開

練習1.1.2 請將以下各字加一反轉或去除字首（de-, dis-, un-）形成它的對應反轉詞。

1. infect → _____
2. wrap → _____
3. color → _____
4. compose → _____
5. code → _____
6. pack → _____
7. locate → _____
8. classify → _____
9. load → _____
10. credit → _____

3 表示「反對」的字首：anti-, contra-, counter-, ob- 這類字首表示 against, opposite to，即「反對（抗）、相反、對立」之意。

i anti-

biotic [baɪˋɑtɪk] *(adj)* 生物的	→	antibiotic [ˌæntɪbaɪˋɑtɪk] *(n)* 抗生素
body [ˋbɑdɪ] *(n)* 體	→	antibody [ˋæntɪˌbɑdɪ] *(n)* 抗體
terrorism [ˋtɛrəˌrɪzəm] *(n)* 恐怖主義	→	antiterrorism [ˌæntɪˋtɛrəˌrɪzəm] *(n)* 反恐怖主義
war [wɔr] *(n)* 戰爭	→	antiwar [ˌæntɪˋwɔr] *(adj)* 反戰的

ii　contra-

diction [ˋdɪkʃən] (n) 措辭	→	contradiction [ˌkɑntrəˋdɪkʃən] (n) 矛盾

iii　counter-

clockwise [ˋklɑkˌwaɪz] (adj) 順時針方向的；(adv) 順時針方向地	→	counterclockwise [ˌkauntəˋklɑkˌwaɪz] (adj) 逆時針方向的；(adv) 逆時針方向地
example [ɪgˋzæmpl̩] (n) 實例	→	counterexample [ˋkauntəɪgˋzæmpl̩] (n) 反例
productive [prəˋdʌktɪv] (adj) 多產的、富有成效的	→	counterproductive [ˋkauntəprəˋdʌktɪv] (adj) 產生不良效果的、反效果的

iv　ob-（因同化作用而變體為 of-, op-）

object [əbˋdʒɛkt] (v) 反對
offend [əˋfɛnd] (v) 冒犯
opponent [əˋponənt] (n) 對手、反對者
oppose [əˋpoz] (v) 反對
opposition [ˌɑpəˋzɪʃən] (n) 反對
oppress [əˋprɛs] (v) 壓迫

練習1.1.3 請將以下各字加一反對字首（anti-, contra-, counter-, ob-）形成它的對應反對詞。

1. abortion　　　→ ＿＿＿＿＿＿＿　　2. communism　→ ＿＿＿＿＿＿
3. attack　　　　→ ＿＿＿＿＿＿＿　　4. revolution　→ ＿＿＿＿＿＿
5. discrimination → ＿＿＿＿＿＿＿　　6. social　　　→ ＿＿＿＿＿＿

1.2 表示「時間、空間、方位」的字首

在這一節裡，我們要學習「前後、上下、內外、中間、周圍、越過」這些表示時間、空間、方位概念的字首。

1 ex-, fore-, pre-, pro-：表示 happening before, located in front of，即「之前」之意。

i ex-

ex-president [ɛks`prɛzədənt] *(n)* 前總統

ex-wife [ɛks`waɪf] *(n)* 前妻

ii fore-

forecast [`for,kæst] *(n)* 預報、預測；*(v)* 預報、預測

forehead [`for,hɛd] *(n)* 額頭

foresee [for`si] *(v)* 預知

iii pre-

precede [prɪ`sid] *(v)* 早於、先於

predict [prɪ`dɪkt] *(v)* 預言、預報

preface [`prɛfɪs] *(n)* 前言

prehistoric [,prihɪs`tɔrɪk] *(adj)* 史前的

preliminary [prɪ`lɪmə,nɛrɪ] *(adj)* 初步的

preschool [`priskul] *(adj)* 學齡前的；*(n)* 幼稚園

prewar [pri`wɔr] *(adj)* 戰前的

iv pro-

produce [prə`djus] *(v)* 生產

progress [prə`grɛs] *(v)* 進步

project [prə`dʒɛkt] *(v)* 向前投出、射出

promote [prə`mot] *(v)* 促進、晉升

> propel [prə`pɛl] (v) 推進
>
> propose [prə`poz] (v) 提議
>
> prospect [`prɑspɛkt] (n) 前景、前途

練習1.2.1 請由字首及字根猜測以下英文單字的中文意思。

1. ex-husband _____
2. forefather _____
3. foretell _____
4. prearrange _____
5. preview _____
6. prolong _____
7. proclaim _____
8. premature _____
9. foreshock _____
10. foreman _____

2 post-, re-, retro-：表示 after, backward, return，即「後、向後、回」之意。

i post-

> postscript [`post‚skrɪpt] (n) 附言（即所謂的 P.S.）
>
> postwar [`post`wɔr] (adj) 戰後的

ii re-

> recall [rɪ`kɔl] (v) 招回、回憶
>
> reclaim [rɪ`klem] (v) 要求收回
>
> reflect [rɪ`flɛkt] (v) 反射
>
> retort [rɪ`tɔrt] (v) 反駁
>
> return [rɪ`tɝn] (v) 回來、返回

iii retro-

> retrogress [‚rɛtrə`grɛs] (v) 倒退、逆行、退化
>
> retrospect [`rɛtrə‚spɛkt] (n) 回顧

練習1.2.2 請由字首及字根猜測以下英文單字的中文意思。

1. postgraduate _____
2. post-industrial _____
3. regress _____
4. retroactive _____
5. rebound _____
6. postmodern _____
7. retrace _____
8. retrograde _____

3 a-, epi-, hyper-, over-, super-, sur-：表示 above, excessive, too much，即「在…之上、超過、過度」之意。

i a-

ascend [əˋsɛnd] *(v)* 攀登、上升

ashore [əˋʃor] *(adj)* 在岸上的；*(adv)* 在岸上、向岸地、上岸

ii epi-

epicenter [ˋɛpɪˏsɛntə] *(n)* 震央

iii hyper-

hypercritical [ˏhaɪpəˋkrɪtɪkḷ] *(adj)* 吹毛求疵的

hyperinflation [ˏhaɪpərɪnˋfleʃən] *(n)* 惡性通貨膨脹

hypertension [ˏhaɪpəˋtɛnʃən] *(n)* 過度緊張、高血壓

iv over-

overcoat [ˋovəˏkot] *(n)* 外套

overcome [ˏovəˋkʌm] *(v)* 克服

overhear [ˏovəˋhɪr] *(v)* 無意中聽到

overlap [ˏovəˋlæp] *(v)* 重疊

overlook [ˏovəˋluk] *(v)* 俯視、忽略

overpass [ˋovəpæs] *(n)* 天橋

oversee [ˏovəˋsi] *(v)* 俯瞰、監督

oversleep [ˏovəˋslip] *(v)* 睡過頭

overtake [ˌovɚˋtek] *(v)* 趕上

overthrow [ˌovɚˋθro] *(v)* 推翻

overturn [ˌovɚˋtɝn] *(v)* 推翻、顛覆

overweight [ˋovɚˌwet] *(adj)* 超重的

overwork [ˌovɚˋwɝk] *(v)* 工作過度

v super-

superb [suˋpɝb] *(adj)* 超好的

superficial [ˌsupɚˋfɪʃəl] *(adj)* 膚淺的

superman [ˋsupɚˌmæn] *(n)* 超人

supermarket [ˋsupɚˌmɑrkɪt] *(n)* 超級市場

supernatural [ˌsupɚˋnætʃərəl] *(adj)* 超自然的

superpower [ˌsupɚˋpaʊɚ] *(n)* 超級大國

supersonic [ˌsupɚˋsɑnɪk] *(adj)* 超音速的

superstar [ˋsupɚˌstɑr] *(n)* 超級明星

supervise [ˋsupɚvaɪz] *(v)* 督導

vi sur-

surface [ˋsɝfɪs] *(n)* 表面

surname [ˋsɝˌnem] *(n)* 姓

surpass [sɚˋpæs] *(v)* 超出、超越

surplus [ˋsɝpləs] *(adj)* 過剩的；*(n)* 剩餘、過剩、順差

surround [sɚˋraʊnd] *(v)* 圍繞

survey [ˋsɝve] *(n)* 調查；[sɚˋve] *(v)* 調查

survive [sɚˋvaɪv] *(v)* 比…活得長、倖存

練習1.2.3 請由字首及字根猜測以下英文單字的中文意思。

1. aboard _____
2. hyperactive _____
3. hypersensitive _____
4. overflow _____
5. overcorrect _____
6. superhighway _____
7. supermodel _____
8. overhead _____
9. overpopulation _____
10. hyperlink _____

4 de-, hypo-, infra-, sub-, under-：表示 under, below, down, low，即「在…之下、下面、向下、低」之意。

i de-
decline [dɪˋklaɪn] *(v)* 下降
degenerate [dɪˋdʒɛnəˏret] *(v)* 墮落、退化
descend [dɪˋsɛnd] *(v)* 下來、下降
descent [dɪˋsɛnt] *(n)* 降落、出身、門第

ii hypo-
hypotension [ˏhaɪpəˋtɛnʃɛn] *(n)* 低血壓
hypothesis [haɪˋpɑθəsɪs] *(n)* 假說、前提

iii infra-
infrasound [ˋɪnfrəˏsaʊnd] *(n)* 亞聲、次聲（一種低頻率波）
infrastructure [ˋɪnfrəˏstrʌktʃə] *(n)* 基礎建設

iv sub-
subcommittee [ˋsʌbkəˏmɪtɪ] *(n)* 小組委員會
subconscious [sʌbˋkɑnʃəs] *(adj)* 潛意識的；*(n)* 潛意識
subside [səbˋsaɪd] *(v)* 平息、減退
subway [ˋsʌbˏwe] *(n)*【美】地下鐵、【英】地下道

v under-

underestimate [ˌʌndəˈɛstəˌmet] *(v)* 低估	
underfoot [ˌʌndəˈfʊt] *(adv)* 在腳下面	
undergo [ˌʌndəˈgo] *(v)* 經歷	
undergraduate [ˌʌndəˈgrædʒuɪt] *(n)* 尚未畢業的大學生	
underground [ˈʌndəˌgraʊnd] *(adj)* 在地下的、祕密的；*(n)* 地下組織	
underline [ˌʌndəˈlaɪn] *(v)* 在…之下劃線	
underpass [ˈʌndəˌpæs] *(n)*【美】地下道	

練習1.2.4 請由字首及字根猜測以下英文單字的中文意思。

1. depress _____
2. substandard _____
3. subculture _____
4. submarine _____
5. devalue _____
6. hypocritical _____
7. subtropical _____
8. subzero _____
9. underwear _____
10. degrade _____

5 em-, en-, im-, in-, intra-, intro-：表示 in, inside，即「內、向內、入」之意。

i em-

embed [ɪmˈbɛd] *(v)* 嵌入、安置	
embody [ɪmˈbadɪ] *(v)* 使具體化	

ii en-

encircle [ɪnˈsɜkl̩] *(v)* 環繞	
enclose [ɪnˈkloz] *(v)* 圈起來、圍住	
encode [ɪnˈkod] *(v)* 把（電文、情報等）譯成密碼	
enroll [ɪnˈrol] *(v)* 將…記入名冊、登記	

iii im-

immerse [ɪ`mɝs] *(v)* 使…浸沒

immigrate [`ɪmə,gret] *(v)* 遷移（外國定居）、遷入

import [`ɪmport] *(n)* 進口；[ɪm`port] *(v)* 進口、輸入

impress [ɪm`prɛs] *(v)* 給予…深刻印象

iv in-

include [ɪn`klud] *(v)* 包括

indoor [`ɪn,dor] *(adj)* 室內的

inject [ɪn`dʒɛkt] *(v)* 投入、注射

insert [ɪn`sɝt] *(v)* 插入

insight [`ɪn,saɪt] *(n)* 洞察力、了解

inspect [ɪn`spɛkt] *(v)* 檢查

inspire [ɪn`spaɪr] *(v)* 激發

instill [ɪn`stɪl] *(v)* 灌輸

interior [ɪn`tɪrɪə] *(adj)* 內部的；*(n)* 內部

internal [ɪn`tɝn!] *(adj)* 內在的、國內的

invade [ɪn`ved] *(v)* 侵略

v intra-

intragovernmental [`ɪntrə,gʌvən`mɛnt!] *(adj)* 政府機構之間的、政府各部門之間的

intragroup [,ɪntrə`grup] *(adj)* 社會團體內部的

vi intro-

introduce [,ɪntrə`djus] *(v)* 引入、介紹

introvert [`ɪntrə,vɝt] *(n)* 內向的人

練習1.2.5 請由字首及字根猜測以下英文單字的中文意思。

1. encage ＿＿＿＿＿＿＿＿　2. enlist ＿＿＿＿＿＿＿＿
3. implant ＿＿＿＿＿＿＿＿　4. imprison ＿＿＿＿＿＿＿＿
5. inland ＿＿＿＿＿＿＿＿　6. income ＿＿＿＿＿＿＿＿
7. inward ＿＿＿＿＿＿＿＿　8. intra-departmental ＿＿＿＿＿＿＿＿
9. intrastate ＿＿＿＿＿＿＿＿　10. input ＿＿＿＿＿＿＿＿

6 e-, ex-, extra-, out-, ultra-：表示 out, beyond, away，即「外、以外、出」之意。

i e-

elevate [`ɛləˌvet] (v) 舉起、提拔、振奮、提升…的職位
eliminate [ɪˋlɪməˌnet] (v) 淘汰、消除
emerge [ɪˋmɝdʒ] (v) 浮出、浮現
emigrate [ˋɛməˌgret] (v) 移居外國

ii ex-

exceed [ɪkˋsid] (v) 超越
exclude [ɪkˋsklud] (v) 將…排除在外、排斥
exhibit [ɪgˋzɪbɪt] (v) 展示
exit [ˋɛksɪt] (n) 出口；(v) 退出
expand [ɪkˋspænd] (v) 擴張
expel [ɪkˋspɛl] (v) 驅逐、開除
explode [ɪkˋsplod] (v) 爆炸
explore [ɪkˋsplor] (v) 探險
express [ɪkˋsprɛs] (v) 表達
extend [ɪkˋstɛnd] (v) 延伸、延長
exterior [ɪkˋstɪrɪɚ] (adj) 外部的；(n) 外部、外表
external [ɪkˋstɝnəl] (adj) 外部的
extract [ˋɛkstrækt] (n) 摘錄；[ɪkˋstrækt] (v) 搾取、套出

iii extra-

extracurricular [ˌɛkstrəkəˋrɪkjələ] (adj) 課外的

extradite [ˋɛkstrəˌdaɪt] (v) 引渡（逃犯）

extraordinary [ɪkˋstrɔrdnˌɛrɪ] (adj) 非凡的、特別的

extrovert [ˋɛkstrovɝt] (adj) 個性外向的；(n) 個性外向的人

iv out-

outcry [ˋaʊtˌkraɪ] (n) 喊叫、吶喊

outdoor [ˋaʊtˌdor] (adj) 戶外的

outgoing [ˋaʊtˌgoɪŋ] (adj) 外向的、即將離職的；(n) 開支

outlet [ˋaʊtˌlɛt] (n) 出口、發洩的途徑、商店、銷路

outlook [ˋaʊtˌlʊk] (n) 前景

output [ˋaʊtˌpʊt] (n) 產量

outskirts [ˋaʊtˌskɝts] (n) 市郊

v ultra-

ultra-cautious [ˌʌltrəˋkɔʃəs] (adj) 極小心的

ultrahigh [ˌʌltrəˋhaɪ] (adj) 超高的

ultra-light [ˌʌltrəˋlaɪt] (adj) 超輕型的

ultra-sonic [ˌʌltrəˋsɑnɪk] (adj) 超音速的

練習1.2.6 請由字首及字根猜測以下英文單字的中文意思。

1. exclaim _____
2. export _____
3. extraterritorial _____
4. extramarital _____
5. outcome _____
6. outlaw _____
7. outspoken _____
8. ultrasound _____
9. ultraviolet _____
10. outline _____

7 inter-：表示 between，即「在…之間」之意。

intercept [ˌɪntəˈsɛpt] *(v)* 攔截
interchange [ˈɪntətʃendʒ] *(n)* 交換；[ˌɪntəˈtʃendʒ] *(v)* 交換
interfere [ˌɪntəˈfɪr] *(v)* 干涉
international [ˌɪntəˈnæʃənḷ] *(adj)* 國際的
Internet [ˈɪntəˌnɛt] *(n)* 網際網路
interpret [ɪnˈtɝprɪt] *(v)* 解釋、口譯
interracial [ˌɪntəˈreʃəl] *(adj)* 種族間的
interrupt [ˌɪntəˈrʌpt] *(v)* 打斷談話
intervene [ˌɪntəˈvin] *(v)* 干涉、介入
interval [ˈɪntəvḷ] *(n)* 間隔

練習1.2.7 請由字首及字根猜測以下英文單字的中文意思。

1. interpersonal _____
2. interstate _____
3. interdepartmental _____
4. interaction _____
5. intermarry _____
6. interview _____
7. intersection _____
8. interdependent _____

8 medi-, mid-：表示 middle，即「中間」之意。

i medi-
median [ˈmidɪən] *(adj)* 通過中點的；*(n)* 中點、中線
medieval [ˌmɪdɪˈivəl] *(adj)* 中世紀的
medium [ˈmidɪəm] *(adj)* 中間的、中等的、半生熟的

ii mid-
midair [mɪdˈɛr] *(adj)* 半空中的；*(n)* 半空中
midday [ˈmɪdˌde] *(n)* 正午
midfield [ˈmɪdfild] *(n)* 足球場的中場

midnight [`mɪd,naɪt] (n) 午夜、半夜 12 點鐘
midpoint [`mɪdpɔɪnt] (n) 中點
mid-range [mɪd`rendʒ] (adj) 中價位的
midsummer [,mɪd`sʌmɚ] (n) 仲夏
midway [,mɪd`we] (adj) 中途的；(adv) 中途地
midweek [,mɪd`wik] (adj) 一週之中段的；(adv) 一週之中段地

練習1.2.8 請由字首及字根猜測以下英文單字的中文意思。

1. Mediterranean _____
2. midterm _____
3. midwife _____
4. midyear _____
5. midsection _____
6. midlife _____

9 circ-, circum-, peri-：表示 round, around，即「在周圍、圍繞」之意。

i circ-

circle [`sɝk!] (n) 圓形
circular [`sɝkjəlɚ] (adj) 圓形的
circulate [`sɝkjə,let] (v) 循環

ii circum-

circumference [sɚ`kʌmfərəns] (n) 圓周、周長
circumstance [`sɝkəm,stæns] (n) 環境、情況、情形

iii peri-

periodic [,pɪrɪ`ɑdɪk] (adj) 周期的、定期的
periodical [,pɪrɪ`ɑdɪk!] (n) 期刊

練習1.2.9 請將左邊的英文字配合其右邊中文意義。

_____ 1. circuit   (A) 潛望鏡

_____ 2. perimeter   (B) 電路

_____ 3. periscope   (C) 周長

1.3 表示「相對字義」的字首

1 macro-, magn-, mega-：表示 big, large, great「大、宏觀」。
micro-, mini-：表示 very small「微小」。

i macro-：large

macrocosm [ˋmækrəˌkɑzəm] *(n)* 宇宙、宏觀世界

macroeconomics [ˌmækroˌikəˋnɑmɪks] *(n)* 宏觀經濟學、總體經濟學

ii magn-：big, great

magnificent [mægˋnɪfəsənt] *(adj)* 華麗的

magnitude [ˋmægnəˌtjud] *(n)* 巨大、重大

iii mega-：large

megaphone [ˋmɛgəˌfon] *(n)* 擴音器、喇叭筒

mega-rich [ˋmɛgəˌrɪtʃ] *(adj)* 非常有錢的

iv micro-：very small

microcomputer [ˌmaɪkrokəmˋpjutə] *(n)* 微型電腦

microeconomics [ˌmaɪkrəˌikəˋnɑmɪks] *(n)* 微觀經濟學、個體經濟學

Microsoft [ˋmaɪkroˌsɔft] *(n)* 微軟公司

v mini-：small

miniature [ˋmɪnɪətʃə] *(adj)* 微小的；*(n)* 袖珍物

minimal [ˋmɪnəməl] *(adj)* 最小的

minimize [ˋmɪnəˌmaɪz] *(v)* 將…減到最少

minimum [ˋmɪnəməm] *(adj)* 最小化的；*(n)* 最小化

練習1.3.1 請將左邊的英文字配合其右邊中文意義。

_____ 1. megacity   (A) 顯微鏡

_____ 2. megastore   (B) 極小銀幕

_____ 3. magnify   (C) 放大

_____ 4. microscope   (D) 微波

_____ 5. microwave   (E) 大商店

_____ 6. miniskirt   (F) 微電子學

_____ 7. mini-screen   (G) 迷你裙

_____ 8. micro-electronics   (H) 大城市

2 multi-, poly-：表示 many, much「多」。

     under-：表示 less than, not enough「少、不足」。

i multi-：many

multimedia [mʌltɪˋmidɪə] *(adj)* 多媒體的

multinational [ˋmʌltɪˋnæʃənl̩] *(adj)* 多國的；*(n)* 跨國公司

multiple [ˋmʌltəpl̩] *(adj)* 多種的

multiply [ˋmʌltəplaɪ] *(v)* 繁殖、乘、增加

multitude [ˋmʌltəˌtjud] *(n)* 多數

ii poly-：many

polyphony [pəˋlɪfənɪ] *(n)* 複音

polysyllable [ˋpɑləˌsɪləbl̩] *(n)* 多音節

iii under-：less than, not enough

underfunded [ˌʌndɚˋfʌndɪd] *(adj)* 資金不足的

underachiever [ˌʌndərəˋtʃivɚ] *(n)* 低成就的人

underdeveloped [ˋʌndɚdɪˋvɛləpt] *(adj)* (國家) 不發達的

練習1.3.2 請將左邊的英文字配合其右邊中文意義。

_____	1.	multicultural	（A）	所得報酬過低的
_____	2.	multifunctional	（B）	營養不良的
_____	3.	multilingual	（C）	使用多種語言的
_____	4.	undernourished	（D）	人員不足的
_____	5.	underpaid	（E）	多元文化的
_____	6.	understaffed	（F）	多功能的

3 bene-, eu-：表示 good, well「好」。

caco-, mal(e)-, mis-：表示 bad「壞」。

i bene-：good, well

beneficial [ˌbɛnəˈfɪʃəl] (adj) 有益的

benefit [ˈbɛnəfɪt] (n) 利益、實惠、好處

ii caco-：bad

cacophony [kæˈkɑfənɪ] (n) 不協和音、雜音

iii eu-：good, well

euphemism [ˈjufəmɪzəm] (n) 委婉詞

euphony [ˈjufənɪ] (n) 悅耳之音

iv mal(e)-：bad

maladministration [ˌmælədˌmɪnəˈstreʃən] (n) 弊政、（公共事務）管理不善

malice [ˈmælɪs] (n) 敵意、惡意

malicious [məˈlɪʃəs] (adj) 懷惡意的、惡毒的

malpractice [mælˈpræktɪs] (n) 怠忽職守、瀆職

v mis-：bad

mistreat [mɪsˋtrit] *(v)* 虐待

misfortune [mɪsˋfɔrtʃən] *(n)* 厄運

練習1.3.3 請將左邊的英文字配合其右邊中文意義。

_____ 1. malfunction   (A) 實施暴政

_____ 2. malformed   (B) 畸形的

_____ 3. maladjusted   (C) 捐助者

_____ 4. misrule   (D) 發生故障

_____ 5. misbehavior   (E) 優生學

_____ 6. mismanagement   (F) 經營不善

_____ 7. benefactor   (G) 心理失調的

_____ 8. eugenics   (H) 不良行為

4 ad-：表示 to, toward「朝向」。

     ab(s)-, di-：表示 away, off「離開」。

i ab(s)-：away, off

abnormal（ab + normal 正常的）[æbˋnɔrml̩] *(adj)* 反常的、變態的

absent（ab + sent 出現）[ˋæbsn̩t] *(adj)* 缺席的

abstracted（abs + tract 拉 + ed... 的）[æbˋstræktɪd] *(adj)* 心不在焉的

abstain（abs + tain 拿住、堅持）[əbˋsten] *(v)* 戒絕、棄權

ii ad-：to, toward

adapt（ad + apt 能力）[əˋdæpt] *(v)* 適應

adopt（ad + opt 選擇）[əˋdɑpt] *(v)* 收養

adhere（ad + here 黏）[ədˋhɪr] *(v)* 黏住、堅持

admit（ad + mit 送）[ədˋmɪt] *(v)* 允許進入

iii di-：away

digress（di + gress 走）[daɪˋgrɛs] (v) 離題

divert（di + vert 轉）[daɪˋvɝt] (v) 使轉向

divorce（di + vorce = vers 轉）[dəˋvors] (v) 離婚

練習1.3.4 請根據以下字根的意思與字首相結合，猜測每個字的意思。

1. adjust（ad + just 恰恰好） _____

2. absorb（ab + sorb 吸收） _____

3. abrupt（ab + rupt 破裂） _____

4. abuse（ab + use 使用） _____

5. diverge（di + verge 斜靠） _____

5 equi-, homo-, quasi-, sym-, syn-：表示 same, equal「相同或相等」。

hetero-：表示 different「不同」。

i equi-：equal

equal [ˋikwəl] (adj) 平等的

equality [iˋkwɑlətɪ] (n) 平等

equate [ɪˋkwet] (v) 等同

equation [ɪˋkweʃən] (n) 相等、方程式、等式

equivalent [ɪˋkwɪvələnt] (adj) 等值的；(n) 等價物、相等物

練習1.3.5.1 請將左邊的英文字配合其右邊中文意義。

_____ 1. equiangular　　　　(A) 赤道

_____ 2. equidistant　　　　(B) 等角的

_____ 3. equator　　　　(C) 等距離的

_____ 4. equivocal　　　　(D) 模稜兩可的

ii hetero-：different

heterosexual （hetero + sexual 性的）[ˌhɛtərəˋsɛkʃuəl] (adj) 異性戀的

iii homo-：same

homosexual （homo + sexual 性的）[ˌhoməˋsɛkʃuəl] (adj) 同性戀的

iv quasi-：like something else

quasi-governmental [ˌkwezaɪˌgʌvənˋmɛntl̩] (adj) 半政府性質的

quasi-official [ˌkwezaɪəˋfɪʃəl] (adj) 半官方的

quasi-scientific [ˌkwezaɪˌsaɪənˋtɪfɪk] (adj) 半科學的

quasi-sovereign [ˌkwezaɪˋsɑvrɪn] (adj) 半獨立的

v sym-：same（放在以 b, m 或 p 開頭的字）

symbiosis （sym + bio 生物的 + sis 現象）[ˌsɪmbaɪˋosɪs] (n)【生】共生現象

symbol （sym + bol 丟擲）[ˋsɪmbl̩] (n) 象徵

symmetry （sym + metry 公制 - 測量的方法）[ˋsɪmɪtrɪ] (n) 勻稱

symptom （sym + ptom 降落）[ˋsɪmptəm] (n) 症狀

vi syn-：same

syndrome （sym + drome 跑）[ˋsɪnˌdrom] (n) 併發症

synthesis （sym + thesis 放置）[ˋsɪnθəsɪs] (n)【化】合成

練習1.3.5.2 請根據以下字根的意思配合其右邊字意。

提示：graph（寫） onym（名字） phone/phony（聲音） pathy（感情）

_____ 1. homograph   （A）同形異義字

_____ 2. homonym   （B）交響樂

_____ 3. homophone   （C）異義同音字

_____ 4. synonym   （D）同情

_____ 5. symphony   （E）同形同音異義字

_____ 6. sympathy   （F）同義字

6 co-, col-, com-, con-, cor-：表示 together「聚合」。

dis-, se-：表示 apart「分開、分散」。

i co-：together

co-author [ˌkoˋɔθɚ] (n) 合著者

coeducation [ˌkoɛdʒəˋkeʃən] (n) 男女同校

coincidence [koˋɪnsɪdəns] (n) 巧合

coordinate [koˋɔrdn̩et] (v) 協調

co-star [ˋkoˌstɑr] (v) 聯合主演

co-worker [ˌkoˋwɝkɚ] (n) 同事

ii col-：together（加在以 l 開頭的字）

collect [kəˋlɛkt] (v) 收集

collide [kəˋlaɪd] (v) 碰撞

colloquial [kəˋlokwɪəl] (adj) 通俗語的、口語的

iii com-：together（加在以 b, m 或 p 開頭的字）

combine [kəmˋbaɪn] (v) 結合

commemorate [kəˋmɛməˌret] (v) 紀念、慶祝

compassion [kəmˋpæʃən] (n) 同情

compatible [kəmˋpætəbl̩] (adj) 相容的

compel [kəmˋpɛl] (v) 強迫

compile [kəmˋpaɪl] (v) 匯編

complementary [ˌkɑmpləˋmɛntərɪ] (adj) 互補的

complicated [ˋkɑmpləˌketɪd] (adj) 複雜的

comply [kəmˋplaɪ] (v) 順從

component [kəmˋponənt] (n) 成分

compound [ˋkɑmpaʊnd] (n) 混合物

comprehend [ˌkɑmprɪˋhɛnd] (v) 理解

compulsion [kəmˋpʌlʃən] (n)【心】強迫作用（衝動）

iv　con-：together

confuse [kənˋfjuz] *(v)* 搞混

congestion [kənˋdʒɛstʃən] *(n)* 堵塞

consensus [kənˋsɛnsəs] *(n)* 共識

consequence [ˋkɑnsəˌkwɛns] *(n)* 結果

consistent [kənˋsɪstənt] *(adj)* 一致的

conspire [kənˋspaɪr] *(v)* 密謀

constituent [kənˋstɪtʃʊənt] *(n)* 成分

contemporary [kənˋtɛmpəˌrɛrɪ] *(adj)* 當代的；*(n)* 同代人

v　cor-：together（加在以 r 開頭的字）

correlate [ˋkɔrəˌlet] *(v)* 互相關聯

correspond [ˌkɔrɪˋspɑnd] *(v)* 符合

練習1.3.6.1 請將左邊的英文字配合其右邊中文意義。

_____ 1.　cohabit　　　　　　（A）遵守

_____ 2.　coexistence　　　　（B）妥協

_____ 3.　cooperate　　　　　（C）比賽

_____ 4.　conform　　　　　　（D）同居

_____ 5.　condense　　　　　　（E）合作

_____ 6.　concentrate　　　　（F）專心

_____ 7.　compress　　　　　　（G）同事

_____ 8.　compromise　　　　　（H）共存

_____ 9.　contest　　　　　　　（I）濃縮

_____ 10　colleague　　　　　　（J）壓縮

vi dis-：apart

disparate [ˋdɪspərɪt] *(adj)* 不同的

dispatch [dɪˋspætʃ] *(v)* 派遣

dispense [dɪˋspɛns] *(v)* 分發

disperse [dɪˋspɝs] *(v)* 散開

dissolve [dɪˋzɑlv] *(v)* 溶解、解除

distract [dɪˋstrækt] *(v)* 分心

distribute [dɪˋstrɪbjut] *(v)* 分發、分配

vii se-：apart

secede [sɪˋsid] *(v)* 脫離

separate [ˋsɛpəˏret] *(v)* 分開

練習1.3.6.2 請將左邊的英文字配合其右邊中文意義。

_____ 1. disintegrate   (A) 趕離

_____ 2. dislocate   (B) 勾引、誘惑

_____ 3. displace   (C) 解體

_____ 4. seduce   (D) 脫臼

7 ortho-：表示 right, upright, straight「正確的、直的」。

dys-, mis-：表示 wrong「錯誤的」。

i ortho-：straight, right

orthodox [ˋɔrθəˏdɑks] *(adj)* 正統的（尤指宗教方面）

orthography [ɔrˋθɑgrəfɪ] *(n)* 正字法

ii dys-：wrong

dysfunctional [dɪsˋfʌŋkʃənḷ] *(adj)* 機能障礙的

dysgenics [dɪsˋdʒɛnɪks] *(n)* 劣生學

iii mis-：wrong

misbehavior [ˌmɪsbɪˋhevjɚ] *(n)* 不良行為
mischief [ˋmɪstʃɪf] *(n)* 惡作劇
misconduct [mɪsˋkɑndʌkt] *(n)* 不正當的行為
misinterpret [ˌmɪsɪnˋtɝprɪt] *(v)* 曲解
misprint [mɪsˋprɪnt] *(v)* 印刷錯誤
misspell [mɪsˋspɛl] *(v)* 拼寫錯誤
mistake [mɪˋstek] *(n)* 錯誤
mistrust [mɪsˋtrʌst] *(n)* 不信任；*(v)* 不信任
misunderstand [ˋmɪsʌndɚˋstænd] *(v)* 誤解
misuse [mɪsˋjus] *(n)* 誤用；[mɪsˋjuz] *(v)* 誤用

練習1.3.7 請寫出以下英文字的中文意義。

1. miscalculate ＿＿＿＿＿＿＿＿
2. misconception ＿＿＿＿＿＿＿＿
3. misleading ＿＿＿＿＿＿＿＿
4. mistreat ＿＿＿＿＿＿＿＿
5. misjudge ＿＿＿＿＿＿＿＿
6. misreport ＿＿＿＿＿＿＿＿

1 mono-（在母音前為 mon-），uni-（在母音前為 un-）：表示 one, single「一、單」。

i mon-, mono-
monopolize [mə`napḷˌaɪz] *(v)* 壟斷
monopoly [mə`napḷɪ] *(n)* 壟斷
monosyllable [`manəˌsɪləbḷ] *(n)* 單音節字
monotonous [mə`natənəs] *(adj)* 單調的
monotony [mə`natənɪ] *(n)* 單調

ii un-, uni-
unanimous [ju`nænəməs] *(adj)* 意見一致的
unicorn [`junɪˌkɔrn] *(n)* 獨角獸
unify [`junəˌfaɪ] *(v)* 使統一、使一致
union [`junjən] *(n)* 聯合、協會
unique [ju`nik] *(adj)* 獨一無二的、獨特的
unit [`junɪt] *(n)* 單元
unite [ju`naɪt] *(v)* 統一、團結
unity [`junətɪ] *(n)* 一體
universal [ˌjunə`vɝsḷ] *(adj)* 普遍的

練習1.4.1 請在下列的字根之前加上表「一」的字首，以形成一有意義的單字。

1. _____ lingual   一種語言的
2. _____ verse   宇宙
3. _____ arch   君主
4. _____ form   制服
5. _____ cycle   單輪車
6. _____ logue   獨白

2 ambi-, amphi-, bi-, di-, du-, twi-：表示 two, twice「二、雙、複」。

i ambi-：both

ambiguous [æm`bɪgjuəs] *(adj)* 模棱兩可的

ambivalent [æm`bɪvələnt] *(adj)* 心情矛盾的

ii amphi-：both

amphibian [æm`fɪbɪən] *(n)* 兩棲動物

amphibiotic [ˌæmfɪbaɪ`atɪk] *(adj)* 幼時生長在水中，長大生活在陸地的

amphitheater [ˌæmfɪ`θɪətə] *(n)* 古羅馬的圓形劇場

iii bi-：two, twice

bicentennial [ˌbaɪsɛn`tɛnɪəl] *(adj)* 兩百周年紀念的

bicycle [`baɪsɪk]] *(n)* 自行車

bimonthly [baɪ`mʌnθlɪ] *(adj)* 兩月一次的；*(n)* 雙月刊

binoculars [bɪ`nakjələs] *(n)* 雙眼望遠鏡

biweekly [baɪ`wiklɪ] *(adj)* 雙周的；*(n)* 雙周刊

iv di-, du-：two, double

dialog [`daɪəˌlag] *(n)* 對話

dilemma [də`lɛmə] *(n)* 進退兩難的窘境

dual [`djuəl] *(adj)* 雙的、雙重的

duel [`djuəl] *(n)* 決鬥

duet [du`ɛt] *(n)* 二重奏

duplicate [`djupləkɪt] *(adj)* 雙重的；*(n)* 複製品；[`djupləˌket] *(v)* 使成雙、複製

v twi-：two

twice [twaɪs] *(adv)* 兩次

twin [twɪn] *(n)* 雙胞胎中之一

練習1.4.2 請在下列的字根之前加上表「二」的字首,以形成一有意義的單字。

1. _____ sexual   兩性的
2. _____ car   水陸兩用車
3. _____ annual   一年兩次的
4. _____ opoly   兩家賣主壟斷市場(的局面)
5. _____ light   (白天和黑夜交替時)曙光、暮色
6. _____ lingual   雙語的

3 tri- : 表示 three「三」。

tricolor [ˋtraɪˏkʌlə] (n) 三色
tricycle [ˋtraɪsɪkḷ] (n) 三輪車
trilingual [traɪˋlɪŋgwəl] (adj) 三種語言的
triple [ˋtrɪpḷ] (adj) 三倍的;(v) 三倍
triplet [ˋtrɪplɪt] (n) 三胞胎其中之一

4 quadri-(母音前為 quadr-),quarter- : 表示 four「四」。

i   quadri-, quadr- : four

quadruple [ˋkwɑdrupḷ] (adj) 四倍的;(v) 四倍
quadruplet [ˋkwɑdruˏplɪt] (n) 四胞胎中之一

ii   quarter- : four

quarterly [ˋkwɔrtəlɪ] (adj) 季的、每三個月一次的;(n) 季刊
quartet [kwɔrˋtɛt] (n) 四重奏(唱)

練習1.4.2~1.4.4 請依據所給的字根 angle（角），lateral（邊），和 sect（切割）加一表數字的字首使形成一有意義的單字。

1. 把…分成三分　_____
2. 四邊形　_____
3. 三角形　_____
4. 雙邊的　_____
5. 切成兩半　_____
6. 四角形　_____

5 deca-, deci-：表示 ten, one tenth「十、十分之一」。

i deca-：ten

decade [ˋdɛked] *(n)* 十年

ii deci-：one tenth

decibel [ˋdɛsɪbɛl] *(n)* 分貝

deciliter [ˋdɛsəˌlitə] *(n)* 十分之一公升

decimeter [ˋdɛsəˌmitə] *(n)* 十分之一米、分米

6 centi-（母音前為 cent-）：表示 hundred「百」。

centennial [sɛnˋtɛnɪəl] *(adj)* 一百年的；*(n)* 百年紀念

centigrade [ˋsɛntəˌgred] *(adj)* 百度制的、攝氏的；*(n)* 攝氏

centimeter [ˋsɛntəˌmitə] *(n)* 公分

century [ˋsɛntʃurɪ] *(n)* 一百年、世紀

7 kilo-, milli-（母音前為 mill-）：表示 thousand, one thousandth「千、千分之一、毫」。

i kilo-：thousand

kilocalorie [ˋkɪləˌkælərɪ] *(n)* 千卡

kilogram [ˋkɪləˌgræm] *(n)* 千克、公斤

kilometer [ˋkɪləˌmitə] *(n)* 千米、公里

kilovolt [ˋkɪləˌvolt] *(n)* 千伏特

kilowatt [ˋkɪloˌwɑt] *(n)* 千瓦

ii mill-, milli-：one thousandth

millennium [mɪˋlɛnɪəm] *(n)* 千年

milligram [ˋmɪlɪˌgræm] *(n)* 毫克（千分之一克）

millimeter [ˋmɪləˌmitɚ] *(n)* 公釐、毫米（千分之一米）

8 mega-（母音前為 meg-）：表示 one million「百萬」。

megacycle [ˋmɛgəˌsaɪkḷ] *(n)* 兆周

megawatt [ˋmɛgəˌwɑt] *(n)* 百萬瓦特

練習1.4.1~1.4.8

I. 請根據句子表達的意思填數字。

1. A quadruped is an animal that walks on _____ feet.
2. When a mother has quadruplet, _____ children are born.
3. A duplex is an apartment with _____ floors.
4. A trilingual person speaks _____ languages.
5. A kilowatt is equal to _____ watts.

II. 請選詞填空。

(A) bilingual　(B) centigrade　(C) centimeters　(D) decade　　　(E) decibels

(F) kilograms　(G) megawatt　(H) millennium　(I) monopolized　(J) monopoly

(K) triangular　(L) unilateral　(M) unanimous

1. Some states have _____ on the sale of liquor. Any factory that produces liquor will be punished.
2. Mother became aware of the _____ relationship between Mary and two men.

3. Without consulting with the UN, the U.S. President made a _____ decision to attack Iraq.

4. The average body temperature of a man is 37 degrees _____ .

5. The teenager _____ the family telephone, so the other family members hardly got a chance to use it.

6. Children can easily become _____ , but adults have more difficulty learning a second language.

7. The construction of the railway started in 1980 and ended in 1990; the construction of the railway took a _____ to complete.

8. The proposal was accepted with the staff's _____ approval. All the staff members agreed to the proposal.

9. Deng Xiao-ping was short in stature—he was only 150 _____ tall. But he launched a remarkable economic reform in China.

10. John is overweight, and he is now on a diet. He hopes to lose his weight by five _____ in three months.

11. Noise levels in residential areas must not exceed 50 _____ .

12. The world's electric power plants can produce more than $2^1/_4$ billion _____ of electricity at any given time.

13. The year 2001 was the beginning of a new _____ . Human beings had established a very advanced civilization over the past 1,000 years.

1.5 表示「全、半、橫過、穿過」的字首

1 omni-, pan-：表示 all「全部」。

i omni-

omnibus [`ɑmnɪbəs] *(n)* 公共汽車

omnipotent [ɑm`nɪpətənt] *(adj)* 全能的

omnivore [`ɑmnə,vɔr] *(n)* 雜食動物

omnivorous [ɑm`nɪvərəs] *(adj)* 雜食的

ii pan-

pan-American [,pænə`mɛrɪkən] *(adj)* 泛美洲的

pandemic [,pæn`dɛmɪk] *(adj)* 全球流行性疾病的；*(n)* 全球流行性疾病

panorama [,pænə`ræmə] *(n)* 全景

2 demi-, hemi-, semi-：表示 half, partial「一半」。

i demi-

demigod [`dɛmə,gɑd] *(n)* 半神半人

ii hemi-

hemisphere [`hɛməs,fɪr] *(n)* 半球

iii semi-

semiautomatic [,sɛmɪ,ɔtə`mætɪk] *(adj)* 半自動的

semicircle [,sɛmɪ`sɝkl] *(n)* 半圓形

semi-colon [,sɛmɪ`kolən] *(n)* 分號

semiconductor [,sɛmɪkən`dʌktə] *(n)* 半導體

3 cross-, dia-, per-, trans-：表示 across, through「橫過（到對面）、穿過」。

i cross-

cross-border [ˌkrɔsˋbɔrdɚ] *(adj)* 跨越邊界的

cross-country [ˋkrɔsˋkʌntrɪ] *(adj)* 越野的、橫越全國的

cross-cultural [ˌkrɔsˋkʌltʃərəl] *(adj)* 超越一種文化的

cross-strait [ˌkrɔsˋstret] *(adj)* 跨越海峽的

crossword [ˋkrɔswɚd] *(n)* 縱橫字謎

ii dia-

diagram [ˋdaɪəˌgræm] *(n)* 圖表

dialog(ue) [ˋdaɪəˌlɔg] *(n)* 對話

iii per-

persist [pɚˋsɪst] *(v)* 堅持（字源意思為「始終站立」）

perspective [pɚˋspɛktɪv] *(n)* 透視法

iv trans-

transatlantic [ˌtrænsətˋlæntɪk] *(adj)* 大西洋彼岸的

transcend [trænˋsɛnd] *(v)* 超越

transcontinental [ˌtrænskɑntəˋnɛntl̩] *(adj)* 橫貫大陸的

transcribe [trænsˋkraɪb] *(v)* 轉錄、謄寫

transfer [trænsˋfɝ] *(v)* 調職、轉乘

transit [ˋtrænsɪt] *(n)* 運輸

transition [trænˋzɪʃən] *(n)* 過渡

translate [trænsˋlet] *(v)* 翻譯

transmit [trænsˋmɪt] *(v)* 傳送

transparent [trænsˋpɛrənt] *(adj)* 透明的

transplant [ˋtrænsˌplænt] *(n)* 移植；[trænsˋplænt] *(v)* 移植

transport [trænsˋpɔrt] *(v)* 運輸

練習1.5 請將左邊的英文字配合其右邊中文意義。

_____	1. semi-retired	（A）	無所不在的
_____	2. semi-vowel	（B）	泛非洲的
_____	3. omnipresent	（C）	直徑
_____	4. Pan-Afarican	（D）	變形
_____	5. perennial	（E）	半母音
_____	6. diameter	（F）	十字路口
_____	7. crossroads	（G）	常年的
_____	8. transform	（H）	交易
_____	9. transaction	（I）	半退休的
_____	10. cross-channel	（J）	越過（英吉利）海峽的

1.6　表示其他意義的字首

1 agro-：表示 soil, agriculture, field「土壤、農業、田野」。

agriculture [`ægrɪ͵kʌltʃə] *(n)* 農業
agribusiness [`ægrɪ͵bɪznɪs] *(n)* 農業綜合企業

2 aqua-：表示 water「水」。

aquaculture [`ækwə͵kʌltʃə] *(n)* 水產養殖業
aquarium [ə`kwɛrɪəm] *(n)* 玻璃缸、水族館

3 astro-：表示 star, outer space「星、天體、宇宙」。

astrology [ə`strɑlədʒɪ] *(n)* 占星術
astronaut [`æstrə͵nɔt] *(n)* 太空人
astronomer [ə`strɑnəmə] *(n)* 天文學家
astronomical [͵æstrə`nɑmɪk]] *(adj)* 天文學的、龐大無法估計的
astronomy [əs`trɑnəmɪ] *(n)* 天文學

4 audi(o)-：表示 hearing「聽」。

audible [`ɔdəb]] *(adj)* 聽得見的
audience [`ɔdɪəns] *(n)* 聽眾
audition [ɔ`dɪʃən] *(n)* 試鏡、試聽；*(v)* 試鏡、試聽
auditorium [͵ɔdə`torɪəm] *(n)* 禮堂
audit [`ɔdɪt] *(v)* 稽核、旁聽
auditor [`ɔdɪtə] *(n)* 查帳員

5 auto-：表示 self「自己、自動」。

autobiography（auto + bio 生命 + graph 寫 + y 名詞字尾）[͵ɔtəbaɪ`ɑgrəfɪ] *(n)* 自傳
autocracy（auto + cracy 政體）[ɔ`tɑkrəsɪ] *(n)* 獨裁政治

autocrat（auto + crat 某政體的人）[`ɔtə,kræt] (n) 獨裁者	
autocratic（autocrat 獨裁者 + ic 形容詞字尾）[,ɔtə`krætɪk] (adj) 獨裁的	
autograph（auto + graph 寫）[`ɔtə,græf] (n) 親筆簽字	
automate（auto + m + ate 動詞字尾）[`ɔtə,met] (v) 自動化	
automatic（automate 自動化 + ic 形容詞字尾）[,ɔtə`mætɪk] (adj) 自動的	
automation（automate 自動化 + ion 名詞字尾）[,ɔtə`meʃən] (n) 自動控制	
automobile（auto + mobile 移動）[`ɔtəmə,bil] (n) 汽車（自動車）	
autonomous（autonomy 自治 + ous 形容詞字尾）[ɔ`tanəməs] (adj) 自治的	
autonomy（auto + nomy 管理）[ɔ`tanəmɪ] (n) 自治	

6 eco-：表示 ecology, family「生態、家庭」。

ecology [ɪ`kalədʒɪ] (n) 生態學、生態環境
economy [ɪ`kanəmɪ] (n) 經濟學

7 geo-：表示 earth「土地」。

geography [`dʒɪ`agrəfɪ] (n) 地理學
geology [dʒɪ`alədʒɪ] (n) 地質學
geometry [dʒɪ`amətrɪ] (n) 幾何學

8 manu-：表示 made by hand「用手做」。

manual [`mænjuəl] (adj) 手工的；(n) 手冊
manufacture [,mænjə`fæktʃə] (n) 製造；(v) 製造
manuscript [`mænjə,skrɪpt] (n) 手稿

9 pseudo-：表示 false「假的、偽的」。

pseudonym（pseudo + nym 名字）[`sudn̩,ɪm] (n) 假名、化名、筆名
pseudoscience（pseudo + science 科學）[,sudo`saɪəns] (n) 偽科學

10 psycho-：表示 mind「心靈、精神、心理」。

psychoanalysis（psycho + analysis 分析）[ˌsaɪkoə`næləsɪs] (n) 精神分析、心理分析

psychology（psycho + logy 學科）[saɪ`kɑlədʒɪ] (n) 心理學

11 step-：表示「無血緣關係的親緣關係」，即「父或母再婚而構成的親緣關係，但無血緣關係」。

stepbrother [`stɛp͵brʌðə] (n) 繼父與前妻或繼母與前夫所生的兒子

stepchild [`stɛp͵tʃaɪld] (n) 丈夫與其前妻或妻子與其前夫所生的孩子

stepfather [`stɛp͵fɑðə] (n) 繼父

stepmother [`stɛp͵mʌðə] (n) 繼母

stepsister [`stɛp͵sɪstə] (n) 繼父與前妻或繼母與前夫所生的女兒

🔑 註　釋

half brother 是「同父異母或同母異父的兄弟」。

12 techn(o)-：表示 skill「技巧、技術」。

technical [`tɛknɪkḷ] (adj) 技術的

technician [tɛk`nɪʃən] (n) 技術人員

technique [tɛk`nik] (n) 技巧

technology [tɛk`nɑlədʒɪ] (n) 科技

13 tele-：表示 far, distant「遠」。

telecommunications（tele + communication 通信 + s 複數字尾）[͵tɛlɪkə͵mjunə`keʃənz] (n) 電信

teleconference（tele + conference 會議）[`tɛlə͵kɑnfərəns] (n) 視訊會議

telegram（tele + gram 寫、圖）[`tɛlə͵græm] (n) 電報

telephone（tele + phone 聲音）[`tɛlə͵fon] (n) 電話

telescope（tele + scope 看見）[`tɛlə͵skop] (n) 望遠鏡

television（tele + vision 畫面、圖像）[`tɛlə͵vɪʒən] (n) 電視

練習1.6 請選填單字。

(A) aquarium (B) agriculture (C) astronauts (D) astronomers (E) autograph
(F) automatic (G) autonomy (H) pseudonym (I) psychological (J) telescope

1. The Kurds are seeking greater _____ , but the Turkish government won't grant it.
2. Ruby's loss of memory is a _____ problem, not a physical one.
3. You can observe stars through a _____ .
4. All the movie fans thronged around the movie star, asking for her _____ .
5. Environmentalists showed concern about the widespread use of chemicals in _____ .
6. Some _____ use the principles of physics and mathematics to determine the nature of the universe.
7. Our teacher told us that _____ are weightless in space.
8. The refrigerator has an _____ temperature control.
9. George Autumn was a _____—his real name was Eric Bush.
10. There is a shark swimming around in the _____ .

1.7 改變詞性的字首

1 a-

i 將動詞變成形容詞，表示動作的狀態或動作正在進行。

like [laɪk] *(v)* 喜歡	→	alike [əˋlaɪk] *(adj)* 相像的、一樣的
live [lɪv] *(v)* 生活	→	alive [əˋlaɪv] *(adj)* 活著的
sleep [slip] *(v)* 睡覺	→	asleep [əˋslip] *(adj)* 睡著的
wake [wek] *(v)* 醒來	→	awake [əˋwek] *(adj)* 醒著的

ii 將名詞變成副詞，表示「在某地」。

board [bord] *(n)* 木板	→	aboard [əˋbord] *(adv)* 在車（船、飛機）上
head [hɛd] *(n)* 頭、上端	→	ahead [əˋhɛd] *(adv)* 在前面
part [part] *(n)* 部分	→	apart [əˋpart] *(adv)* 分開地
shore [ʃor] *(n)* 岸	→	ashore [əˋʃor] *(adv)* 在海岸、向岸地
side [saɪd] *(n)* 邊	→	aside [əˋsaɪd] *(adv)* 在旁邊
way [we] *(n)* 通路	→	away [əˋwe] *(adv)* 遠離、離去

iii 將名詞變成動詞。

base [bes] *(n)* 底部	→	abase [əˋbes] *(v)* 貶低
mass [mæs] *(n)* 團、塊、堆	→	amass [əˋmæs] *(v)* 堆積、積累

2 be-

i 加在名詞或形容詞前，構成及物動詞。

friend [frɛnd] *(n)* 朋友	→	befriend [bɪˋfrɛnd] *(v)* 友好對待
head [hɛd] *(n)* 頭	→	behead [bɪˋhɛd] *(v)* 砍頭
little [ˋlɪtl̩] *(adj)* 小的	→	belittle [bɪˋlɪtl̩] *(v)* 小看、輕視、貶低
moan [mon] *(n)* 呻吟	→	bemoan [bɪˋmon] *(v)* 哀嘆
siege [sidʒ] *(n)* 包圍	→	besiege [bɪˋsidʒ] *(v)* 圍攻

ii 構成一些介系詞。

fore [for] (adj) 前的	→	before [bɪˋfor] (prep) 在…前面
hind [haɪnd] (adj) 後面的	→	behind [bɪˋhaɪnd] (prep) 在…後邊
low [lo] (adj) 低的	→	below [bəˋlo] (prep) 在…下面
side [saɪd] (n) 邊	→	beside [bɪˋsaɪd] (prep) 在…旁邊

3 en-（在 b, m, p 前為 em-）：構成動詞，表示 make into, put into a certain state, cause to be「使成為、使進入…狀態、引起」。

able [ˋebl̩] (adj) 能夠的	→	enable [ɪnˋebl̩] (v) 使能夠
act [ækt] (n) 動作	→	enact [ɪnˋækt] (v) 制定法律
body [ˋbɑdɪ] (n) 身體	→	embody [ɪmˋbɑdɪ] (v) 體現、使具體化
chant [tʃænt] (n) 詠唱	→	enchant [ɪnˋtʃænt] (v) 使迷醉
code [kod] (n) 密碼、代碼	→	encode [ɪnˋkod] (v) 編碼
courage [ˋkɝɪdʒ] (n) 勇氣	→	encourage [ɪnˋkɝɪdʒ] (v) 鼓勵
danger [ˋdendʒɚ] (n) 危險	→	endanger [ɪnˋdendʒɚ] (v) 使遭到危險、危及
force [fors] (n) 力量	→	enforce [ɪnˋfors] (v) 強制執行
joy [dʒɔɪ] (n) 歡樂	→	enjoy [ɪnˋdʒɔɪ] (v) 享受
large [lɑrdʒ] (adj) 大的	→	enlarge [ɪnˋlɑrdʒ] (v) 擴大
light [laɪt] (n) 光	→	enlighten [ɪnˋlaɪtn̩] (v) 啟發、啟示
list [lɪst] (n) 名單	→	enlist [ɪnˋlɪst] (v) 徵募
power [ˋpauɚ] (n) 權力	→	empower [ɪmˋpauɚ] (v) 授權
rage [redʒ] (n) 憤怒	→	enrage [ɪnˋredʒ] (v) 激怒
rich [rɪtʃ] (adj) 富裕的	→	enrich [ɪnˋrɪtʃ] (v) 使富裕、充實
roll [rol] (n) 名單	→	enroll [ɪnˋrol] (v) 招收、使入伍（或入會、入學等）
sure [ʃur] (adj) 有把握的	→	ensure [ɪnˋʃur] (v) 保證
tangle [ˋtæŋgl̩] (n) 混亂狀態	→	entangle [ɪnˋtæŋgl̩] (v) 纏住
title [ˋtaɪtl̩] (n) 標題	→	entitle [ɪnˋtaɪtl̩] (v) 給（書、劇本、美術作品等）取名、定名
trust [trʌst] (n) 信任	→	entrust [ɪnˋtrʌst] (v) 委託

練習1.7 請選填單字。

I. 請在右欄中選擇適當的釋義和左欄的單字搭配。

_____ 1. ablaze	(A) to surround
_____ 2. afloat	(B) on top of
_____ 3. afoot	(C) to beging to happen
_____ 4. atop	(D) to make someone interested
_____ 5. arise	(E) burning, on fire
_____ 6. bewitch	(F) to be suitable for
_____ 7. befit	(G) to make someone become king
_____ 8. envision	(H) floating on water
_____ 9. enthrone	(I) to imagine
_____ 10. encircle	(J) being planned or happening

II. 請選擇正確的詞填空,並注意依上下文改變動詞時式。

1. courage / encourage / discourage

   Poor grades on her exams _____ her.

   Violence on movies and TV programs _____ anti-social behavior.

2. code / encode / decode

   The spy _____ the secret message and read it.

   She _____ the material so the computer could read it.

3. power / empower / superpower

   The judge _____ the police to search the house for stolen goods.

   America has become the only _____ after the Soviet Union broke up.

4. like / alike / dislike / unlike

   The two dresses look _____ in shape, length and color.

   Her temper and mine are too _____ to get married.

5. head / ahead / behead

   The traitor was _____ on the king's order.

The traffic is bad, but I'm moving _____ slowly.

6. round / around / surround

Big trees _____ the house.

The crowd gathered _____ the movie star.

III. 請將字首 en- 加在下列單字前，使其變成動詞，然後選詞填空，並注意時式的變化。

| able dear rich large sure danger body joy power title |

1. Many foreign words and phrases have _____ the English language.

2. Larry thanked the hostess and said he had _____ the dinner party very much.

3. Careful planning and hard work _____ the success of his experiment.

4. Mary's kindness and patience _____ her to all her students.

5. Dr. Nolen's self-confidence _____ him to become a competent surgeon.

6. You will _____ your health if you go on smoking like this.

7. Reading English novels helps _____ your vocabulary.

8. Many of Mrs. William's suggestions have been _____ in our revised plan.

9. Does the law _____ the police to search private houses?

10. What are you going to _____ your new book?

1.8 具多重意義的字首

在本章中，我們學過的一些字首是多義的，如 a-, ad-, be-, de-, di-, dis-, en-, ex-, in-, mis-, over-, re-, trans-, un- 和 under-。現在對這些字首做一個歸納說明。

1 a-

i 加在形容詞前，意思是 not「不、非、無」。

| moral [`mɔrəl] (adj) 道德的 | → | amoral [e`mɔrəl] (adj) 非道德的 |
| typical [`tɪpɪkl̩] (adj) 典型的 | → | atypical [e`tɪpɪkl̩] (adj) 非典型的 |

ii 加在一些名詞前，使其變成副詞，意思是「在某地」。

board [bord] (n) 板	→	aboard [ə`bord] (adv) 在船（車、飛機）上
head [hɛd] (n) 頭	→	ahead [ə`hɛd] (adv) 在前地、朝前地
shore [ʃor] (n) 海岸	→	ashore [ə`ʃor] (adv) 在海岸
side [saɪd] (n) 邊	→	aside [ə`saɪd] (adv) 在旁邊

iii 加在一些動詞前，變成形容詞，表示「處在某種狀態或正在進行某個動作」。

blaze [blez] (v) 燃燒	→	ablaze [ə`blez] (adj) 在燃燒的
live [lɪv] (v) 生存	→	alive [ə`laɪv] (adj) 活著的
sleep [slip] (v) 睡覺	→	asleep [ə`slip] (adj) 睡著的
wake [wek] (v) 醒來	→	awake [ə`wek] (adj) 醒著的

練習1.8.1 請由字首及字根猜測以下英文單字的中文意思。

1. asymmetry _____
2. adrift _____
3. apolitical _____
4. abreast _____
5. alight _____

2 ad-：因同化作用 ad- 變成 a-（在 sc, sp, st 開頭的字根前），ac-, af-, ag-, an-, ap-, ar-, as-, at- 等。

i to, toward「朝、向」。

adhere *(ad + here 黏 → 向…黏)* [ədˋhɪr] *(v)* 黏住、堅持
admit *(ad + mit 送 → 向…送)* [ədˋmɪt] *(v)* 允許進入
adopt *(ad + opt 選擇)* [əˋdɑpt] *(v)* 收養

ii again, to add「一再、加」等加強意義。

accelerate *(ac + celer 速度 + ate 動詞字尾)* [ækˋsɛləˏret] *(v)* 加速
affirm *(af + firm 堅定)* [əˋfɝm] *(v)* 斷言

練習1.8.2 請由字首及字根猜測以下英文單字的中文意思。

1. a + scend（爬）　　→ _____
2. ac + cord（心）　　→ _____
3. ad + apt（能力）　　→ _____
4. an + nounce（報告）→ _____
5. ad + join（連接）　　→ _____

3 be-

i 加在名詞或形容詞前，構成及物動詞。

friend [frɛnd] *(n)* 朋友	→	befriend [brˋfrɛnd] *(v)* 友好對待
head [hɛd] *(n)* 頭	→	behead [brˋhɛd] *(v)* 砍頭、斬首
siege [sidʒ] *(n)* 包圍	→	besiege [brˋsidʒ] *(v)* 圍攻

ii 構成一些介系詞。

fore [for] *(adj)* 前的	→	before [brˋfor] *(prep)* 在…前面
low [lo] *(adj)* 低的	→	below [bəˋlo] *(prep)* 在…下面
side [saɪd] *(n)* 邊	→	beside [brˋsaɪd] *(prep)* 在…旁邊

練習1.8.3 請由字首及字根猜測以下英文單字的中文意思。

1. be + wilder（迷惑） → _____
2. be + hind（後） → _____
3. be + little（小的） → _____
4. be + witch（巫婆） → _____

4 de-

i to remove, to reverse the effect of an action「消除、解除、反轉」。

decelerate（de + celer 速度 + ate 動詞字尾）[di`sɛlə,ret] (v) 減速

decentralize（de + centr 中央 + al 形容詞字尾 + ize 動詞字尾）[di`sɛntrəl,aɪz] (v) 分散

defend（de + fend 打擊）[dɪ`fɛnd] (v) 防禦

ii down「向下、降」。

grade [gred] (n) 等級	→	degrade [dɪ`gred] (v) 降低身份、使丟臉
press [prɛs] (v) 壓	→	depress [dɪ`prɛs] (v) 使沮喪
value [`vælju] (n) 價值	→	devalue [di`vælju] (v) 貶值

練習1.8.4 請由字首及字根猜測以下英文單字的中文意思。

1. de + fame（名聲） → _____
2. de + generate（產生） → _____
3. de + frost（霜） → _____
4. de + code（密碼） → _____
5. de + compose（構成、組成） → _____

5 di-

i two, double「二、雙」。

dilemma（di + lemma 見解、主張）[dəˋlɛmə] (n) 進退兩難的窘境

disyllable（di + syllable 音節）[daɪˋsɪləbl̩] (n) 雙音節詞

ii away「離開」。

divert（di + vert 轉）[daɪˋvɝt] (v) 使轉向

divorce（di + vorce 轉）[dəˋvors] (n) 離婚；(v) 離婚

練習1.8.5 請由字首及字根猜測以下英文單字的中文意思。

1. di + oxide（氧化物） → _____

2. di + gress（走） → _____

3. di + chromatic（顏色的） → _____

4. di + verge（傾靠） → _____

6 dis-

i apart「分離、分散、分開」。

discard（dis + card 扔、拋）[dɪsˋkɑrd] (v) 扔掉、丟棄

dismantle（dis + mantle 覆蓋物）[dɪsˋmæntl̩] (v) 拆除、解體

distract（dis + tract 拉）[dɪˋstrækt] (v) 分心

ii not「不、非、無」。

appear [əˋpɪr] (v) 出現	→	disappear [͵dɪsəˋpɪr] (v) 消失
honest [ˋɑnɪst] (adj) 誠實的	→	dishonest [dɪsˋɑnɪst] (adj) 不誠實的
order [ˋɔrdɚ] (n) 秩序	→	disorder [dɪsˋɔrdɚ] (n) 無秩序
organized [ˋɔrgən͵aɪzd] (adj) 有條理的	→	disorganized [dɪsˋɔrgə͵naɪzd] (adj) 沒有條理的、混亂的

iii to reverse, to remove「反轉、去除」。

connect [kə`nɛkt] (v) 連接	→	disconnect [ˌdɪskə`nɛkt] (v) 切斷
courage [`kɝɪdʒ] (n) 勇氣	→	discourage [dɪs`kɝɪdʒ] (v) 使喪失勇氣
organize [`ɔrgə‚naɪz] (v) 組織	→	disorganized [dɪs`ɔrgə‚naɪzd] (adj) 沒條理的

練習1.8.6 請由字首及字根猜測以下英文單字的中文意思。

1. dis + passionate（激情的） → _____

2. dis + arm（武裝） → _____

3. dis + close（關閉） → _____

4. dis + trust（信任） → _____

5. dis + infect（感染） → _____

7 en-：在 b, m, p 前變為 em。

i in「內」。

cage [kedʒ] (n) 籠子	→	encage [ɛn`kedʒ] (v) 關入籠子
close [kloz] (v) 關閉	→	enclose [ɪn`kloz] (v) 圈起來、圍住
roll [rol] (n) 名單	→	enroll [ɪn`rol] (v) 記入名單、註冊

ii to make into, to cause to be「使成為、使進入…狀態」。

able [`ebl̩] (adj) 能夠的	→	enable [ɪn`ebl̩] (v) 使能夠
chant [tʃænt] (n) 詠唱	→	enchant [ɪn`tʃænt] (v) 使迷醉
courage [`kɝɪdʒ] (n) 勇氣	→	encourage [ɪn`kɝɪdʒ] (v) 鼓勵
danger [`dendʒɚ] (n) 危險	→	endanger [ɪn`dendʒɚ] (v) 使遭到危險、危及
large [lɑrdʒ] (adj) 大的	→	enlarge [ɪn`lɑrdʒ] (v) 擴大
power [`pauɚ] (n) 權力	→	empower [ɪm`pauɚ] (v) 授權
rich [rɪtʃ] (adj) 富裕的	→	enrich [ɪn`rɪtʃ] (v) 使富裕

練習1.8.7 請由字首及字根猜測以下英文單字的中文意思。

1. en + dear（親愛） → _____

2. en + circle（圓圈） → _____

3. en + bed（海灣、床） → _____

4. en + trust（信任） → _____

5. en + case（盒子） → _____

8 ex-

i former「前任的、以前的」。

president [`prɛzədənt] (n) 總統	→	ex-president [ɛks`prɛzədənt] (n) 前總統
wife [waɪf] (n) 妻子	→	ex-wife [ɛks`waɪf] (n) 前妻

ii out「出、出去、在外面」。

exclude（ex + clude 關閉）[ɪk`sklud] (v) 關在外面、排斥
export（ex + port 港口）[ɪks`port] (v) 出口
extract（ex + tract 拉）[ɪk`strækt] (v) 拔出、摘錄

練習1.8.8 請由字首及字根猜測以下英文單字的中文意思。

1. ex + pel（推） → _____

2. ex + principal（校長） → _____

3. ex + pose（放置） → _____

9 in-：在 b, m, p 前的變體為 im；在 l 前的變體為 il；在 r 前的變體為 ir。

i inside, to enter「在內、進入」。

corporate [`kɔrpərɪt] (adj) 團體的	→	incorporate [ɪn`kɔrpə,ret] (v) 合併、併入
plant [plænt] (v) 種植	→	implant [ɪm`plænt] (v) 植入

land [lænd] *(n)* 陸地	→	inland [ˋɪnlənd] *(n)* 內陸
press [prɛs] *(v)* 壓	→	impress [ɪmˋprɛs] *(v)* 給予某人深刻印象

ii not「不、非、無」。

justice [ˋdʒʌstɪs] *(n)* 公正	→	injustice [ɪnˋdʒʌstɪs] *(n)* 不公正
moral [ˋmɔrəl] *(adj)* 道德的	→	immoral [ɪˋmɔrəl] *(adj)* 不道德的
noble [ˋnobl̩] *(adj)* 高尚的	→	ignoble [ɪgˋnobl̩] *(adj)* 卑鄙的
reversible [rɪˋvɝsəbl̩] *(adj)* 可逆轉的	→	irreversible [͵ɪrɪˋvɝsəbl̩] *(adj)* 不可逆轉的
sensitive [ˋsɛnsətɪv] *(adj)* 敏感的	→	insensitive [ɪnˋsɛnsətɪv] *(adj)* 不敏感的

練習1.8.9 請由字首及字根猜測以下英文單字的中文意思。

1. illiterate _____
2. imprison _____
3. immigrate _____
4. illogical _____
5. imperil _____
6. incapable _____

10 mis-

i bad「壞」。

fortune [ˋfɔrtʃən] *(n)* 運氣	→	misfortune [mɪsˋfɔrtʃən] *(n)* 厄運
rule [rul] *(v)* 統治	→	misrule [mɪsˋrul] *(v)* 對…施暴政

ii wrong「錯誤」。

calculate [ˋkælkjə͵let] *(v)* 計算	→	miscalculate [mɪsˋkælkjə͵let] *(v)* 算錯
print [prɪnt] *(v)* 印刷	→	misprint [mɪsˋprɪnt] *(v)* 印刷錯誤
spell [spɛl] *(v)* 拼寫	→	misspell [mɪsˋspɛl] *(v)* 拼寫錯誤
take [tek] *(v)* 拿、取	→	mistake [mɪˋstek] *(n)* 錯誤
understand [͵ʌndɚˋstænd] *(v)* 理解	→	misunderstand [͵mɪsʌndɚˋstænd] *(v)* 誤解

iii not「不、非、無」。

fit [fɪt] (v) 適合	→	misfit [ˋmɪsfɪt] (v) 不適合
trust [trʌst] (n) 信任	→	mistrust [mɪsˋtrʌst] (n) 不信任

練習1.8.10 請由字首及字根猜測以下英文單字的中文意思。

1. misapply _____
2. misbehave _____
3. miscount _____
4. misinterpret _____
5. mischance _____
6. mismatch _____

11 over-

i above, on「在…之上」。

coat [kot] (n) 上衣	→	overcoat [ˋovɚ͵kot] (n) 外套
come [kʌm] (v) 來	→	overcome [͵ovɚˋkʌm] (v) 克服（字源意思為「來到上面」）
lap [læp] (n) 膝部	→	overlap [͵ovɚˋlæp] (v) 重疊（字源意思為「在膝部上」）
look [lʊk] (v) 看	→	overlook [͵ovɚˋlʊk] (v) 俯視、忽視

ii across, beyond「越過」。

head [hɛd] (n) 頭	→	overhead [ˋovɚhɛd] (adv) 穿過頭頂上地
land [lænd] (n) 陸地	→	overland [ˋovɚ͵lænd] (adv) 經陸路地
pass [pæs] (n) 小道	→	overpass [ˋovɚpæs] (n) 天橋

iii excessive, too much「過度、太」。

correct [kəˋrɛkt] (v) 改正	→	overcorrect [͵ovɚkəˋrɛkt] (v) 矯枉過正
crowded [ˋkraʊdɪd] (adj) 擁擠的	→	overcrowded [ˋovɚˋkraʊdɪd] (adj) 過度擁擠的
dose [dos] (n) 劑量	→	overdose [ˋovɚ͵dos] (n) 藥物過量
sleep [slip] (v) 睡覺	→	oversleep [͵ovɚˋslip] (v) 睡過頭
weight [wet] (n) 重量	→	overweight [ˋovɚ͵wet] (adj) 超重的
work [wɝk] (v) 工作	→	overwork [͵ovɚˋwɝk] (v) 過度勞累

練習1.8.11 請由字首及字根猜測以下英文單字的中文意思。

1. overact　_____
2. overburden　_____
3. oversee　_____
4. overseas　_____
5. overnight　_____
6. overthrow　_____
7. overcooked　_____

12 re-

i again「再次、重新」。

appear [ə`pɪr] (v) 出現	→	reappear [ˌriə`pɪr] (v) 重現
arrange [ə`rendʒ] (v) 安排	→	rearrange [ˌriə`rendʒ] (v) 重新安排
visit [`vɪzɪt] (v) 訪問	→	revisit [ri`vɪzɪt] (v) 重訪

ii backward「向後、回」。

bound [baund] (v) 跳	→	rebound [rɪ`baund] (v) 向後跳、跳回
call [kɔl] (v) 呼叫、召喚	→	recall [rɪ`kɔl] (v) 招回、回憶
claim [klem] (v) 聲稱、擁有	→	reclaim [rɪ`klem] (v) 收回
turn [tɝn] (v) 轉	→	return [rɪ`tɝn] (v) 回來、返回

iii to undo, to reverse「消除、解除、反轉」。

| react (re + act 行動) [rɪ`ækt] (v) 反應、反作用 |
| rebel (re + bel 戰爭) [rɪ`bɛl] (v) 反叛 |
| respond (re + spond 諾言) [rɪ`spɑnd] (v) 回答、回應 |

練習1.8.12 請由字首及字根猜測以下英文單字的中文意思。

1. re + cur（跑）　→ _____
2. re + tract（拉）　→ _____
3. re + cede（去）　→ _____
4. re + flect（彎曲）　→ _____

5. re + assure（保證）　　　→ _____

6. re + move（移動）　　　　→ _____

13 trans-

---

i from one place to another, across「從一地到另一地、轉移、橫過」。

Atlantic [ət`læntɪk] *(adj)* 大西洋的	→	transatlantic [ˌtrænsət`læntɪk] *(adj)* 橫跨大西洋的
continental [ˌkɑntə`nɛntḷ] *(adj)* 大陸的	→	transcontinental [ˌtrænskɑntə`nɛntḷ] *(adj)* 橫貫大陸的
plant [plænt] *(v)* 種植	→	transplant [træns`plænt] *(v)* 移植
port [pɔrt] *(n)* 港口	→	transport [træns`pɔrt] *(v)* 運輸

---

ii to change「改變」。

figure [`fɪgjɚ] *(n)* 體態、相貌	→	transfigure [træns`fɪgjɚ] *(v)* 改變外表（尤指改得更好）
form [fɔrm] *(n)* 形式	→	transform [træns`fɔrm] *(v)* 變形、完全改變特性

練習1.8.13 請由字首及字根猜測以下英文單字的中文意思。

1. trans + scribe（寫）　　　→ _____

2. trans + mit（送）　　　　→ _____

3. trans + action（行動）　　→ _____

4. trans + sexual（性的）　　→ _____

14 un-

i not「不、非、未」。

civilized [ˋsɪvəˌlaɪzd] *(adj)* 文明的	→	uncivilized [ʌnˋsɪvḷˌaɪzd] *(adj)* 未開化的
educated [ˋɛdʒuˌketɪd] *(adj)* 受過教育的	→	uneducated [ʌnˋɛdʒuˌketɪd] *(adj)* 未受過教育的
fortunate [ˋfɔrtʃənɪt] *(adj)* 幸運的	→	unfortunate [ʌnˋfɔrtʃənɪt] *(adj)* 不幸的
real [ˋriəl] *(adj)* 真實的	→	unreal [ʌnˋriəl] *(adj)* 不真實的

ii to reverse some action or state「倒轉、消除原來的動作」。

fasten [ˋfæsn̩] *(v)* 拴緊	→	unfasten [ʌnˋfæsn̩] *(v)* 鬆開
fold [fold] *(v)* 折疊	→	unfold [ʌnˋfold] *(v)* 打開
hook [huk] *(v)* 鉤	→	unhook [ʌnˋhuk] *(v)* 脫鉤
load [lod] *(v)* 裝載	→	unload [ʌnˋlod] *(v)* 卸載
wrap [ræp] *(v)* 包上	→	unwrap [ʌnˋræp] *(v)* 打開、解開、拆開

練習1.8.14 請由字首及字根猜測以下英文單字的中文意思。

1. unhealthy ＿＿＿＿＿＿＿＿＿
2. untie ＿＿＿＿＿＿＿＿＿
3. unemployed ＿＿＿＿＿＿＿＿＿
4. unlock ＿＿＿＿＿＿＿＿＿

15 under-

i beneath, below「在下」。

current [ˋkɝənt] *(n)* 水流	→	undercurrent [ˋʌndɚˌkɝənt] *(n)* 潛流、暗流
graduate [ˋgrædʒuɪt] *(n)* 畢業生	→	undergraduate [ˌʌndɚˋgrædʒuɪt] *(n)*（尚未畢業的）大學生
ground [graund] *(n)* 地	→	underground [ˋʌndɚˌgraund] *(adj)* 地下的；*(n)*【英】地下鐵
line [laɪn] *(n)* 線	→	underline [ˌʌndɚˋlaɪn] *(v)* 在…下面劃線

ii less, not enough「少、不足」。	
developed [dɪˋvɛləpt] *(adj)* 發達的 →	underdeveloped [͵ʌndədɪˋvɛləpt] *(adj)* 未充分發展的
estimate [ˋɛstə͵met] *(v)* 估計 →	underestimate [͵ʌndəˋɛstə͵met] *(v)* 低估
feed [fid] *(v)* 餵養 →	underfed [͵ʌndəˋfɛd] *(adj)* 餵得太少的、未餵飽的
size [saɪz] *(n)* 大小 →	undersized [͵ʌndəˋsaɪzd] *(adj)* 不夠大的、小尺寸的

練習1.8.15 由字首及字根猜測以下英文單字的中文意思。

1. undercurrent _____
2. underpopulated _____
3. underpass _____
4. underwear _____
5. undercooked _____
6. underfunded _____

第二章

英文字尾（Suffixes）

字尾如同字首，也是構詞詞素之一，只具備涵義，而非
獨立的詞。字尾尚有表示詞性的功能。本章將依據常用
的字尾所表示的詞性及其涵義來進行分類說明。

2.1 名詞字尾

2.1.1 人物

1 某國或某地區的人（n → n）

i -an

America [ə`mɛrɪkə] 美國	→	American [ə`mɛrɪkən] 美國人
Canada [`kænədə] 加拿大	→	Canadian [kə`nedɪən] 加拿大人
Europe [`jurəp] 歐洲	→	European [ˌjurə`piən] 歐洲人

ii -er

Iceland [`aɪslənd] 冰島	→	Icelander [`aɪsləndɚ] 冰島人
London [`lʌndən] 倫敦	→	Londoner [`lʌndənɚ] 倫敦人
New York [`nju`jɔrk] 紐約	→	New Yorker [`nju`jɔrkɚ] 紐約人

iii -ese

China [`tʃaɪnə] 中國	→	Chinese [`tʃaɪ`niz] 中國人
Japan [dʒə`pæn] 日本	→	Japanese [ˌdʒæpə`niz] 日本人
Taiwan [`taɪwən] 台灣	→	Taiwanese [ˌtaɪwə`niz] 台灣人
Vietnam [ˌvjɛt`næm] 越南	→	Vietnamese [vɪˌɛtnə`miz] 越南人

 **練習2.1.1.1** 請寫出以下地方居住的人。

1. Austria → _____
2. South → _____
3. Portugal → _____
4. suburb → _____

2 某種職業的人

i -er

banking [ˋbæŋkɪŋ] *(n)* 銀行業	→	banker [ˋbæŋkɚ] 銀行家
carpentry [ˋkɑrpəntrɪ] *(n)* 木工業	→	carpenter [ˋkɑrpəntɚ] 木匠
marine [məˋrin] *(adj)* 海的	→	mariner [ˋmærənɚ] 水手
plumbing [ˋplʌmɪŋ] *(n)* 鉛管工業	→	plumber [ˋplʌmɚ] 鉛管工人

ii -ian：加在以 c 或 y 結尾的形容詞或名詞後。

comedy [ˋkɑmədɪ] *(n)* 喜劇	→	comedian [kəˋmidɪən] 喜劇演員
electric [ɪˋlɛktrɪk] *(adj)* 電的	→	electrician [ˌɪlɛkˋtrɪʃən] 電工
history [ˋhɪstərɪ] *(n)* 歷史	→	historian [hɪsˋtorɪən] 歷史學家
library [ˋlaɪˌbrɛrɪ] *(n)* 圖書館	→	librarian [laɪˋbrɛrɪən] 圖書管理員
magic [ˋmædʒɪk] *(n)* 魔術	→	magician [məˋdʒɪʃən] 魔術師
music [ˋmjuzɪk] *(n)* 音樂	→	musician [mjuˋzɪʃən] 音樂家
physic [ˋfɪzɪk] *(n)* 藥	→	physician [fɪˋzɪʃən] 內科醫生

3 支持或信奉…的人、…主義者

i -an（n → n）

purity [ˋpjurətɪ] 純潔	→	Puritan [ˋpjurətn̩] 清教徒
republic [rɪˋpʌblɪk] 共和國	→	Republican [rɪˋpʌblɪkən] 共和黨人

ii -arian（n → n）

authority [əˋθɔrətɪ] 權力、權威	→	authoritarian [əˌθɔrəˋtɛrɪən] 獨裁專制者（主張絕對服從權威）
humanity [hjuˋmænətɪ] 人道	→	humanitarian [hjuˌmænəˋtɛrɪən] 人道主義者
vegetable [ˋvɛdʒətəbl̩] 蔬菜	→	vegetarian [ˌvɛdʒəˋtɛrɪən] 素食者

iii -crat（n → n）

autocracy [ɔ`takrəsɪ] 獨裁政治	→	autocrat [`ɔtə,kræt] 獨裁者
democracy [dɪ`makrəsɪ] 民主政治	→	Democrat [`dɛmə,kræt] 民主黨員

iv -ist（n/adj → n）

commune [`kamjun] (n) 公社	→	communist [`kamju,nɪst] 共產主義者
extreme [ɪk`strim] (adj) 極端的	→	extremist [ɪk`strimɪst] 極端主義者
material [mə`tɪrɪəl] (n) 物質	→	materialist [mə`tɪrɪəlɪst] 唯物主義者
social [`soʃəl] (adj) 社會的	→	socialist [`soʃəlɪst] 社會主義者

練習2.1.1.2~2.1.1.3 請寫出以下職業者或支持者。

1. individual → _____
2. Christ → _____
3. nation → _____
4. statistics → _____
5. mathematics → _____
6. train → _____
7. advertising → _____
8. theory → _____
9. grammar → _____
10. barbaric → _____

4 行動者、做某事的人

i -ant（v → n）

apply [ə`plaɪ] 申請	→	applicant [`æpləkənt] 申請人
attend [ə`tɛnd] 照顧	→	attendant [ə`tɛndənt] 服務員
enter [`ɛntə] 進入	→	entrant [`ɛntrənt] 新會員
inhabit [ɪn`hæbɪt] 居住	→	inhabitant [ɪn`hæbətənt] 居民

ii -ar（v → n）

beg [bɛg] 乞討	→	beggar [`bɛgə] 乞丐
lie [laɪ] 撒謊	→	liar [`laɪə] 撒謊者

iii -ary (adj/n → n)

adverse [æd`vɝs] (adj) 敵對的	→	adversary [`ædvə͵sɛrɪ] 對手
mission [`mɪʃən] (n) 傳教	→	missionary [`mɪʃən͵ɛrɪ] 傳教士
reaction [rɪ`ækʃən] (n) 反應	→	reactionary [rɪ`ækʃən͵ɛrɪ] 反動分子
secret [`sikrɪt] (n) 祕密	→	secretary [`sɛkrə͵tɛrɪ] 祕書

iv -ate (n)

advocate [`ædvəkɪt] 辯護者
candidate [`kændədet] 候選人
delegate [`dɛləgɪt] 代表
graduate [`grædʒu͵ɪt] 畢業生

v -ator (v → n)

agitate [`ædʒə͵tet] 使激動	→	agitator [`ædʒə͵tetə] 鼓動者、煽動者
educate [`ɛdʒə͵ket] 教育	→	educator [`ɛdʒu͵ketə] 教育者
mediate [`midɪ͵et] 調停	→	mediator [`midɪ͵etə] 調解人、調停人
narrate [næ`ret] 敘述	→	narrator [næ`retə] 敘述者

vi -ee (v → n)

employ [ɪm`plɔɪ] 雇用	→	employee [͵ɛmplɔɪ`i] 雇員
examine [ɪg`zæmɪn] 考試	→	examinee [ɪg͵zæmə`ni] 應考者
interview [`ɪntə͵vju] 面談	→	interviewee [ɪntə͵vju`i] 被接見者
train [tren] 訓練	→	trainee [tre`ni] 受訓者

vii -eer (n → n)

engine [`ɛndʒən] 引擎	→	engineer [͵ɛndʒə`nɪr] 工程師
mountain [`mauntn̩] 山	→	mountaineer [͵mauntə`nɪr] 登山運動員、登山家
profit [`prafɪt] 利潤	→	profiteer [͵prafə`tɪr] 謀取暴利者

viii -ent（v → n）

reside [rɪˋzaɪd] 居住	→	resident [ˋrɛzədənt] 居民
respond [rɪˋspɑnd] 回答	→	respondent [rɪˋspɑndənt] 回答者

ix -er（v → n）

read [rid] 讀	→	reader [ˋridə] 讀者
teach [titʃ] 教	→	teacher [ˋtitʃə] 教師
work [wɝk] 做工	→	worker [ˋwɝkə] 工人
write [raɪt] 寫	→	writer [ˋraɪtə] 作家

x -ive（v → n）

detect [dɪˋtɛkt] 偵察	→	detective [dɪˋtɛktɪv] 偵探
execute [ˋɛksɪˌkjut] 執行	→	executive [ɪgˋzɛkjutɪv] 執行者

xi -or（v → n）

act [ækt] 演	→	actor [ˋæktə] 演員、男演員
resist [rɪˋzɪst] 抵抗	→	resistor [rɪˋzɪstə] 抵抗者、電阻器
invent [ɪnˋvɛnt] 發明	→	inventor [ɪnˋvɛntə] 發明者

練習2.1.1.4 請寫出以下行為者。

1. benefit → _____
2. elect → _____
3. nominate → _____
4. read → _____
5. auction → _____
6. emigrate → _____
7. contest → _____
8. agency → _____
9. consult → _____
10. administer → _____
11. invest → _____
12. represent → _____

5 帶有感情色彩涵義的人物

i -ster：做…事情的人（常含貶義）。

gang [gæŋ] *(n)* 一幫、一夥	→	gangster [ˋgæŋstɚ] 匪徒
trick [trɪk] *(n)* 詭計	→	trickster [ˋtrɪkstɚ] 騙子
young [jʌŋ] *(adj)* 年輕的	→	youngster [ˋjʌŋstɚ] 年輕人

ii -y：人或小東西，有喜愛和親暱的涵義。

daddy [ˋdædɪ] 父親
doggy [ˋdɔgɪ] 小狗狗
fatty [ˋfætɪ] 胖子
granny [ˋgrænɪ] 奶奶
kitty [ˋkɪtɪ] 小貓咪
piggy [ˋpɪgɪ] 小豬

6 陰性名詞：-ess（n → n）。

actor [ˋæktɚ] 演員	→	actress [ˋæktrɪs] 女演員
god [gɑd] 神	→	goddess [ˋgɑdɪs] 女神
host [host] 主人	→	hostess [ˋhostɪs] 女主人
waiter [ˋwetɚ] 侍者	→	waitress [ˋwetrɪs] 女招待

練習2.1.1.5~2.1.1.6 請寫出以下人物的陰性形式。

1. emperor → _____
2. murderer → _____
3. prince → _____
4. steward → _____

2.1.2 形容詞轉換成名詞

1 -ability：在以 able 結尾的形容詞後，將 able 改成 ability，即構成抽象名詞，表示「性質、可…性」。

capable [`kepəb!] 有能力的	→	capability [ˌkepə`bɪlətɪ] 能力
changeable [`tʃendʒəb!] 可變的	→	changeability [ˌtʃendʒə`bɪlətɪ] 可變性
readable [`ridəb!] 可讀的	→	readability [ˌridə`bɪlətɪ] 可讀性
reliable [rɪ`laɪəb!] 可靠的	→	reliability [rɪˌlaɪə`bɪlətɪ] 可靠性

2 -ance, -ancy：在 -ant 結尾的形容詞後，將 ant 改成 ance 或 ancy，即構成名詞形式，表示「性質、狀態」。

brilliant [`brɪljənt] 燦爛的	→	brilliance [`brɪljəns] 燦爛
constant [`kɑnstənt] 不斷的	→	constancy [`kɑnstənsɪ] 堅定
elegant [`ɛləgənt] 優雅的	→	elegance [`ɛləgəns] 優雅
important [ɪm`pɔrtn̩t] 重要的	→	importance [ɪm`pɔrtn̩s] 重要性
pregnant [`prɛgnənt] 懷孕的	→	pregnancy [`prɛgnənsɪ] 懷孕
redundant [rɪ`dʌndənt] 多餘的、累贅的	→	redundancy [rɪ`dʌndənsɪ] 多餘、累贅

🔑 註 釋

▶ -ance 或 -ancy 也可附在一些動詞字根後構成名詞，表示「性質或狀態」。

- accept [ək`sɛpt] 接受 → acceptance [ək`sɛptəns] 接受
- annoy [ə`nɔɪ] 使生氣煩惱 → annoyance [ə`nɔɪəns] 惱怒
- appear [ə`pɪr] 出現 → appearance [ə`pɪrəns] 出現、外表
- ascend [ə`sɛnd] 上升、登高 → ascendancy [ə`sɛndənsɪ] 支配地位、優勢、優越
- disturb [dɪs`tɝb] 打擾 → disturbance [dɪs`tɝbəns] 擾亂
- forbear [fɔr`bɛr] 忍受 → forbearance [fɔr`bɛrəns] 忍受力
- hinder [`hɪndə] 妨礙 → hindrance [`hɪndrəns] 妨礙
- resemble [rɪ`zɛmb!] 像、模仿 → resemblance [rɪ`zɛmbləns] 相似、相像

3 -cy：在以 te, tic 結尾的字後，將 te, tic 改成 cy，即構成抽象名詞，表示「性質或狀態」。

accurate [ˋækjərɪt] 精確的	→	accuracy [ˋækjərəsɪ] 精確性
democratic [͵dɛməˋkrætɪk] 民主的	→	democracy [dɪˋmɑkrəsɪ] 民主政治
intimate [ˋɪntəmɪt] 親密的	→	intimacy [ˋɪntəməsɪ] 親密

4 -ence, -ency：在 ent 結尾的形容詞後將 ent 改成 ence 或 ency，即構成名詞，表示「性質或狀態」。

dependent [dɪˋpɛndənt] 依賴的	→	dependence [dɪˋpɛndəns] 依賴
different [ˋdɪfərənt] 不同的	→	difference [ˋdɪfərəns] 不同、區別
efficient [ɪˋfɪʃənt] 有效率的	→	efficiency [ɪˋfɪʃənsɪ] 效率
fluent [ˋfluənt] 流利的	→	fluency [ˋfluənsɪ] 流利

註　釋

▶ -ence 也可附在一些動詞字根後構成名詞形式。

- infer [ɪnˋfɝ] 推論 → inference [ˋɪnfərəns] 推論
- insist [ɪnˋsɪst] 堅持 → insistence [ɪnˋsɪstəns] 堅持
- precede [prɪˋsid] 之前 → precedence [prɪˋsidn̩s] 優先
- prefer [prɪˋfɝ] 較喜歡 → preference [ˋprɛfərəns] 偏愛
- refer [rɪˋfɝ] 提及 → reference [ˋrɛfərəns] 提及

5 -ibility：在以 ible 結尾的形容詞後、將 ible 改成 ibility，即構成名詞，表示「性質、狀態」。

compatible [kəmˋpætəbl̩] 相容的	→	compatibility [kəm͵pætəˋbɪlətɪ] 相容性
feasible [ˋfizəbl̩] 可行的	→	feasibility [͵fizəˋbɪlətɪ] 可行性
flexible [ˋflɛksəbl̩] 靈活的	→	flexibility [͵flɛksəˋbɪlətɪ] 靈活性
possible [ˋpɑsəbl̩] 可能的	→	possibility [͵pɑsəˋbɪlətɪ] 可能性

6 -ity：附在形容詞後，表示「性質狀態或情況」。

active [ˋæktɪv] 活躍的	→	activity [ækˋtɪvətɪ] 活動
curious [ˋkjurɪəs] 好奇的	→	curiosity [͵kjurɪˋɑsətɪ] 好奇心
mature [məˋtjur] 成熟的	→	maturity [məˋtjurətɪ] 成熟
sane [sen] 心智健全的	→	sanity [ˋsænətɪ] 心智健全

7 -ness：附在形容詞後，表示「性質、狀態」。

dark [dɑrk] 黑暗的	→	darkness [ˋdɑrknɪs] 黑暗
empty [ˋɛmptɪ] 空的	→	emptiness [ˋɛmptɪnɪs] 空洞、空虛
friendly [ˋfrɛndlɪ] 友好的、親切的	→	friendliness [ˋfrɛndlɪnɪs] 友好、親切
kind [kaɪnd] 仁慈的	→	kindness [ˋkaɪndnɪs] 仁慈

8 -th：附在形容詞後表示「性質、行為或結果」。

deep [dip] 深的	→	depth [dɛpθ] 深度
grow [gro] 生長	→	growth [groθ] 生長
long [lɔŋ] 長的	→	length [lɛŋθ] 長度
strong [strɔŋ] 強壯的	→	strength [strɛŋθ] 力量
warm [wɔrm] 溫暖的	→	warmth [wɔrmθ] 溫暖
wide [waɪd] 寬的	→	width [wɪdθ] 寬度

練習2.1.2 請寫出下面單字的名詞形式。

1. significant → _____
2. probable → _____
3. edible → _____
4. distant → _____
5. convenient → _____
6. consistent → _____
7. negligent → _____
8. true → _____
9. aware → _____
10. absurd → _____
11. swift → _____
12. ambiguous → _____

13. broad   → _____   14. efficient   → _____

15. young   → _____   16. concise   → _____

2.1.3 由動詞轉變成表示「行為」的名詞

1 -al

approve [ə`pruv] 贊許	→	approval [ə`pruvḷ] 贊許
arrive [ə`raɪv] 到達	→	arrival [ə`raɪvḷ] 到達
refuse [rɪ`fjuz] 拒絕	→	refusal [rɪ`fjuzḷ] 拒絕
survive [sə`vaɪv] 倖存	→	survival [sə`vaɪvḷ] 倖存

2 -ion, -sion, -tion

collect [kə`lɛkt] 收集	→	collection [kə`lɛkʃən] 收集
conclude [kən`klud] 結論	→	conclusion [kən`kluʒən] 結論
correct [kə`rɛkt] 改正	→	correction [kə`rɛkʃən] 改正
elect [ɪ`lɛkt] 選舉	→	election [ɪ`lɛkʃən] 選擇、選舉
exaggerate [ɪg`zædʒə,ret] 誇大	→	exaggeration [ɪg,zædʒə`reʃən] 誇大
expand [ɪk`spænd] 擴張	→	expansion [ɪk`spænʃən] 擴張
express [ɪk`sprɛs] 表達	→	expression [ɪk`sprɛʃən] 表達
inflate [ɪn`flet] 膨脹	→	inflation [ɪn`fleʃən] 膨脹
produce [prə`djus] 生產	→	production [prə`dʌkʃən] 生產
recognize [`rɛkəg,naɪz] 承認	→	recognition [,rɛkəg`nɪʃən] 承認
solve [sɑlv] 解決	→	solution [sə`luʃən] 解決
translate [træns`let] 翻譯	→	translation [træns`leʃən] 翻譯

3️⃣ -ment

agree [əˋgri] 同意	→	agreement [əˋgrimənt] 協議
argue [ˋɑrgju] 爭論	→	argument [ˋɑrgjəmənt] 爭論
govern [ˋgʌvən] 治理、管理	→	government [ˋgʌvənmənt] 政府
manage [ˋmænɪdʒ] 管理	→	management [ˋmænɪdʒmənt] 管理
move [muv] 動	→	movement [ˋmuvmənt] 運動
punish [ˋpʌnɪʃ] 懲罰	→	punishment [ˋpʌnɪʃmənt] 懲罰

4️⃣ -ure

expose [ɪkˋspoz] 暴露	→	exposure [ɪkˋspoʒə] 暴露
fail [fel] 失敗	→	failure [ˋfeljə] 失敗
press [prɛs] 壓迫	→	pressure [ˋprɛʃə] 壓力
proceed [prəˋsid] 進行	→	procedure [prəˋsidʒə] 手續

練習2.1.3 請寫出下面單字的名詞形式。

1. addict → _____
2. intrude → _____
3. collide → _____
4. revive → _____
5. resent → _____
6. disarm → _____
7. admit → _____
8. comprehend → _____
9. contradict → _____
10. renew → _____
11. withdraw → _____
12. advertise → _____
13. invade → _____
14. involve → _____
15. invite → _____
16. propose → _____
17. concede → _____
18. disclose → _____
19. acknowledge → _____
20. evolve → _____

2.1.4 物品

1 -ant：放在動詞後表示「行為者」。

cool [kul] 冷卻	→	coolant [`kulənt] 冷卻液（劑）
pollute [pə`lut] 污染	→	pollutant [pə`lutənt] 污染物
repel [rɪ`pɛl] 驅趕	→	repellant [rɪ`pɛlənt] 驅蟲劑

2 -ent：放在動詞後表示「行為者」。

absorb [əb`sɔrb] 吸收	→	absorbent [əb`sɔrbənt] 吸收劑
constitute [`kɑnstə,tjut] 構成	→	constituent [kən`stɪtʃuənt] 要素
deter [dɪ`tɝ] 阻止	→	deterrent [dɪ`tɝrənt] 嚇阻事物

3 -er：放在動詞後表「用於做某事的物品或工具」。

cook [kuk] 煮	→	cooker [`kukə] 爐子、炊具、烹調器具
fertilize [`fɝtḷ,aɪz] 使肥沃	→	fertilizer [`fɝtḷ,aɪzə] 肥料
propel [prə`pɛl] 推進	→	propeller [prə`pɛlə] 推進器、螺旋槳
wash [waʃ] 洗	→	washer [`waʃə] 洗衣機

4 -ery：放在名詞或形容詞後表「物品總稱」。

fine [faɪn] (adj) 好的	→	finery [`faɪnərɪ] 漂亮衣服
jewel [`dʒuəl] (n) 珠寶	→	jewellery [`dʒuəlrɪ] 珠寶
machine [mə`ʃin] (n) 機器	→	machinery [mə`ʃinərɪ] 機器、機械

5 -ive：放在動詞後表「行為者」。

adhere [əd`hɪr] 黏合	→	adhesive [əd`hisɪv] 黏合物、膠黏劑
explode [ɪk`splod] 爆炸	→	explosive [ɪk`splosɪv] 爆炸物、炸藥
preserve [prɪ`zɝv] 保存、防腐	→	preservative [prɪ`zɝvətɪv] 防腐劑

練習2.1.4 請將左邊的英文字配合其右邊中文意義。

_____ 1. amplifier   (A) 添加物

_____ 2. greenery   (B) 污染物、污染

_____ 3. additive   (C) 綠葉

_____ 4. precedent   (D) 擴音器

_____ 5. contaminant   (E) 先例

2.1.5 含「細小」涵義的名詞

1 -cle

particle [ˋpɑrtɪkl̩] 小部分

2 -en

chicken [ˋtʃɪkɪn] 小雞

kitten [ˋkɪtn̩] 小貓

3 -ette

cigarette [ˌsɪgəˋrɛt] 小雪茄、香煙

kitchenette [ˌkɪtʃɪnˋɛt] 小廚房

4 -let

booklet [ˋbuklɪt] 小冊子

droplet [ˋdrɑplɪt] 小滴

islet [ˋaɪlɪt] 小島

-ling

duckling [ˋdʌklɪŋ] 小鴨

 練習2.1.5 請將左邊的英文字配合其右邊中文意義。

_____ 1. ringlet　　　　　　(A) 冰柱

_____ 2. icicle　　　　　　　(B) 小雕像

_____ 3. nestling　　　　　　(C) 未離巢的雛鳥

_____ 4. statuette　　　　　　(D) 少女

_____ 5. maiden　　　　　　　(E) 小環

2.1.6 學科

1 -graphy

geography [ˋdʒɪˋɑgrəfɪ] 地理學
oceanography [ˏoʃɪəˋnɑgrəfɪ] 海洋學

2 -ic, -ics

acoustics [əˋkustɪks] 聲學
astronautics [ˏæstrəˋnɔtɪks] 航太學
electronics [ɪˏlɛkˋtranɪks] 電子學
gymnastics [dʒɪmˋnæstɪks] 體操法、體操
logic [ˋladʒɪk] 邏輯學
mathematics [ˏmæθəˋmætɪks] 數學
politics [ˋpalətɪks] 政治學
rhetoric [ˋrɛtərɪk] 修辭學

3 -logy

biology [baɪˋɑlədʒɪ] 生物學
geology [dʒɪˋɑlədʒɪ] 地質學
physiology [͵fɪzɪˋɑlədʒɪ] 生理學
technology [tɛkˋnɑlədʒɪ] 科技
zoology [zoˋɑlədʒɪ] 動物學

練習2.1.6 請將左邊的英文字配合其右邊中文意義。

_____ 1. economics   (A) 語言學

_____ 2. psychology   (B) 經濟學

_____ 3. mythology   (C) 神話學

_____ 4. linguistics   (D) 心理學

_____ 5. biography   (E) 傳記

2.1.7 其他

1 -age：表示「集合、關係、狀態、狀況、行動結果」。

marry [ˋmærɪ] (v) 結婚	→	marriage [ˋmærɪdʒ] 婚姻
short [ʃɔrt] (adj) 短缺的	→	shortage [ˋʃɔrtɪdʒ] 短缺
store [stor] (v) 貯存	→	storage [ˋstorɪdʒ] 貯存

2 -cracy：表示「權力、統治、政府、政體」。

bureaucracy [bjuˋrɑkrəsɪ] 官僚主義
democracy [dɪˋmɑkrəsɪ] 民主政治

3 -hood：表示「狀況、狀態、性質」。

child [tʃaɪld] *(n)* 兒童	→	childhood [`tʃaɪld͵hud] 童年時期
likely [`laɪklɪ] *(adj)* 很可能的	→	likelihood [`laɪklɪ͵hud] 可能、可能性
man [mæn] *(n)* 男人	→	manhood [`mænhud] 成年期
neighbor [`nebə] *(n)* 鄰居	→	neighborhood [`nebə͵hud] 鄰近地區

4 -ism：表示「行為、狀態、學說、主義、信條、語言上的用法和特點」。

alcoholism [`ælkəhɔl͵ɪzəm] 酒精中毒
Americanism [ə`mɛrəkən͵ɪzəm] 美國用法、美國風格、美國腔
barbarism [`bɑrbərɪzəm] 野蠻狀態
communism [`kɑmju͵nɪzəm] 共產主義
criticism [`krɪtə͵sɪzəm] 批評
Darwinism [`dɑrwɪn͵ɪzəm] 達爾文學說、達爾文主義、進化論
witticism [`wɪtɪsɪzəm] 詼諧的語言、名言、妙語、俏皮話

5 -ship：放在名詞後表示「地位、狀態、關係、技能」。

author [`ɔθə] 作者	→	authorship [`ɔθə͵ʃɪp] 作者身分
citizen [`sɪtəzn̩] 公民	→	citizenship [`sɪtəzn̩͵ʃɪp] 公民身份
dictator [`dɪk͵tetə] 獨裁者	→	dictatorship [dɪk`tetə͵ʃɪp] 獨裁專政
fellow [`fɛlo] 夥伴	→	fellowship [`fɛlo͵ʃɪp] 夥伴關係
friend [frɛnd] 朋友	→	friendship [`frɛndʃɪp] 友誼
leader [`lidə] 領導	→	leadership [`lidə͵ʃɪp] 領導層、領導者地位
member [`mɛmbə] 成員	→	membership [`mɛmbə͵ʃɪp] 會員身分、資格
scholar [`skɑlə] 學者	→	scholarship [`skɑlə͵ʃɪp] 學識

6 -tude：表示「性質、狀態、程度」。

aptitude [`æptə,tjud] 天資、天賦
attitude [`ætətjud] 態度
gratitude [`grætə,tjud] 感激

練習2.1.7 請將左邊的英文字配合其右邊中文意義。

_____ 1. bondage   (A) 巨大

_____ 2. championship   (B) 成人期

_____ 3. adulthood   (C) 英勇

_____ 4. magnitude   (D) 束縛

_____ 5. heroism   (E) 朝聖

_____ 6. patriotism   (F) 冠軍頭銜

_____ 7. pilgrimage   (G) 領導力

_____ 8. leadership   (H) 愛國心

練習2.1.1~2.1.7

I. 請選擇正確的詞彙，並注意依上下文改變動詞時式。

1. electric / electrician / electricity / electronics

   An _____ is a person whose job is to install and repair electrical equipment.

2. vegetables / vegetarian / vegetation

   A _____ is someone who does not eat meat or fish.

3. extreme / extremism / extremist

   If you describe someone as an _____ , you disapprove of their behavior because they try to bring about political change by using violent or extreme methods.

4. narrate / narrator / narration

The story's _____ is an actress in her late thirties.

5. invent / inventor / invention

After the _____ of the wheel, people could travel faster.

6. inspect / inspector / inspection

Automakers _____ their cars to make sure they are safe.

7. weak / weaken / weakness

The patient is suffering from _____ after the operation.

8. survive / survivor / survival

They prayed for the _____ of the sailors.

9. expand / expansion

The balloon _____ , and then exploded.

10. manage / manager / management

The failure of the company was caused by bad _____ .

11. democrat / democratic / democracy

A _____ is a person who believes in the ideals of democracy, personal freedom, and equality.

12. biology / biologist

In the _____ class students looked at leaves under a microscope.

II. 請將下列形容詞變為名詞。

1. capable	→ _____	2. urgent	→ _____
3. friendly	→ _____	4. compatible	→ _____
5. eminent	→ _____	6. audible	→ _____
7. inconsistent	→ _____	8. adaptable	→ _____
9. dark	→ _____	10. resistant	→ _____
11. observant	→ _____	12. tired	→ _____

2.2 形容詞字尾

從形容詞字尾的意義分類來看，形容詞的構成可以歸納為三種基本類型：
(1) 利用字尾構成物主形容詞。
(2) 利用字尾構成關係形容詞。
(3) 利用字尾構成性質形容詞。

1 可…的、能…的、易於…的

i -able（v → adj）

adapt [əˋdæpt] 適應	→	adaptable [əˋdæptəbl̩] 可適應的
change [tʃɛndʒ] 改變	→	changeable [ˋtʃɛndʒəbl̩] 可變的
move [muv] 移動	→	movable [ˋmuvəbl̩] 可移動的
read [rid] 讀	→	readable [ˋridəbl̩] 可讀的
use [juz] 用	→	useable [ˋjuzəbl̩] 能用的

ii -ible（v → adj）

extend [ɪkˋstɛnd] 伸展	→	extensible [ɪkˋstɛnsəbl̩] 可伸展的
flex [flɛks] 彎曲	→	flexible [ˋflɛksəbl̩] 易彎曲的
resist [rɪˋzɪst] 抵抗	→	resistible [rɪˋzɪstəbl̩] 可抵抗的

iii -ile

docile [ˋdɑsl̩] 易管教的
fragile [ˋfrædʒəl] 易碎的
mobile [ˋmobl̩] 可移動的
volatile [ˋvɑlət l̩] 易揮發的

練習2.2.1 請將以下動詞字尾加 -able 或 -ible 使成為形容詞。

1. adore   → _____   2. believe   → _____
3. depend   → _____   4. rely   → _____
5. predict   → _____   6. imagine   → _____
7. defend   → _____   8. access   → _____
9. advise   → _____   10. reverse   → _____

2 如…的、似…的、…形狀的（n → adj）

i -esque

picture [ˋpɪktʃɚ] 畫	→	picturesque [͵pɪktʃəˋrɛsk] 如畫的

ii -ish

book [bʊk] 書	→	bookish [ˋbʊkɪʃ] 愛讀書的、書呆子的
child [tʃaɪld] 兒童	→	childish [ˋtʃaɪldɪʃ] 如小孩般的、幼稚的
fool [ful] 傻子	→	foolish [ˋfulɪʃ] 愚蠢的
girl [gɝl] 女孩	→	girlish [ˋgɝlɪʃ] 如少女的

iii -like

child [tʃaɪld] 小孩	→	childlike [ˋtʃaɪld͵laɪk] 孩子般天真的
dream [drim] 夢	→	dreamlike [ˋdrimlaɪk] 如夢的
man [mæn] 男子	→	manlike [ˋmæn͵laɪk] 男子似的

iv -ly

beast [bist] 野獸	→	beastly [ˋbistlɪ] 野獸般的、兇殘的
brother [ˋbrʌðɚ] 兄弟	→	brotherly [ˋbrʌðɚlɪ] 兄弟般的
coward [ˋkaʊəd] 懦夫	→	cowardly [ˋkaʊədlɪ] 懦夫似的、膽小的
father [ˋfɑðɚ] 父親	→	fatherly [ˋfɑðɚlɪ] 父親般的、慈愛的
friend [frɛnd] 朋友	→	friendly [ˋfrɛndlɪ] 友好的

man [mæn] 男人	→	manly [ˋmænlɪ] 男人般的、有男子氣的
saint [sent] 聖人	→	saintly [ˋsentlɪ] 聖人般的、聖潔的
scholar [ˋskɑlɚ] 學者	→	scholarly [ˋskɑlɚlɪ] 有學者風度的、博學的

v -y

earth [ɝθ] 泥土	→	earthy [ˋɝθɪ] 泥土似的
ice [aɪs] 冰	→	icy [ˋaɪsɪ] 似冰的
silk [sɪlk] 絲	→	silky [ˋsɪlkɪ] 絲一樣的
silver [ˋsɪlvɚ] 銀	→	silvery [ˋsɪlvɚɪ] 似銀的、鍍銀的、有銀色光澤的
water [ˋwɔtɚ] 水	→	watery [ˋwɔtɚɪ] 如水的
wool [wul] 羊毛	→	wooly [ˋwulɪ] 羊毛狀的

練習2.2.2 請將以下名詞字尾加 -ish, -ly 或 -y 使成為形容詞。

1. sand → _____
2. miser → _____
3. neighbor → _____
4. devil → _____
5. fever → _____
6. horse → _____

3 有…的、多…的（n → adj）

i -ed

color [ˋkʌlɚ] 顏色	→	colored [ˋkʌlɚd] 有色的
condition [kənˋdɪʃən] 條件	→	conditioned [kənˋdɪʃənd] 有條件的
experience [ɪkˋspɪrɪəns] 經驗	→	experienced [ɪkˋspɪrɪənst] 有經驗的
gift [gɪft] 天賦	→	gifted [ˋgɪftɪd] 有天賦的
limit [ˋlɪmɪt] 限制	→	limited [ˋlɪmɪtɪd] 有限的
talent [ˋtælənt] 天賦	→	talented [ˋtæləntɪd] 有才能的
wing [wɪŋ] 翅膀	→	winged [wɪŋd] 有翅的、有翼的

ii -ful

harm [hɑrm] 傷害	→	harmful [ˋhɑrmfəl] 有害的
help [hɛlp] 幫助	→	helpful [ˋhɛlpfəl] 有幫助的
hope [hop] 希望	→	hopeful [ˋhopfəl] 抱有希望的
fruit [frut] 水果	→	fruitful [ˋfrutfəl] 富有成果的
power [ˋpauə] 權力	→	powerful [ˋpauəfəl] 強有力的
success [sək`sɛs] 成功	→	successful [sək`sɛsfəl] 成功的
use [jus] 用途	→	useful [ˋjusfəl] 有用的

iii -ous

courage [ˋkɝɪdʒ] 勇氣	→	courageous [kəˋredʒəs] 有勇氣的
danger [ˋdendʒɚ] 危險	→	dangerous [ˋdendʒərəs] 危險的
mountain [ˋmauntn̩] 山	→	mountainous [ˋmauntənəs] 多山的
poison [ˋpɔɪzn̩] 毒藥	→	poisonous [ˋpɔɪznəs] 有毒的

iv -y

cloud [klaud] 雲	→	cloudy [ˋklaudɪ] 多雲的
rain [ren] 雨	→	rainy [ˋrenɪ] 多雨的
snow [sno] 雪	→	snowy [ˋsnoɪ] 多雪的
wind [wɪnd] 風	→	windy [ˋwɪndɪ] 有風的
word [wɝd] 字	→	wordy [ˋwɝdɪ] 話多的
worth [wɝθ] 價值	→	worthy [ˋwɝθɪ] 有價值的

練習2.2.3 請將以下名詞字尾加 -ed, -ful, -y 或 -ous 使成為形容詞。

1. mourn → ＿＿＿＿＿＿＿
2. fog → ＿＿＿＿＿＿＿
3. hazard → ＿＿＿＿＿＿＿
4. zeal → ＿＿＿＿＿＿＿
5. resent → ＿＿＿＿＿＿＿
6. risk → ＿＿＿＿＿＿＿
7. manner → ＿＿＿＿＿＿＿
8. beard → ＿＿＿＿＿＿＿

4 屬於…的、與…有關的

i -al（n → adj）

education [ˌɛdʒʊˋkeʃən] 教育	→	educational [ˌɛdʒʊˋkeʃənl̩] 教育的
emotion [ɪˋmoʃən] 感情	→	emotional [ɪˋmoʃənl̩] 感情上的
globe [glob] 球	→	global [ˋglobl̩] 全球的
nation [ˋneʃən] 國家	→	national [ˋnæʃənl̩] 國家的、民族的
nature [ˋnetʃə] 自然	→	natural [ˋnætʃərəl] 自然的
person [ˋpɝsn̩] 人	→	personal [ˋpɝsn̩l̩] 個人的
profession [prəˋfɛʃən] 專業	→	professional [prəˋfɛʃənl̩] 專業的
region [ˋridʒən] 地區	→	regional [ˋridʒənl̩] 地區的

ii -an（n → adj）

metropolis [məˋtrɑpl̩ɪs] 大都市	→	metropolitan [ˌmɛtrəˋpɑlətn̩] 大都市的
republic [rɪˋpʌblɪk] 共和國	→	republican [rɪˋpʌblɪkən] 共和國的
suburb [ˋsʌbɝb] 郊區	→	suburban [səˋbɝbən] 郊區的
urban [ˋɝbən] 城市的		

iii -ar

lunar [ˋlunə] 月（亮）的
polar [ˋpolə] 南（北）極的
solar [ˋsolə] 太陽的

iv -ial（n → adj）

commerce [ˋkɑmɝs] 商業	→	commercial [kəˋmɝʃəl] 商業的
editor [ˋɛdɪtə] 編輯	→	editorial [ˌɛdəˋtorɪəl] 編輯的
president [ˋprɛzədənt] 總統	→	presidential [ˌprɛzədɛnʃəl] 總統的
race [res] 種族	→	racial [ˋreʃəl] 種族的

v -ic, -ical（n → adj）

atom [ˋætəm] 原子	→	atomic [əˋtɑmɪk] 原子的
cosmos [ˋkɑzməs] 宇宙	→	cosmic [ˋkɑzmɪk] 宇宙的
electron [ɪˋlɛktrɑn] 電子	→	electronic [ɪˏlɛkˋtrɑnɪk] 電子的
metal [ˋmɛtl̩] 金屬	→	metallic [məˋtælɪk] 金屬的
period [ˋpɪrɪəd] 時期	→	periodical [ˏpɪrɪˋɑdɪkl̩] 週期的
tactic [ˋtæktɪk] 戰術	→	tactical [ˋtæktɪkl̩] 戰術的
type [taɪp] 類型	→	typical [ˋtɪpɪkl̩] 典型的

註　釋

▶ 比較 ic 和 ical

-ical 是形容詞字尾，是 ic 和 al 的結合體。表示「…的、與…有關的」。原先以 -ic 或 -ical 結尾的同根形容詞是同義詞，如 fanatic 和 fanatical 都是「狂熱的」意思，但現在情況有些變化。如：economic 和 economical；historic 和 historical 所表示的意思是不同的。

- economic [ˏikəˋnɑmɪk] 意思是「經濟的、與經濟學有關的」。
- economical [ˏikəˋnɑmɪkl̩] 意思是「節省的、花錢謹慎的」。
- historic [hɪsˋtɔrɪk] 意思是「歷史悠久的、重要的」。
- historical [hɪsˋtɔrɪkl̩] 意思是「歷史上的、發生在過去的」。

vi -tic

antibiotic（anti 反 + bio 生命 + tic 形容詞字尾）[ˏæntɪbaɪˋɑtɪk] 抗生素的		
poet [ˋpoɪt] (n) 詩人	→	poetic [poˋɛtɪk] 有詩意的

vii -ual（n → adj）

habit [ˋhæbɪt] 習慣	→	habitual [həˋbɪtʃʊəl] 習慣上的
intellect [ˋɪntl̩ˏɛkt] 智能	→	intellectual [ˏɪntl̩ˋɛktʃʊəl] 智力的
sex [sɛks] 性	→	sexual [ˋsɛkʃʊəl] 性的、性別的
spirit [ˋspɪrɪt] 精神	→	spiritual [ˋspɪrɪtʃʊəl] 精神上的

練習2.2.4 請寫出以下名詞的形容詞形式。

1. agriculture → _____
2. circle → _____
3. hero → _____
4. tyranny → _____
5. sympathy → _____
6. grade → _____
7. finance → _____
8. concept → _____
9. synthesis → _____
10. alphabet → _____

5 具有…性質的

i -acious

simultaneous [‚saɪml̩`tenɪəs] 同時發生的

spontaneous [spɑn`tenɪəs] 自發的

ii -ant

ignorant [`ɪgnərənt] 愚昧的

luxuriant [lʌg`ʒurɪənt] 奢華的

resistant [rɪ`zɪstənt] 抵抗的

iii -ar

familiar [fə`mɪljə] 熟悉的

peculiar [pɪ`kjuljə] 特有的

regular [`rɛgjələ] 定期的、規則的

similar [`sɪmələ] 相似的

iv -ary

element [`ɛləmənt] (n) 元素	→	elementary [‚ɛlə`mɛntərɪ] 基本的
honor [`ɑnə] (n) 榮耀	→	honorary [`ɑnə‚rɛrɪ] 榮譽的
imagine [ɪ`mædʒɪn] (v) 想像	→	imaginary [ɪ`mædʒə‚nɛrɪ] 想像的
moment [`momənt] (n) 瞬間	→	momentary [`momən‚tɛrɪ] 片刻的

v -ate

consider [kənˋsɪdə] (v) 考慮	→	considerate [kənˋsɪdərɪt] 考慮周到的
determine [dɪˋtɝmɪn] (v) 決定	→	determinate [dɪˋtɝmənɪt] 確定的
fortune [ˋfɔrtʃən] (n) 幸運	→	fortunate [ˋfɔrtʃənɪt] 幸運的
passion [ˋpæʃən] (n) 激情	→	passionate [ˋpæʃənɪt] 熱情的

vi -ative, -tive, -ive

affirm [əˋfɝm] (v) 斷言	→	affirmative [əˋfɝmətɪv] 肯定的
attract [əˋtrækt] (v) 吸引	→	attractive [əˋtræktɪv] 有吸引力的
compare [kəmˋpɛr] (v) 比較	→	comparative [kəmˋpærətɪv] 比較的
conserve [kənˋsɝv] (v) 維護	→	conservative [kənˋsɝvətɪv] 保守的
impress [ɪmˋprɛs] (v) 使印象深刻	→	impressive [ɪmˋprɛsɪv] 印象深刻的
sense [sɛns] (n) 感官	→	sensitive [ˋsɛnsətɪv] 敏感的
talk [tɔk] (v) 說話	→	talkative [ˋtɔkətɪv] 愛說話的

vii -atory, -ory

contradict [ˏkɑntrəˋdɪkt] (v) 矛盾	→	contradictory [ˏkɑntrəˋdɪktərɪ] 矛盾的
explain [ɪkˋsplen] (v) 解釋	→	explanatory [ɪksˋplænəˏtorɪ] 解釋的
oblige [əˋblaɪdʒ] (v) 強迫	→	obligatory [əˋblɪgəˏtorɪ] 義務的

viii -ed

advanced [ədˋvænst] 先進的
aged [ˋedʒɪd] 年老的
ashamed [əˋʃemd] 羞恥的、慚愧的
skilled [skɪld] 熟練的

ix -fic

horrific [hɔˋrɪfɪk] 可怕的
pacific [pəˋsɪfɪk] 和平的
specific [spɪˋsɪfɪk] 特殊的、專門的

x -ful

doubt [daʊt] *(n)* 懷疑	→	doubtful [ˋdaʊtfəl] 可疑的
forget [fəˋgɛt] *(v)* 忘記	→	forgetful [fəˋgɛtfəl] 健忘的
sorrow [ˋsaro] *(n)* 悲哀	→	sorrowful [ˋsarəfəl] 悲哀的
truth [truθ] *(n)* 真實	→	truthful [ˋtruθfəl] 真實的

練習2.2.5.1~2.2.5.10 請寫出以下名詞的形容詞形式。

1. capacity → _____
2. affection → _____
3. create → _____
4. exclaim → _____
5. inflation → _____
6. exult → _____
7. science → _____
8. fear → _____
9. thought → _____
10. accumulate → _____
11. exclude → _____
12. compete → _____

xi -id

candid [ˋkændɪd] 率直的

splendid [ˋsplɛndɪd] 輝煌的

vivid [ˋvɪvɪd] 生動的

xii -ious, -ous

contagion [kənˋtedʒən] *(n)* 傳染	→	contagious [kənˋtedʒəs] 傳染的
continue [kənˋtɪnju] *(v)* 繼續	→	continuous [kənˋtɪnjuəs] 繼續的
rebel [rɪˋbɛl] *(v)* 叛變	→	rebellious [rɪˋbɛljəs] 反叛的
space [spes] *(n)* 空間	→	spacious [ˋspeʃəs] 寬敞的

xiii -ite

composite [kəmˋpɑzɪt] 合成的

exquisite [ˋɛkskwɪzɪt] 精緻的

prerequisite [priˋrɛkwəzɪt] 先決條件

xiv -ly

friend [frɛnd] (n) 朋友	→	friendly [`frɛndlɪ] 友好的
time [taɪm] (n) 時間	→	timely [`taɪmlɪ] 及時的
world [wɝld] (n) 世界	→	worldly [`wɝldlɪ] 世俗的

xv -some

burden [`bɝdn̩] (n) 負擔	→	burdensome [`bɝdn̩səm] 沉重的
cumber [`kʌmbɚ] (v) 使挑重擔	→	cumbersome [`kʌmbɚsəm] 笨重的
fear [fɪr] (n) 害怕	→	fearsome [`fɪrsəm] 可怕的
trouble [`trʌbl̩] (n) 麻煩	→	troublesome [`trʌbl̩səm] 麻煩的

練習2.2.5.11~2.2.5.15 請寫出以下名詞的形容詞形式。

1. awe → _____
2. bother → _____
3. order → _____
4. infect → _____
5. prosper → _____
6. quarrel → _____

6 某國的、某地的

i -an

Africa [`æfrɪkə] (n) 非洲	→	African [`æfrɪkən] 非洲的
America [ə`mɛrɪkə] (n) 美國	→	American [ə`mɛrɪkən] 美國的

ii -ese

China [`tʃaɪnə] (n) 中國	→	Chinese [`tʃaɪ`niz] 中國的
Japan [dʒə`pæn] (n) 日本	→	Japanese [ˌdʒæpə`niz] 日本的

iii -ian

Egypt [`idʒɪpt] (n) 埃及	→	Egyptian [ɪ`dʒɪpʃən] 埃及的
Mongolia [mɑŋ`goljə] (n) 蒙古	→	Mongolian [mɑŋ`goljən] 蒙古的

---

iv -ish

English [ˈɪŋglɪʃ] 英國的
Spanish [ˈspænɪʃ] 西班牙的

7 其他

i -ish：表示「略…的、稍…的」。

cold [kold] (adj) 冷的	→	coldish [ˈkoldɪʃ] 稍冷的
green [grin] (adj) 綠色的	→	greenish [ˈgrinɪʃ] 略帶綠色的

ii -less：表示「無…的」。

home [hom] (n) 家	→	homeless [ˈhomlɪs] 無家可歸的
use [jus] (n) 用途	→	useless [ˈjuslɪs] 無用的

iii -proof：表示「防…的、不透…的」。

airproof [ˈɛr͵pruf] 不透氣的
bulletproof [ˈbulɪt͵pruf] 防彈的
waterproof [ˈwɔtɚ͵pruf] 防水的

練習2.2.1~2.2.7

I. 請根據句子的意思，選擇形容詞字尾來改變劃底線單字的詞性，必要時字尾字母可做改動。

-tive	-able	-ness	-sion	-proof

1. Most of his crimes can be <u>forgiven</u>.

   Most of his crimes are _____ .

2. The car is impenetrable by <u>bullets</u>.

   The car is _____ .

3. Her only fault is that she is <u>lazy</u>.

   Her only fault is _____ .

4. This firm has <u>produced</u> a lot in recent years.

    This firm has been very ＿＿＿＿＿＿＿＿ in recent years.

5. I found the book very easy and pleasant to <u>read</u>.

    I found the book very ＿＿＿＿＿＿＿＿ .

II. 請選擇正確的字詞，並注意文法的正確性。

1. failure / fail

    Success came after many ＿＿＿＿＿＿＿＿ .

2. moment / momentary

    Her feeling of danger was only ＿＿＿＿＿＿＿＿ .

3. confuse / confusion

    Even their own mother sometimes ＿＿＿＿＿＿＿＿ the twins.

4. industry / industrious

    An ＿＿＿＿＿＿＿＿ student usually has good grades.

5. responsible / responsibility

    Now that you are 18 years old, you should be more ＿＿＿＿＿＿＿＿ .

6. transport / transportation

    Wheat is ＿＿＿＿＿＿＿＿ from the farms to the mills.

7. disappoint / disappointment

    To my ＿＿＿＿＿＿＿＿ , I heard you couldn't come to the party.

8. accept / acceptance

    She asked me to go to the party and I ＿＿＿＿＿＿＿＿ her invitation.

9. energy / energetic

    Cool autumn days make us feel ＿＿＿＿＿＿＿＿ .

10. inhabit / inhabitant

    The earth we ＿＿＿＿＿＿＿＿ is only a point in space.

11. careful / careless

    You must be very ＿＿＿＿＿＿＿＿ when you drive in wet weather.

12. painful / painless

    It was very ＿＿＿＿＿＿＿＿ when I hit my leg against the corner of the table.

13. useful / useless

This bag is very _____ because I can use it for work or on holiday.

14. shameful / shameless

She tells lies in a _____ way, looking me straight in the eye.

15. hopeful / hopeless

It is _____ for the police to find the lost child in such a big city.

16. colorful / colorless

The room was filled with color. It was _____ .

17. pitiful / pitiless

The narrator had pity on the old man. It seemed to him that the old man was

_____ .

18. powerful / powerless

He has got the power to decide who should have the job. He is the most _____ person in the company.

III. 請指出下列單字哪些能用 less 構成反義詞。

painful   wonderful   useful   careful   beautiful   successful
· tactful   awful   thoughtful   doubtful   powerful   shameful

2.3 動詞字尾

1 -en, -fy, -ize：表示「做、造成、使成為、…化」。

i -en

bright [braɪt] (adj) 明亮的	→	brighten [ˋbraɪtn̩] 照亮
broad [brɔd] (adj) 寬的	→	broaden [ˋbrɔdn̩] 加寬
dark [dɑrk] (adj) 暗的	→	darken [ˋdɑrkn̩] 使暗、變黑
quick [kwɪk] (adj) 快的	→	quicken [ˋkwɪkən] 加快
sharp [ʃɑrp] (adj) 尖銳的	→	sharpen [ˋʃɑrpn̩] 使尖銳
strong [strɔŋ] (adj) 強壯的	→	strengthen [ˋstrɛŋθən] 加強
wide [waɪd] (adj) 寬的	→	widen [ˋwaɪdn̩] 加寬

ii -fy

beauty [ˋbjutɪ] (n) 美	→	beautify [ˋbjutə͵faɪ] 美化
pure [pjur] (adj) 純潔的	→	purify [ˋpjurə͵faɪ] 使清潔、淨化
satisfactory [͵sætɪsˋfæktərɪ] (adj) 滿足的	→	satisfy [ˋsætɪs͵faɪ] 使滿足
simple [ˋsɪmpl̩] (adj) 簡單的	→	simplify [ˋsɪmplə͵faɪ] 簡化

iii -ize

economy [ɪˋkɑnəmɪ] (n) 經濟	→	economize [ɪˋkɑnə͵maɪz] 節約
modern [ˋmɑdɚn] (adj) 現代的	→	modernize [ˋmɑdɚn͵aɪz] 現代化
organ [ˋɔrgən] (n) 器官	→	organize [ˋɔrgə͵naɪz] 組織
popular [ˋpɑpjələ] (adj) 流行的	→	popularize [ˋpɑpjələ͵raɪz] 使普及

2 -ate：很多動詞的字尾。

activate [ˋæktə͵vet] 使活躍
circulate [ˋsɝkjə͵let] 循環
differentiate [͵dɪfəˋrɛnʃɪ͵et] 區別

necessitate [nɪˋsɛsəˌtet] 使成為必需

regulate [ˋrɛgjəˌlet] 調節

練習2.3

I. 請寫出下面單字的動詞形式。

1. loose   → _____   2. standard   → _____
3. public   → _____   4. deep   → _____
5. electric   → _____   6. soft   → _____
7. glory   → _____   8. identity   → _____
9. global   → _____   10. just   → _____

II. 請選擇正確的字詞，並注意文法的正確性。

1. deaf / deafen

   A sudden explosion _____ us for a moment.

2. notice / notify

   Our teacher _____ us that there would be a test on Monday.

3. frustrate / frustration

   His indifference _____ the teacher's effort.

4. multiple / multiply

   The population of the city is _____ rapidly.

5. threat / threaten

   Your _____ will not stop me from going.

6. mobile / mobilize

   India is _____ its army to fight with Pakistan.

7. fast / fasten

   He _____ the pages together with a pin.

8. symbol / symbolize

    The red color _____ danger in many countries.

9. sympathy / sympathize

    We feel _____ for a person who is ill.

10. advertise / advertisement

    We place _____ about our products in the newspapers every week.

III. 請將下列單字加上 en，使其變成動詞，並猜測其中文意思。

> 提示：en 既可作字首，也可作字尾。

	動詞	中文意思
1. fast →	_____	_____
2. fright →	_____	_____
3. rich →	_____	_____
4. heart →	_____	_____
5. large →	_____	_____
6. wide →	_____	_____
7. courage →	_____	_____
8. light →	_____	_____
9. danger →	_____	_____
10. able →	_____	_____

2.4 副詞字尾

1 -ably, -ibly, -ly：表示「方式、方法、狀態、…地」。

i -ably：是 able 和 ly 的結合體。

comfortable [`kʌmfətəbļ] 舒適的	→	comfortably [`kʌmfətəblɪ] 舒適地
respectable [rɪ`spɛktəbļ] 可尊敬的、 體面的	→	respectably [rɪ`spɛktəblɪ] 可尊敬 地、體面地

ii -ibly：是 ible 和 ly 的結合體。

possible [`pasəbļ] 可能的	→	possibly [`pasəblɪ] 可能地
sensible [`sɛnsəbļ] 合情理的	→	sensibly [`sɛnsəblɪ] 合情理地

iii -ly：一般加在形容詞後，就原意構成副詞。

careful [`kɛrfəl] 小心的	→	carefully [`kɛrfəlɪ] 小心地
courageous [kə`redʒəs] 勇敢的	→	courageously [kə`redʒəslɪ] 勇敢地

🔑 註　釋

▶ -ic 結尾的形容詞除極少數外，構成副詞時都用 -ically，表示「從…方面、從…觀點、從…角度」。

· economic [ˌikə`namɪk] 經濟的 → economically [ˌikə`namɪkļɪ] 從經濟方面、經濟上

· dramatic [drə`mætɪk] 戲劇性的 → dramatically [drə`mætɪkļɪ] 戲劇性地

▶ 有少數形容詞構成副詞後意思會轉變。

· hard [hard] 困難的、硬的 → hardly [`hardlɪ] 幾乎不

· short [ʃɔrt] 短的 → shortly [`ʃɔrtlɪ] 不久

2 -ward, -wise：表示「方向」。

i -ward（adj → adv）

back [bæk] 向後的	→	backward(s) [ˋbækwəd(z)] 向後
down [daʊn] 向下的	→	downward [ˋdaʊnwəd] 向下
fore [for] 前部的	→	forward [ˋfɔrwəd] 向前
up [ʌp] 向上的	→	upward(s) [ˋʌpwəd(z)] 向上

ii -wise（n → adv）

clock [klɑk] 時鐘	→	clockwise [ˋklɑk͵waɪz] 順時針方向
other [ˋʌðə] 另一個	→	otherwise [ˋʌðə͵waɪz] 要不然、否則

練習2.4

I. 請選擇正確的字詞，並注意文法的正確性。

1. decide / decision / decisive / decisively

   If many universities accept you, you must _____ on one.

2. expense / expensive / expensively

   Stamps can be _____ if you write many letters home.

3. enjoy / enjoyment / enjoyable / enjoyably

   We had an _____ day at the zoo.

4. skill / skillful / skillfully

   She is very capable; she manages a large company _____ .

5. direction / direct / directly

   Go _____ to school and do not stop on the way.

6. mystery / mysterious / mysteriously

   For some reason, she left _____ last week without saying good-bye to anyone.

7. hunger / hungry / hungrily

   He ate the food _____ because he was very hungry.

8. breath / breathe / breathless / breathlessly

   People cannot _____ in water.

9. silence / silent / silently

   The two men walked _____ to the library. Neither of them spoke.

10. defend / defense / defensive / defensively

    They _____ their city against the attack of the enemy.

II. 請將下列形容詞變為副詞和名詞。

形容詞	副詞	名詞
possible	possibly	possibility
1. suitable（適宜的）	_____	_____
2. flexible（靈活的）	_____	_____
3. inevitable（不可避免的）	_____	_____
4. capable（有能力的）	_____	_____
5. audible（可聽見的）	_____	_____
6. available（可得到的）	_____	_____
7. feasible（可行的）	_____	_____
8. responsible（負責的）	_____	_____
9. credible（可信的）	_____	_____
10. visible（可看見的）	_____	_____

2.5 具有多重意義的字尾

英語中有一些字尾表示多種意思，同時表示不同的詞性。本節對這些字尾做歸納說明。

1 -al

i 附加在名詞後構成形容詞，表示「與…有關、有…特點的」。

nation [`neʃən] 國家	→	national [`næʃənl̩] 國家的
nature [`netʃə] 自然	→	natural [`nætʃərəl] 自然的

ii 將動詞變成名詞，表示「…的行為」。

deny [dɪ`naɪ] 否定、否認	→	denial [dɪ`naɪəl] 否定、否認（the act of denying）
refuse [rɪ`fjuz] 拒絕	→	refusal [rɪ`fjuzl̩] 拒絕（the act of refusing）

練習2.5.1 請寫出下列英文的中文意思，並註明詞性。

1. revival _____
2. emotional _____
3. accidental _____
4. renewal _____
5. withdrawal _____
6. sensational _____

2 -an

i 使地名變成形容詞或名詞，表示「…國的、…國人」。

America [ə`mɛrɪkə] 美國	→	American [ə`mɛrɪkən] 美國的、美國人
Europe [`jurəp] 歐洲	→	European [ˌjurə`piən] 歐洲的、歐洲人

ii 形容詞字尾，表示「…的、支持（或信仰）…的」。

Christ [kraɪst] 基督	→	Christian [`krɪstʃən] 基督教的、與基督教有關的
Freud [frɔɪd] 佛洛伊德	→	Freudian [`frɔɪdɪən] 佛洛伊德學說的、與佛洛伊德學說有關的
purity [`pjurətɪ] 純潔	→	Puritan [`pjurətən] 清教徒主義的
republic [rɪ`pʌblɪk] 共和國	→	republican [rɪ`pʌblɪkən] 共和政體的

3 -ar

i 附加在一些名詞後（這些名詞中，很多以 le 結尾），構成形容詞。

circle [`sɝkl̩] 圓圈	→	circular [`sɝkjələ] 圓圈的
muscle [`mʌsl̩] 肌肉	→	muscular [`mʌskjələ] 肌肉的
pole [pol] 南（北）極	→	polar [`polə] 南（北）極的
single [`sɪŋgl̩] 單獨	→	singular [`sɪŋgjələ] 單獨的

ii 加在動詞後構成名詞，表示「動作的執行者」。

beg [bɛg] 乞討	→	beggar [`bɛgə] 乞丐
lie [laɪ] 撒謊	→	liar [`laɪə] 撒謊者、騙子

4 -ate

i 形容詞字尾，表示「表現出…的、充滿…的」。

consider [kən`sɪdə] (v) 考慮	→	considerate [kən`sɪdərɪt] 考慮周到的
passion [`pæʃən] (n) 熱情	→	passionate [`pæʃənɪt] 充滿激情的、熱情的

ii 動詞字尾，表示「使…、使成為…」。

act [ækt] (n) 活動	→	activate [`æktə,vet] 使活潑
regular [`rɛgjələ] (adj) 規律的	→	regulate [`rɛgjə,let] 控制、管理

iii 名詞字尾，表示「辦公機構或職能部門」。

consulate [ˋkɑnsḷɪt] 領事館

練習2.5.2~2.5.4 請寫出下列英文的中文意思，並註明詞性。

1. Chicagoan _____
2. electrician _____
3. circular _____
4. plural _____
5. doctorate _____
6. fortunate _____
7. abbreviate _____
8. communicate _____

5 -er

i 附加在動詞後構成名詞，表示「動作的執行者」。

follow [ˋfɑlo] 追隨	→	follower [ˋfɑloɚ] 追隨者
teach [titʃ] 教	→	teacher [ˋtitʃɚ] 教師

ii 附加在名詞後構成新的名詞，表示「某職業、工作的人」。

banking [ˋbæŋkɪŋ] 銀行業	→	banker [ˋbæŋkɚ] 銀行家
plumbing [ˋplʌmɪŋ] 鉛管工業	→	plumber [ˋplʌmɚ] 鉛管工人

iii 附加在名詞後構成名詞，表示「…國家或地方的人」。

Iceland [ˋaɪslənd] 冰島	→	Icelander [ˋaɪsləndɚ] 冰島人
New York [ˋnjuˋjɔrk] 紐約	→	New Yorker [ˋnjuˋjɔrkɚ] 紐約客

iv 構成形容詞或副詞的比較級。

hard [hɑrd] 努力的	→	harder [ˋhɑrdɚ] 更努力地
small [smɔl] 小的	→	smaller [ˋsmɔlɚ] 更小的

練習2.5.5 請寫出下列英文的中文意思，並註明詞性。

1. faster _____
2. New Zealander _____
3. entertainer _____
4. amplifier _____
5. propeller _____
6. Londoner _____

6 -ish

i 形容詞字尾，加在名詞之後表示「像…一樣的、有…特點的」。

baby [`bebɪ] 嬰兒	→	babyish [`bebɪɪʃ] 嬰兒般的、孩子氣的
child [tʃaɪld] 兒童	→	childish [`tʃaɪldɪʃ] 像小孩一樣的、幼稚的
girl [gɝl] 女孩	→	girlish [`gɝlɪʃ] 像女孩一樣的

ii 形容詞字尾，表示「…國的、…語的」。

British [`brɪtɪʃ] 英國的
Swedish [`swidɪʃ] 瑞典的、瑞典語的

iii 形容詞字尾，加在名詞之後表示「沉迷於…的、傾向於…的」。

book [buk] 書	→	bookish [`bukɪʃ] 愛讀書的、書呆子的
self [sɛlf] 自己	→	selfish [`sɛlfɪʃ] 自私的

iv 附加在形容詞後構成新的形容詞，表示「稍許、有點兒」。

red [rɛd] 紅色的	→	reddish [`rɛdɪʃ] 略呈紅色的、微紅的
sweet [swit] 甜的	→	sweetish [`switɪʃ] 略帶甜味的

練習2.5.6 請寫出下列英文的中文意思。

1. foolish _____
2. Irish _____
3. slavish _____
4. feverish _____
5. oldish _____
6. greenish _____

7 -ism：名詞字尾

i 附加在動詞後構成動作的名詞形式。

baptize [bæp`taɪz] 施洗禮	→	baptism [`bæptɪzəm]【宗】洗禮（儀式）
criticize [`krɪtə,saɪz] 批評	→	criticism [`krɪtə,sɪzəm] 批評

ii 動作、事業

tour [tur] (n) 觀光、旅遊	→	tourism [`turɪzəm] 旅遊（業）

iii 狀態、情況

alcohol [`ælkə,hɔl] (n) 酒精	→	alcoholism [`ælkəhɔl,ɪzəm] 酒精中毒
barbarian [bar`bɛrɪən] (n) 野蠻人	→	barbarism [`barbərɪzəm] 鄙俗的行為

iv 學說、主義、信條

communism [`kamju,nɪzəm] 共產主義
Darwinism [`darwɪn,ɪzəm] 達爾文學說、達爾文主義、進化論
socialism [`soʃəl,ɪzəm] 社會主義

v 語言上的用法和特點

witticism [`wɪtɪsɪzəm] 詼諧的語言、名言、妙語、俏皮話
Americanism [ə`mɛrəkən,ɪzəm]（英語上）美國用法、美國風、美國腔

8 -ly

i 附加在形容詞後構成副詞。

glad [glæd] 高興的	→	gladly [`glædlɪ] 高興地
gradual [`grædʒuəl] 逐漸的	→	gradually [`grædʒuəlɪ] 逐漸地

ii 附加在表示時間單位的名詞後，構成形容詞或副詞，意思是「每…的（地）」。

day [de] 日	→	daily [`delɪ] 每日的
hour [aur] 小時	→	hourly [`aurlɪ] 每小時的

month [mʌnθ] 月	→	monthly [ˋmʌnθlɪ] 每月的、一月一次的
week [wik] 週	→	weekly [ˋwiklɪ] 每週的

iii 可附加在名詞後構成形容詞，表示「像…一樣的、具有…性質的」。

coward [ˋkauəd] 懦夫	→	cowardly [ˋkauədlɪ] 懦夫似的
man [mæn] 男人	→	manly [ˋmænlɪ] 男人般的、有男子氣的
saint [sent] 聖人	→	saintly [ˋsentlɪ] 聖人般的
world [wɝld] 世界	→	worldly [ˋwɝldlɪ] 世俗的

練習2.5.7~2.5.8 請寫出下列英文的中文意思，並註明詞性。

1. behaviorism　＿＿＿＿＿＿
2. pessimism　＿＿＿＿＿＿
3. terrorism　＿＿＿＿＿＿
4. heroism　＿＿＿＿＿＿
5. quarterly　＿＿＿＿＿＿
6. secretly　＿＿＿＿＿＿
7. friendly　＿＿＿＿＿＿
8. brotherly　＿＿＿＿＿＿

9 -ment：名詞字尾，放在動詞後表示下列意思。

i 動作的執行、行為

govern [ˋgʌvən] 管理	→	government [ˋgʌvənmənt] 政府
move [muv] 移動、運動	→	movement [ˋmuvmənt] 運動

ii 行為後的具體產物

base [bes] 以…為基礎	→	basement [ˋbesmənt] 地下室
pave [pev] 鋪設	→	pavement [ˋpevmənt] 人行道

10 -ship： 名詞字尾（n → n）

i 狀態、身分

friend [frɛnd] 朋友	→	friendship [`frɛndʃɪp] 友誼
member [`mɛmbɚ] 成員	→	membership [`mɛmbɚˌʃɪp] 會員身分

ii 技巧、能力

statesman [`stetsmən] 政治家	→	statesmanship [`stetsmənˌʃɪp] 政治才能、治國才能
leader [`lidɚ] 領導者	→	leadership [`lidɚʃɪp] 領導能力

iii 關係

fellow [`fɛlo] 夥伴	→	fellowship [`fɛloˌʃɪp] 夥伴關係
kin [kɪn] 親屬	→	kinship [`kɪnʃɪp] 親屬關係

11 -y

i 形容詞字尾，表示「有…的、表現出…的、像…一樣的」。

blood [blʌd] *(n)* 血	→	bloody [`blʌdɪ] 血跡斑斑的
cloud [klaʊd] *(n)* 雲	→	cloudy [`klaʊdɪ] 多雲的
sex [sɛks] *(n)* 性	→	sexy [`sɛksɪ] 性感的
silver [`sɪlvɚ] *(n)* 銀	→	silvery [`sɪlvərɪ] 似銀的、鍍銀的、有銀色光澤的

ii 名詞字尾，給名詞增添親暱或親密的含義。

fatty [`fætɪ] 小胖子
granny [`grænɪ] 奶奶
mummy [`mʌmɪ] 媽媽

練習2.5.9~2.5.11 請寫出下列英文的中文意思，並註明詞性。

1. advertisement _____
2. entertainment _____
3. relationship _____
4. craftsmanship _____
5. sportsmanship _____
6. inquiry _____
7. piggy _____
8. windy _____

第三章

英文字根（Roots）

字根是單字的基本元素，它可以單獨成一單字，如 plant（種植）。它也可以與字首或字尾合併成另一個新字，如 transplant（trans 橫越 + plant 種植）意思是「移植」。risky（risk 危險 + y 充滿）為「危險的」意思。comfortable（com 表強調的字首 + fort 堅強 + able 可…的）表示「舒服的」。有時候因英文拼字的關係，字根與字首或字尾合併時會改變既有的拼法，如 ced 這個字根是「走、去」的意思，與其他字首合併時，則變為 cede，如 recede（消退）。

3.1 五官動作

1 spect, spic, vid, vis：即「看」。

i spect, spic

despicable（*de* 向下 + *spic* 看 + *able* 可…）[`dɛspɪkəbl̩] *(adj)* 可鄙的	
despise（*de* 向下 + *spis* = *spic* 看 → 向下看）[dɪ`spaɪz] *(v)* 輕視、看不起	
inspect（*in* 內、裡 + *spect* 看 → 向裡仔細看）[ɪn`spɛkt] *(v)* 檢查、（官方）視察	
inspection（*in* 內 + *spect* 看 + *ion* 名詞字尾）[ɪn`spɛkʃən] *(n)* 檢查、視察	
inspector（*in* 內 + *spect* 看 + *or* 人）[ɪn`spɛktə] *(n)* 檢查員、巡視員	
perspective（*per* 透過 + *spect* 看 + *ive* 物）[pə`spɛktɪv] *(n)* 透視畫法	
prospect（*pro* 向前 + *spect* 看 → 向前看）[`prɑspɛkt] *(n)* 前景	
prospective（*pro* 向前 + *spect* 看 + *ive* 形容詞字尾）[prə`spɛktɪv] *(adj)* 盼望中的、未來的、預期的	
specimen（*speci* = *spect* 看 + *men*）[`spɛsəmən] *(n)* 範例、標本、樣品、待試驗物	
spectacle（*spect* 看 + *acle*）[`spɛktəkl̩] *(n)* 壯觀景象	
spectacles（*spect* 看 + *acle* + *s* 複數字尾）[`spɛktəkl̩z] *(n)* 眼鏡	
spectacular（*spect* 看 + *acular*）[spɛk`tækjələ] *(adj)* 壯觀的	
spectator（*spect* 看 + *ator* 表示人）[spɛk`tetə] *(n)* 觀眾（指比賽）	
speculate（*spec* = *spect* 看 + *ulate* 動詞字尾 → 看準了）[`spɛkjə͵let] *(v)* 思索、做投機買賣	
speculation（*spec* = *spect* 看 + *ulate* 動詞字尾 + *ion* 名詞字尾）[͵spɛkjə`leʃən] *(n)* 思索、做投機買賣	
suspect（*sus* = *sub* 下 + *spect* 看 → 由下看 → 躲著看）[sə`spɛkt] *(v)* 懷疑、不相信	
suspicion（*sus* 下 + *spic* 看 + *ion* 名詞字尾）[sə`spɪʃən] *(n)* 猜疑、懷疑	
suspicious（*sus* 下 + *spic* 看 + *ious* 形容詞字尾）[sə`spɪʃəs] *(adj)* 可疑的、令人懷疑的	

進階擴充

- auspice（*au* 鳥 + *spice* 看 → 看飛鳥而行動）[`ɔspɪs] *(n)* 占卜、預兆、吉兆
- auspicious（*au* 鳥 + *spic* 看 + *ious* 形容詞字尾）[ɔ`spɪʃəs] *(adj)* 吉兆的、吉祥的
- circumspect（*circum* 四周 + *spect* 看 → 環顧四周）[`sɝkəm͵spɛkt] *(adj)* 謹慎的、小心的、慎重的

- conspicuous（con 全、大家 + spic 看 + uous …的 → 大家都看到的）[kənˋspɪkjuəs]
  (adj) 顯著的
- introspect（intro 向內 + spect 看 → 向內審視）[͵ɪntrəˋspɛkt] (v) 內省、進行自我反省
- introspective（intro 向內 + spect 看 + ive 形容詞字尾）[͵ɪntrəˋspɛktɪv] (adj) 內省的
- retrospect（retro 向後 + spect 看 → 向後看）[ˋrɛtrə͵spɛkt] (n) 回顧
- retrospective（retro 向後 + spect 看 + ive 形容詞字尾）[͵rɛtrəˋspɛktɪv] (adj) 回顧的

練習 3.1.1.1

I.　請挑出以下定義的英文單字。

(A) despicable　(B) inspect　　(C) prospect　　(D) spectacle　　(E) speculate
(F) suspect　　(G) suspicious

_____ 1.　to examine closely, especially for faults or errors

_____ 2.　an impressive public show

_____ 3.　causing one to suspect something is wrong

_____ 4.　to form opinions about something, especially its future consequences, based on the information available; to buy securities or property in the hope of selling them at a profit

_____ 5.　deserving to be looked down upon and condemned

_____ 6.　a probability of future success

_____ 7.　to believe someone to be guilty without having any proof

II.　請填入正確的詞彙。

(A) despicable　(B) despise　　(C) inspect　　(D) prospect　　(E) spectacle
(F) suspect　　(G) suspicious

1.　He was drunk and his behavior at the party was _____.
2.　Peace talks start today with every _____ of success.
3.　The officer got out of the car to _____ the damage.
4.　The other kids _____ her for stuttering.

5. I _____ him of stealing the money, but I am not absolutely sure of that before I have any proof.

6. The opening ceremony of the Olympics was an impressive _____ .

7. She often refused to talk about her past, which made her colleagues become _____ .

---

ii vid, vis

envision（en 使進入 + vision 畫面、幻像）[ɪn`vɪʒən] (v) 想像、預想	
envisage（en 使進入 + vis 看 + age 名詞字尾）[ɪn`vɪzɪdʒ] (v) 想像、預想	
evidence（e 出 + vid 看 + ence 名詞字尾 → 看得出來）[`ɛvədəns] (n) 明顯、顯著、證據	
evident（e 出 + vid 看 + ent …的 → 看得出來的）[`ɛvədənt] (adj) 明顯的、顯然的	
invisible（in 不 + visible 可看的）[ɪn`vɪzəbl̩] (adj) 看不見的	
revise（re 再次 + vise 看）[rɪ`vaɪz] (v) 修訂、校訂、修正、修改	
revision（re 再次 + vis 看 + ion 名詞字尾）[rɪ`vɪʒən] (n) 修訂、修改、修正、修訂本	
supervise（super 上面 + vise 看 → 從上面往下看）[`supɚvaɪz] (v) 監督、管理	
supervision（super 上面 + vis 看 + ion 名詞字尾）[ˌsupɚ`vɪʒən] (n) 監督、管理	
supervisor（super 上面 + vis 看 + or 人）[ˌsupɚ`vaɪzɚ] (n) 監督人、管理人、檢查員、督學	
visa（vis 看 + a → 審視、審查 → 審查後的簽字）[`vizə] (n) 簽證；(v) 簽准	
video（vid 看 → 象 + eo）[`vɪdɪˌo] (n) 錄影	
visible（vis 看 + ible 可…的）[`vɪzəbl̩] (adj) 看得見的	
visibility（vis 見 + ibility 可…性）[ˌvɪzə`bɪlətɪ] (n) 可見性、能見度	
vision（vis 看 + ion 名詞字尾）[`vɪʒən] (n) 視力、(電視或電影上的) 畫面、圖像	
visual（vis 看 + ual …的）[`vɪʒuəl] (adj) 看的、視覺的	

進階擴充

- improvidence（im 不、無 + pro 向前 + vid 看 + ence 名詞字尾）[ɪm`pravədəns] (n) 無遠見、浪費

- improvident（im 不、無 + pro 向前 + vid 看 + ent 形容詞字尾 → 有錢就花的）[ɪm`pravədənt] (adj) 無遠見的、浪費的

- improvise（im 不 + pro 向前、預先 + vise 看 → 不預先看）[`ɪmprəvaɪz] (v) 即興表演

- provident（pro 向前 + vid 看 + ent …的 → 向前看的）[`pravədənt] (adj) 有遠見的、節省的

- visage（vis 看 + age 名詞字尾）[`vɪzɪdʒ] (n) 面貌

練習 3.1.1.2

I. 請辨別下列句子的敘述是否正確 (F/T)，錯誤的請修正。

_____ 1. If a thing is visible, it cannot be seen.

_____ 2. Visibility is how far or how clearly you can see in particular weather conditions.

_____ 3. Your vision is your ability to hear clearly with your ears.

_____ 4. If you envision a situation or event, you imagine it, or think that it is likely to happen.

_____ 5. If something is evident, it is difficult for you to notice it easily and clearly.

_____ 6. If someone or something is in evidence, they are present and can be clearly seen.

_____ 7. If you give evidence in a court of law, you give a statement saying what you know about something.

_____ 8. The video signals of a television program can be recorded on a magnetic tape.

II. 請填入正確的詞彙。

(A) evidence　　(B) evident　　(C) invisible　　(D) revise　　(E) supervision
(F) visibility　　(G) visible　　(H) visual

1. Owing to heavy fog, _____ was not good.
2. This drug should only be taken under the _____ of a doctor.
3. Since words alone may fail to convey an idea, teachers often use _____ aids, such as pictures, charts and films.
4. The mainland is clearly _____ from their island.
5. Before you hand in your composition, be sure to _____ it carefully.
6. The microscope enables us to see germs _____ to the naked eye.
7. Medical _____ shows that men are more likely to have heart attacks than women.
8. It was _____ that she had once been a beauty.

2 audi, audit：即「聽」。

audible（audi 聽 + ible 可…的）[`ɔdəbl] (adj) 聽得見的
audience（audi 聽 + ence 名詞字尾）[`ɔdɪəns] (n) 聽眾、（音樂會）觀眾
audio（audi 聽 + o）[`ɔdɪ,o] (adj) 聲音的
audiovisual（audio 聲音的 + visual 視覺的）[ˌɔdɪo`vɪʒuəl] (adj) 視聽的、視聽教學的、音像的
audit [`ɔdɪt] (n) 審計、查帳、旁聽；(v) 查帳
audition（audit 查帳 + ion 名詞字尾）[ɔ`dɪʃən] (n)（對擬做演員、歌手、樂師等人的）試聽、試演
auditor（audit 查帳 + or 人）[`ɔdɪtə] (n) 審計師
auditorium（audit 聽 + orium 表示地點）[ˌɔdə`torɪəm] (n) 聽眾席、觀眾席、會堂、禮堂
inaudible（in 不、無 + audi 聽 + ible 可…的）[ɪn`ɔdəbl] (adj) 聽不見的

3 rid, ris：即「笑」。

ridicule（rid 笑 + i + cule）[`rɪdɪkjul] (v) 嘲笑、奚落；(n) 嘲笑、奚落
ridiculous（rid 笑 + ic + ulous …的）[rɪ`dɪkjələs] (adj) 可笑的、荒唐的

🔑 進階擴充

- deride（de 向下 + ride 笑 → 貶低的笑）[dɪ`raɪd] (v) 嘲笑、嘲弄
- derision（de 向下 + ris 笑 + ion 名詞字尾）[dɪ`rɪʒən] (n) 嘲笑
- derisive（de 向下 + ris 笑 + ive …的）[dɪ`raɪsɪv] (adj) 嘲笑的、值得嘲笑的

練習 3.1.2~3.1.3

I. 請挑出以下定義的英文單字。

(A) audible　　(B) audience　　(C) audio　　(D) audiovisual　　(E) audit
(F) auditorium　(G) inaudible　　(H) ridicule

_____ 1. involving the use of recorded pictures and sound

_____ 2. too quiet to be heard

_____ 3. unkind laughter of remarks intended to make someone seem stupid; to laugh at someone

_____ 4. related to recording and broadcasting sound

_____ 5. the part of a theater where people sit when watching a play, a concert, etc.

_____ 6. loud enough to be heard

_____ 7. a group of people who watch and listen to someone speaking or performing in public

_____ 8. to officially examine a company's financial records in order to check that they are correct

II. 請填入正確的詞彙。

(A) audible   (B) audience   (C) audit   (D) audition   (E) auditorium
(F) inaudible   (G) ridiculed   (H) ridiculous

1. His voice was barely _____ because of the loud noise.

2. The _____ began clapping and cheering when the pianist finished his wonderful performance.

3. My ideas were _____ by the rest of the team, and of course they did not accept my ideas.

4. The words he whispered were _____ , so I didn't know what he was talking about.

5. Our class was called to the _____ to hear a speech on job opportunities.

6. He failed the _____ for the part of the prince.

7. An accountant did a year-end _____ of our financial records.

8. She looked absolutely_____ in those funny trousers.

4 dict, locu, log(ue), loqu：即「說、言」。

i dict

contradict （contra 反、對立 + dict 說 → 反說）[ˌkɑntrə`dɪkt] (v) 同⋯相矛盾、與⋯相抵觸	
contradiction （contradict 相矛盾 + ion 名詞字尾）[ˌkɑntrə`dɪkʃən] (n) 反駁、矛盾、對立	
contradictory （contradict 相矛盾 + ory 形容詞字尾）[ˌkɑntrə`dɪktərɪ] (adj) 反駁的、矛盾的	
dictate （dict 說 + ate 動詞字尾 → 說、吩咐 → 口授命令或指示）[`dɪktet] (v) 聽寫、指示、命令	
dictation （dictate 聽寫 + ion 名詞字尾）[dɪk`teʃən] (n) 口授、聽寫、口述	
dictator （dictate 命令 + or 人 → 授命令者）[`dɪkˌtetɚ] (n) 獨裁者	
dictatorship （dictator 獨裁者 + ship 名詞字尾）[dɪk`tetɚˌʃɪp] (n) 專政	
diction （dict 說 + ion 名詞字尾）[`dɪkʃən] (n) 措辭、用語、言語	
dictionary （diction 言辭 + ary 表示物）[`dɪkʃənˌɛrɪ] (n) 字典、詞典	
jurisdiction （juris 司法 + diction 言語 → 說法律的東西）[ˌdʒurɪs`dɪkʃən] (n) 司法權	
predict （pre 前、預先 + dict 說）[prɪ`dɪkt] (v) 預言、預報	
prediction （predict 預言 + ion 名詞字尾）[prɪ`dɪkʃən] (n) 預言、預報	
predictable （predict 預言 + able 可⋯的）[prɪ`dɪktəbļ] (adj) 可預言的	
verdict （ver 真實 + dict 言、說 → 說真實話）[`vɝdɪkt] (n)（陪審團的）裁決、判決、定論、結論	

🔑 進階擴充

- abdicate （ab 離開 + dic = dict 說、命令 + ate 動詞字尾 → 停止命令）[`æbdəˌket] (v) 退位、放棄（職位、權力等）
- benediction （bene 好的 + diction 言語）[ˌbɛnə`dɪkʃən] (n) 祝福
- dictum （dict 言、說 + um 名詞字尾）[`dɪktəm] (n) 格言
- edict （e 出 + dict 言、說 → 指示 → 統治者發出的指示）[`idɪkt] (n) 佈告、法令
- indict （in 進去 + dict 言、說 → 進去說）[ɪn`daɪt] (v) 起訴、控告、指控
- indictment （indict 起訴 + ment 名詞字尾）[ɪn`daɪtmənt] (n) 控告
- interdict （inter 在中間 + dict 言、說 → 擋在中間說 → 不讓做）[ˌɪntɚ`dɪkt] (v) 禁止、阻斷
- malediction （male 壞的 + diction 言語）[ˌmælə`dɪkʃən] (n) 詛咒、壞話

練習 3.1.4.1

I. 請挑出以下定義的英文單字。

(A) contradict   (B) contradiction   (C) dictator   (D) diction

(E) predict   (F) verdict

_____ 1. to say that something will happen

_____ 2. a difference between two statements about something that means they cannot both be true

_____ 3. the choice and use of words and phrases to express meanings, especially in literature or poetry

_____ 4. an official decision made by a jury in a court of law about whether someone is guilty or not guilty of a crime

_____ 5. to disagree with something by saying that it is wrong or not true, especially by saying that the opposite is true

_____ 6. a ruler who has complete power over his country, especially when their power has been gained by force

II. 請填入正確的詞彙。

(A) contradictions (B) contradictory (C) dictating   (D) jurisdiction

(E) predicting   (F) predictable   (G) verdict

1. She is _____ a letter to her secretary right now.

2. There are a few _____ in your statements. You say that John is your best friend, but you also claim that you don't trust him.

3. Economists are _____ a fall in interest rates.

4. The witnesses gave two completely _____ accounts.

5. The outcome of these experiments is not always entirely _____.

6. Foreign affairs are beyond the _____ of local government. They are dealt with by the central government.

7. After a week the jury still hadn't reach a _____.

ii | locu, loqu

colloquial（col = con 共同 + loqu 言 + ial 形容詞字尾 → 共同說）[kəˋlokwɪəl] (adj) 口語的

colloquialism（colloquial 口語的 + ism 詞語用法）[kəˋlokwɪəlɪzəm] (n) 口語的用語

eloquence（e 出 + loqu 言 + ence 名詞字尾）[ˋɛləkwəns] (n) 雄辯、口才

eloquent（e 出 + loqu 說 + ent …的 → 說出的 → 能言善道的）[ˋɛləkwənt] (adj) 雄辯的

進階擴充

- circumlocution（circum 繞圈 + locu 言 + tion 名詞字尾 → 拐彎抹角、不直說）
  [ˌsɝkəmloˋkjuʃən] (n) 婉轉曲折的陳述、累贅的說法、迂迴的說法
- loquacious（loqu 說 + acious 多…的）[loˋkweʃəs] (adj) 多話的
- magniloquent（magn 大 + i + loqu 言 + ent …的 → 大言的）[mægˋnɪləkwənt] (adj) 使用誇張語言的、華而不實的、誇張的
- obloquy（ob 反對 + loqu 言語 + y 名詞字尾 → 反對之言）[ˋɑbləkwɪ] (n) 誹謗
- somniloquy（somni 睡眠 + loqu 說 + y 名詞字尾）[sɑmˋnɪləkwɪ] (n) 夢話

iii | log(ue)

catalog(ue)（cata 下面 + log(ue) 說話）[ˋkætəlɔg] (n) 產品目錄、一覽表

dialog(ue)（dia 跨越 + log(ue) 說話 → 在兩人之間的談話）[ˋdaɪəˌlɔg] (n) 對話

進階擴充

- analogy（ana 根據 + log 言 + y 名詞字尾 → 說的一樣）[əˋnælədʒɪ] (n) 類似、類比
- epilog(ue)（epi 後面 + log(ue) 言 → 在後面的話）[ˋɛpəˌlɔg] (n)（文學作品）後記、跋、（戲劇）收場白
- eulogistic（eu 美好 + log 言 + istic …的）[ˌjuləˋdʒɪstɪk] (adj) 頌揚的、歌功頌德的
- eulogize（eu 美好 + log 言 + ize 動詞字尾）[ˋjuləˌdʒaɪz] (v) 稱讚、頌揚
- eulogy（eu 美好 + log 言 + y 名詞字尾 → 美言）[ˋjulədʒɪ] (n) 讚詞、頌詞、歌功頌德的話
- monolog(ue)（mono 單獨 + log(ue) 說）[ˋmɑnḷˌɔg] (n) 獨白、獨角戲
- prolog(ue)（pro 在前 + log(ue) 言 → 在前面的話）[ˋproˌlɔg] (n) 序言、開場白
- neologism（neo 新 + log 言 + ism 詞語用法）[niˋɑləˌdʒɪzəm] (n) 新詞

練習 3.1.4.2~3.1.4.3

I. 請挑出以下定義的英文單字。

(A) catalogue　(B) colloquial　(C) dialogue　(D) eloquent　(E) monologue

_____ 1. a conversation in a book, play, or film

_____ 2. a booklet containing pictures and information about goods that you can buy

_____ 3. suitable for informal speech or writing

_____ 4. a long speech by one character in a play or film; a long period of talking by one person that prevents other people from taking part in a conversation

_____ 5. able to express your ideas and opinions well, especially in a way that influences people

II. 請填入正確的詞彙。

(A) eloquence　(B) catalogues　(C) colloquial　(D) monologue　(E) dialogue

1. Most plays are written in _____.

2. Businesses mail out _____ of their products to customers.

3. While the comedian was giving a long _____ of jokes, the other actors were silent.

4. After many speeches the senator is now able to speak with _____ before the Senate.

5. The guests talked in a _____ language at the party instead of a formal language.

5 claim, clam, voc, vok：即「喊叫、聲音」。

i claim, clam

claim [klem] *(v)* 聲稱、宣稱、自稱、（為應得的權利或財產而）要求

exclaim（*ex 出 + claim 喊 → 喊出*）[ɪksˋklem] *(v)* 呼喊、驚叫、大聲叫

exclamation（*ex 出 + clam 喊 + ation 名詞字尾*）[͵ɛkskləˋmeʃən] *(n)* 驚呼、感嘆、驚嘆、驚嘆詞

exclamatory（*ex 出 + clam 喊 + atory 形容詞字尾*）[ɪkˋsklæmə͵torɪ] *(adj)* 叫喊的、感嘆的、驚嘆的

proclaim（*pro 在前 + claim 喊 → 在前面喊*）[prəˋklem] *(v)* 宣布、公布、聲明

proclamation（*pro 在前 + clam 喊 + ation 名詞字尾*）[͵prakləˋmeʃən] *(n)* 宣布

🔑 **進階擴充**

- acclaim（*ac = ad 表示加強、一再 + claim 喊 → 再喊*）[əˋklem] *(v)* 歡呼、稱讚
- clamor（*clam 喊叫 + or 名詞字尾*）[ˋklæmə] *(n)* 吵鬧、叫喊、大聲的抗議或要求；*(v)* 吵鬧、叫喊、大聲的抗議或要求
- clamorous（*clamor 喊叫 + ous 形容詞字尾*）[ˋklæmərəs] *(adj)* 大喊大叫的、大聲抗議的
- declaim（*de 加強 + claim 喊 → 加強說*）[dɪˋklem] *(v)*（像演講般）大聲說話、抨擊
- reclaim（*re 回 + claim 喊 → 喊回來*）[rɪˋklem] *(v)* 要求歸還、收回

ii voc, vok

advocate（*ad 增強 + voc 聲音 + ate 動詞字尾*）[ˋædvə͵ket] *(v)* 提倡；[ˋædvəkɪt] *(n)* 提倡者、鼓吹者

provoke（*pro 前面 + voke 喊 → 到別人面前喊*）[prəˋvok] *(v)* 激怒、煽動、惹起

provocation（*pro 前面 + voc 喊 + ation 名詞字尾*）[͵pravəˋkeʃən] *(n)* 激怒、刺激、挑釁

provocative（*pro 前面 + voc 喊 + ative 形容詞字尾*）[prəˋvakətɪv] *(adj)* 挑釁的

vocal（*voc 聲音 + al …的*）[ˋvokḷ] *(adj)* 嗓音的、聲音的

vocalist（*voc 聲音 + al …的 + ist 家、者*）[ˋvokəlɪst] *(n)* 聲樂家

進階擴充

- convoke（con 共同、一起 + voke 喊 → 喊到一起）[kən`vok] (v) 召集
- equivocal（equi 相等 + voc 聲音 + al …的 → 有兩種相等的聲音）[ɪ`kwɪvək!] (adj) 意義不明確的、模稜兩可的
- equivocate（equi 相等 + voc 聲音 + ate 動詞字尾）[ɪ`kwɪvə͵ket] (v) 說模稜兩可的話、支吾
- evoke（e 出 + voke 喊叫 → 喊出（思想、回憶、感情等））[ɪ`vok] (v) 喚起、喚醒
- invoke（in 進 + voke 喊 → 進去喊）[ɪn`vok] (v) 援用（法律、名言或名人等）為行動依據或理由
- revoke（re 回 + voke 喊 → 喊回來）[rɪ`vok] (v) 撤回、廢除、取消

練習 3.1.5

I. 請挑出以下定義的英文單字。

(A) acclaim　　(B) advocate　　(C) evoke　　(D) exclaim　　(E) provoke
(F) reclaim　　(G) vocal

_____ 1. to get back possession of something

_____ 2. to applaud or praise

_____ 3. to recommend a cause or an action publicly; a person who upholds or defends a cause or an action

_____ 4. to incite or stimulate; to cause a person to react in a particular, often angry way

_____ 5. involving the use of the human voice, especially in singing

_____ 6. to call or summon up (a memory or feeling) from the past

_____ 7. to cry out or speak suddenly or excitedly, as from surprise, delight, horror, etc.

II. 請填入正確的詞彙。

(A) acclaimed　(B) advocating　(C) claimed　　(D) evoked　　(E) exclaimed

(F) proclaimed　(G) provoked　(H) reclaim　　(I) vocal　　(J) vocalist

1. The club is now trying to _____ the money from the blockaders.

2. After her art exhibition, art critics _____ her as a great painter.

3. "You are a liar!" she _____.

4. Many African and Asian countries _____ independence after World War II.

5. She _____ the ownership of the land.

6. Extremists were openly _____ violence.

7. The old photos _____ the memory of his childhood.

8. The destruction of the mosque _____ anger throughout the Muslim world.

9. Although he is a _____, he plays the guitar as well as he sings.

10. Her _____ style is influenced by country music.

6 flat：即「吹」。

deflate (de 去除 + flate 吹) [dɪ`flet] (v) 放氣、使縮小、緊縮（通貨）、洩氣、漏氣
deflation (de 去除 + flat 吹 + ion 名詞字尾) [dɪ`fleʃən] (n) 放氣、縮小、通貨緊縮
inflatable (in 裡、內 + flat 吹 + able 可…的) [ɪn`fletəbl] (adj) 可充氣的、膨脹的、通貨膨脹的
inflate (in 裡、內 + flate 吹 → 往裡吹氣) [ɪn`flet] (v) 使充氣、使膨脹、使（通貨）膨脹
inflation (inflate 使膨脹 + ion 名詞字尾) [ɪn`fleʃən] (n) 脹大、通貨膨脹、（物價）暴漲
inflator (inflate 使膨脹 + or 物) [ɪn`fletɚ] (n) 充氣者、充氣機、打氣筒

進階擴充

- conflate (con 共同、一起 + flate 吹 → 吹到一起) [kən`flet] (v)（將兩種文本等）合併
- reflate (re 再 + flate 吹 → 再吹氣 → 再膨脹) [rɪ`flet] (v)（增加流通貨幣及貸款使經濟在通貨緊縮後）復甦

7 hal, spir：即「呼吸」。

i hal

exhale（ex 出 + hale 呼吸）[ɛks`hel] (v) 呼氣、吐氣

inhale（in 入 + hale 呼吸）[ɪn`hel] (v) 吸氣

ii spir

aspiration（a 加強 + spir 呼吸 + ation 名詞字尾）[͵æspə`reʃən] (n) 熱望、渴望

aspire（a 加強 + spire 呼吸 →〔因渴望得到而〕加強呼吸）[ə`spaɪr] (v) 熱望、立志

aspiring（a 加強 + spir 呼吸 + ing 令人…的）[ə`spaɪrɪŋ] (adj) 熱心的、積極的、有抱負的

conspiracy（con 共同 + spir 呼吸 + acy 名詞字尾）[kən`spɪrəsɪ] (n) 共謀

conspirator（con 共同 + spir 呼吸 + ator 人）[kən`spɪrətə] (n) 同謀者、陰謀者、反叛者

conspire（con 共同 + spire 呼吸）[kən`spaɪr] (v) 共謀、同謀

expiration（ex 出 + (s)pire 呼氣 + ation 名詞字尾）[͵ɛkspə`reʃən] (n) 期滿、終止

expire（ex 出 + (s)pire 呼氣 → 只出氣不進氣）[ɪk`spaɪr] (v) 斷氣、期滿

inspiration（in 向內 + spir 呼氣 + ation 名詞字尾）[͵ɪnspə`reʃən] (n) 靈感

inspire（in 向內 + spire 呼氣 → 向內吹氣）[ɪn`spaɪr] (v) 鼓舞、激發、啟示、使產生靈感

進階擴充

- perspiration（per 全部 + spir 呼吸 + ation 名詞字尾）[͵pɝspə`reʃən] (n) 排汗、汗水
- perspire（per 全部 + spire 呼吸 → 全身呼吸）[pə`spaɪr] (v) 出汗、流汗
- respiration（re 再 + spir 呼吸 + ation 名詞字尾）[͵rɛspə`reʃən] (n) 呼吸、呼吸作用
- respirator（re 再 + spir 呼吸 + ator 物）[`rɛspə͵retə] (n) 呼吸器
- respiratory（re 再 + spir 呼吸 + atory 形容詞字尾）[rɪ`spaɪrə͵torɪ] (adj) 呼吸的
- respire（re 再 + spire 呼吸 → 呼氣後再吸氣）[rɪ`spaɪr] (v) 呼吸
- transpire（trans 穿透、通過 + (s)pire 呼吸）[træn`spaɪr] (v)（祕密）公開、（植物葉面）蒸發水氣

練習 3.1.6~3.1.7

I. 請挑出以下定義的英文單字。

(A) aspiration (B) aspire   (C) conspirator (D) conspire   (E) deflate
(F) exhale   (G) expire   (H) inflate   (I) inflation   (J) inhale
(K) inspiration (L) inspire

_____ 1. a general increase in prices and a fall in the purchasing value of money

_____ 2. to let air out; to lose air or gas; to bring about a general reduction of price levels in an economy

_____ 3. a person who is involved in a secret plan to do something harmful or illegal

_____ 4. to long for, to aim for

_____ 5. to fill with a strong influence; to produce a feeling

_____ 6. to agree together secretly to do something wrong

_____ 7. to breathe out; to emit (air, vapor, sound, etc.)

_____ 8. a strong desire; ambition

_____ 9. a sudden good idea about what you should do or say

_____ 10. to breathe in (smoke, air, etc.)

_____ 11. to come to an end; to emit the last breath; to die

_____ 12. to cause to swell by filling with air

II. 請填入正確的詞彙。

(A) aspiration (B) conspirator (C) conspired   (D) deflated   (E) exhaled
(F) expires   (G) inflation   (H) inhale   (I) inspiration (J) inspires

1. The balloon _____ and went flat.

2. In October _____ was so great that bread cost twice as much in June.

3. A good leader _____ confidence in his or her followers.

4. The criminal and his _____ were arrested at the airport.

5. He _____ with an accomplice to rob the bank.

6. I haven't started writing the article yet —I'm still waiting for _____.

7. She _____ smoke in his face.

8. The presidency had been her _____ since college.

9. It is dangerous to _____ harmful fumes.

10. The contract _____ at the end of the month.

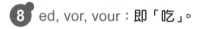 **ed, vor, vour：即「吃」。**

i ed

edible *(ed 吃 + ible 可…的)* ['ɛdəbl̩] *(adj)* 可食用的

inedible *(in 不 + ed 吃 + ible 可…的)* [ɪn'ɛdəbl̩] *(adj)* 不適於食用的、不能吃的

ii vor, vour

devour *(de 除去 + vour 吃)* [dɪ'vaur] *(v)*（尤指動物）吞吃、狼吞虎嚥、（火災等）毀滅、破壞

 進階擴充

- carnivore *(carn 肉 + i + vore 吃)* ['karnə͵vɔr] *(n)* 食肉動物

- carnivorous *(carn 肉 + i + vor 吃 + ous …的)* [kar'nɪvərəs] *(adj)* 食肉類

- herbivorous *(herb 草本植物 + i + vor 吃 + ous …的)* [hɚ'bɪvərəs] *(adj)* 食草的

- omnivorous *(omni 全 + vor 吃 + ous …的 → 什麼都吃的)* [am'nɪvərəs] *(adj)* 雜食的

- voracious *(vor 吃 + acious 多…的)* [vo're∫əs] *(adj)* 狼吞虎嚥的、貪婪的

- voracity *(vor 吃 + acity 名詞字尾)* [vɔ'ræsətɪ] *(n)* 貪食、貪婪

練習 3.1.8

I.　請挑出以下定義的英文單字。

(A) carnivore　　(B) edible　　　(C) herbivorous　　(D) carnivorous

(E) voracious　　(F) devour

_____　1.　feeding on plants

_____　2.　fit to be eaten as food

_____　3.　wanting or eating large quantities of food; very eager or greedy

_____　4.　to swallow or eat up hungrily; to destroy

_____　5.　flesh eating

_____　6.　an animal that eats flesh

II.　請填入正確的詞彙。

(A) carnivorous　　(B) devoured　　　(C) herbivorous　　(D) inedible

(E) voracious

1.　The lions _____ a zebra in a short time.

2.　Tigers are _____; they eat meat.

3.　Some kinds of mushrooms are _____; they are poisonous.

4.　Goats are _____; they eat grass.

5.　Teenagers often have _____ appetites.

1 pel, trud, trus：即「推」。

i pel

compel（*com 共同 + pel 推 → 共同推*）[kəm`pɛl] *(v)* 強迫、迫使

dispel（*dis 分散 + pel 推→ 驅散*）[dɪ`spɛl] *(v)* 消除（疑慮、錯誤觀念等）

expel（*ex 向外 + pel 推 → 向外推*）[ɪk`spɛl] *(v)* 驅逐、開除

propel（*pro 向前 + pel 推*）[prə`pɛl] *(v)* 推進

propeller（*propel 推進 + er 物*）[prə`pɛlə] *(n)* 推進者、（輪船、飛機上的）螺旋推進器

進階擴充

- impel（*im 內 + pel 推 → 自內心推動 → 心裡覺得必須*）[ɪm`pɛl] *(v)* 驅使、激勵
- repel（*re 反 + pel 推 → 反推 → 推回去*）[rɪ`pɛl] *(v)* 擊退、抵制

ii trud, trus

intrude（*in 進入 + trude 推*）[ɪn`trud] *(v)* 闖入、侵入

intruder（*intrude 闖入 + er 者*）[ɪn`trudə] *(n)* 入侵者

intrusion（*in 進入 + trus 推 + ion 名詞字尾*）[ɪn`truʒən] *(n)* 闖入、侵擾

進階擴充

- abstruse（*abs 離開〔人的認知力〕+ truse 推 → 把理解推開*）[æb`strus] *(adj)* 深奧的、晦澀難懂的
- extrude（*ex 向外 + trude 推*）[ɛk`strud] *(v)* 擠壓出
- protrude（*pro 向前 + trude 推*）[pro`trud] *(v)* 突出、鼓出
- protrusion（*pro 向前 + trus 推 + ion 名詞字尾*）[pro`truʒən] *(n)* 伸出、突出
- protrusive（*pro 向前 + trus 推 + ive 形容詞字尾*）[pro`trusɪv] *(adj)* 推出的、突出的、凸出的

練習 3.2.1

I. 請挑出以下定義的英文單字。

(A) compel　　(B) dispel　　(C) expel　　(D) intrude　　(E) propel
(F) protrude　　(G) repel

_____ 1. to disperse or drive away

_____ 2. to stick out

_____ 3. to push something forward

_____ 4. to force someone to leave

_____ 5. to come in without being invited

_____ 6. to force someone to drive back

_____ 7. to force someone to do something

II. 請填入正確的詞彙。

(A) compelled　(B) dispel　　(C) expelled　(D) intrude　　(E) propel
(F) protruded　(G) repel

1. He was _____ to work hard by the thought of being fired.

2. In the 19th century people used steam to _____ ships.

3. The odor can _____ mosquitoes.

4. The principal _____ the trouble-making student from school.

5. The government tried to _____ the notion that smoking cigarettes can prevent SARS.

6. His enormous belly _____ over his belt.

7. She hesitated to _____ on their conversation.

2 tract：即「拉」。

abstract (*abs 離開 + tract 拉 → 抽離 → 抽出*) [`æbstrækt] *(adj)* 抽象的；*(n)* 摘要
attract (*at = ad 向 + tract 拉 → 向自己拉*) [ə`trækt] *(v)* 吸引
contract¹ (*con 共同、一起 + tract 拉 → 把二者拉在一起*) [`kɑntrækt] *(n)* 合同、契約
contract² (*con 共同、一起 + tract 拉 → 共同拉在一起*) [kən`trækt] *(v)* 收縮
distract (*dis 分散、分開 + tract 拉 → 把注意力拉開*) [dɪ`strækt] *(v)* 分散注意力、使分心
extract (*ex 出 + tract 拉*) [ɪk`strækt] *(v)* 拔出
subtract (*sub 下 + tract 拉 → 抽下 → 抽去*) [səb`trækt] *(v)* 減去、減
tractor (*tract 拉 + or 物*) [`træktə] *(n)* 拖拉機

🔑 進階擴充

- detract (*de 下 + tract 拉*) [dɪ`trækt] *(v)* 減損、貶低
- protract (*pro 向前 + tract 拉 → 拉長*) [pro`trækt] *(v)* 延長
- retract (*re 回 + tract 拉 → 向回拉*) [rɪ`trækt] *(v)* 縮回、縮進、收回、撤銷

3 fer：即「拿來、帶來」。

confer (*con 共同、一起 + fer 拿 → 把意見帶到一起*) [kən`fɝ] *(v)* 協商、交換意見
conference (*confer 協商 + ence 名詞字尾*) [`kɑnfərəns] *(n)* （學術或專業）大會、會議、協商會
infer (*in 進入 + fer 帶 → 帶進意義*) [ɪn`fɝ] *(v)* 推斷
transfer (*trans 橫過、越過 + fer 拿 → 拿過去*) [træns`fɝ] *(v)* 轉移、調動、調任

🔑 進階擴充

- vociferous (*voci 聲音 + fer 帶來 + ous …的 → 帶來聲音的*) [vo`sɪfərəs] *(adj)* 大聲叫的、喊叫的、嘈雜的

I. 請挑出以下定義的英文單字。

(A) abstract   (B) confer   (C) conference   (D) contract   (E) distract

(F) extract   (G) infer   (H) subtract   (I) tractor   (J) transfer

_____ 1. a strong vehicle with large wheels, used for pulling farm machinery

_____ 2. to conclude from evidence; to reach an opinion from facts or reasoning

_____ 3. referring to ideas or qualities rather than material objects; not concrete things

_____ 4. to move from one place or job to another

_____ 5. a formal agreement between two sides; to draw together; to make or become smaller, narrower or shorter

_____ 6. to pull out or uproot by force

_____ 7. to take a number away from another number

_____ 8. to draw attention away from something

_____ 9. a professional meeting or convention; a meeting for consultation or discussion

_____ 10. to discuss something together

II. 請填入正確的詞彙。

(A) abstract   (B) conference   (C) conferred   (D) contract   (E) contracts

(F) distracted   (G) extracted   (H) inferred   (I) subtract   (J) transferred

1. I signed a _____ for the purchase of a new car.

2. In conversational English "is not" often _____ to "isn't."

3. They held a _____ on AIDS. In that meeting, some scientists gave their presentations on the development of AIDS vaccines.

4. "Beauty" and "truth" are _____ ideas.

5. The judge _____ with the two lawyers before the trial.

6. The noise outside _____ the boy from his homework.

7. Prof. Wang was _____ to another university last semester.

8. The dentist _____ one of my bad teeth.

9. I _____ from your smile that you are happy.

10. If you _____ three from ten, you get seven.

4 tort：即「扭」。

distort（dis 離 + tort 扭 → 扭離正形）[dɪsˋtɔrt] (v) 歪曲（真理、事實等）
retort（re 回、反 + tort 扭 → 扭回 → 打回）[rɪˋtɔrt] (v) 反駁、反擊、反唇相譏
torment（tor = tort 扭 + ment 名詞字尾）[ˋtɔrˏmɛnt] (n) 痛苦；[tɔrˋmɛnt] (v) 折磨
torture（tort 扭 + ure 名詞字尾 → 扭彎、扭折）[ˋtɔrtʃə] (n) 拷打；(v) 拷打
tortuous（tort 扭 + uous 形容詞字尾）[ˋtɔrtʃuəs] (adj) 曲折的、彎彎曲曲的、拐彎抹角的

🔑 進階擴充

- contort（con 一起 + tort 扭、擰）[kənˋtɔrt] (v) 擰彎、扭曲
- extort（ex 出、離去 + tort 扭 → 扭去 → 奪走）[ɪkˋstɔrt] (v) 強取、逼取、敲詐勒索

練習 3.2.4

I. 請挑出以下定義的英文單字。

(A) distort   (B) retort   (C) torment   (D) tortuous   (E) torture

_____ 1. the act of deliberately hurting someone in order to force them to tell something

_____ 2. to reply quickly, in an angry or humorous way

_____ 3. severe mental suffering, often lasting a long time; to make someone suffer a lot in a rather cruel way so that they feel guilty or very unhappy

_____ 4. to explain a fact, a statement, an idea, etc. in a way that changes its real meaning

_____ 5. with bends and twists; complicated and long and therefore confusing

II. 請填入正確的詞彙。

(A) distorted　　(B) retorted　　(C) tormented　　(D) tortuous　　(E) tortured

1. The police _____ him in order to force a confession out of him.

2. "Are you afraid?" "Afraid of what?" he _____.

3. The book begins with a long, _____ introduction.

4. He lay awake all night, _____ by jealousy.

5. The public were annoyed by the media, which _____ the reality of the event.

5 miss, mit：即「投、送」。

admission（ad 向 + miss 送 + ion 名詞字尾）[əd`mɪʃən] (n) 允許進入、供認	
admit（ad 向 + mit 送 → 向自己送）[əd`mɪt] (v) 准入、錄取、承認	
dismiss（dis 離開 + miss 送 → 送離）[dɪs`mɪs] (v) 解散、下課、開除、解職	
emission（e 出 + miss 投送 + ion 名詞字尾）[ɪ`mɪʃən] (n)（光、熱等的）散發、發射、發出	
emit（e 出 + mit 投）[ɪ`mɪt] (v) 發出、放射、散發	
missile（miss 投擲、發射 + ile 物體）[`mɪsl] (n) 導彈、拋擲物	
mission（miss 送、委派 + ion 名詞字尾）[`mɪʃən] (n) 使命、任務、使團、代表團	
missionary（miss 送 + ion 名詞字尾 + ary 人）[`mɪʃənˌɛrɪ] (n) 傳教士	
submit（sub 下 + mit 送 → 送下去）[səb`mɪt] (v)（使）屈服、提交、遞交	
transmission（trans 橫過 + miss 投送 + ion 名詞字尾）[træns`mɪʃən] (n) 發射、傳送、傳輸、轉播、播送	
transmit（trans 橫過 + mit 送 → 從這裡橫著送到那裡）[træns`mɪt] (v) 傳送、傳染、播送、發送	
transmitter（transmit 傳送 + er 人物）[træns`mɪtɚ] (n) 轉送者、傳達人、傳導物、發射機	

🔑 進階擴充

- emissary（e 出 + miss 派送 + ary 表示人 → 被派送出去的人）[`ɛmɪˌsɛrɪ] (n) 使者
- intermission（inter 中間 + miss 投送 + ion 名詞字尾）[ˌɪntɚ`mɪʃən] (n) 間斷、暫停、中間休息、幕間休息
- intermit（inter 中間 + mit 投 → 中間插入）[ˌɪntɚ`mɪt] (v) 中斷、間歇
- intermittent（intermit 間歇 + ent 形容詞字尾）[ˌɪntɚ`mɪtn̩t] (adj) 間歇的、斷斷續續的

- premise (pre 前、預先 + mise 送 → 預先送出) [`prɛmɪs] (n) (推理所依據的) 前提、假定
- remit¹ (re 回、再 + mit 送 → 〔把工資〕再送出去) [rɪ`mɪt] (v) 寄錢、匯款
- remit² (re 回、再 + mit 送 → 送回〔原先的處境、職位〕) [rɪ`mɪt] (v) 寬恕、赦免、使復職

練習 3.2.5

I. 請挑出以下定義的英文單字。

(A) admit   (B) dismiss   (C) emit   (D) missile   (E) mission
(F) missionary (G) submit   (H) transmit   (I) transmitter

_____ 1. a rocket with an exploding warhead, used as a weapon; an object that is thrown at a target

_____ 2. a specific task or duty; a task or a duty that a person believes he or she must achieve

_____ 3. to allow someone to enter; to accept somebody into a school as a student; to acknowledge or recognize (a crime or mistake) reluctantly

_____ 4. to accept the will of another person or a superior force; to send an application or a proposal to someone for judgment or consideration

_____ 5. to send out (heat, light, a smell, etc.)

_____ 6. a person sent abroad by a church to do religious and social work

_____ 7. device or equipment for transmitting radio or other electronic signals

_____ 8. to allow someone to leave; to remove an employee from a job

_____ 9. to pass something such as a message or disease from one place or person to another

II. 請填入正確的詞彙。

(A) admission   (B) dismissed   (C) emitted   (D) missile   (E) mission
(F) transmit   (G) submitted

1. The building was destroyed by a cruise _____ .
2. He felt it was his _____ to help old people.

3. The student _____ an application for scholarship to the authority of the university.

4. In general, _____ to British universities depends on examination results.

5. The boss _____ him for incompetence.

6. Roses _____ a sweet smell.

7. E-mail is currently the most efficient way to _____ information and data from one computer to another.

6 ject：即「投、擲」。

inject（in 裡、內 + ject 投 → 往裡投）[ɪn`dʒɛkt] (v) 注射、打針
injection（inject 注射 + ion 名詞字尾）[ɪn`dʒɛkʃən] (n) 注射
object¹（ob 反、對立 + ject 投 → 投放到對面〔面前〕的東西）[`ɑbdʒɪkt] (n) 物體、目標
object²（ob 反 + ject 扔 → 反著扔）[əb`dʒɛkt] (v) 反對
objective（object 目標 + ive 形容詞字尾）[əb`dʒɛktɪv] (adj) 客觀的、無偏見的；(n) 目標、目的
project（pro 向前 + ject 投）[prə`dʒɛkt] (v) 投射、放映
projector（project 投射 + or 物）[prə`dʒɛktə] (n) 放映機
reject（re 回、反 + ject 擲 → 擲回 → 不接受）[rɪ`dʒɛkt] (v) 拒絕
rejection（reject 拒絕 + ion 名詞字尾）[rɪ`dʒɛkʃən] (n) 拒絕

進階擴充

- abject（ab 離開 + ject 拋 → 拋開 → 被拋棄）[`æbdʒɛkt] (adj) 可憐的、淒慘的
- deject（de 向下 + ject 拋 → 把情緒向下拋）[dɪ`dʒɛkt] (v) 使沮喪、使灰心
- eject（e 出 + ject 擲）[ɪ`dʒɛkt] (v) 彈出、逐出、攆出、驅逐
- interject（inter 中間 + ject 擲 → 投入中間）[ˌɪntə`dʒɛkt] (v) 突然插嘴打斷（別人的談話）

練習 3.2.6

I. 請挑出以下定義的英文單字。

(A) inject (B) object (C) objective (D) project (E) projector
(F) reject

_____ 1. an apparatus for projecting photographic images, films or slides onto a screen

_____ 2. a thing that can be touched or seen; an aim or a purpose; to express disapproval or opposition

_____ 3. to cause an image to appear on a surface

_____ 4. an aim or a purpose; not distorted by personal feelings or bias

_____ 5. to put a fluid into the body with a syringe

_____ 6. to refuse to accept, use or believe; a person or thing rejected as not up to standard

II. 請填入正確的詞彙。

(A) injected (B) injection (C) objected (D) objects (E) objective
(F) projected (G) rejected

1. There are books, pens, rulers and other _____ on the desk.

2. A journalist should be completely _____ .

3. The doctor _____ the drug into my arm.

4. My colleagues _____ strongly to further delays.

5. Those drugs are given by _____ as well as through the mouth.

6. The tree _____ a shadow on the grass.

7. After the transplant, his body _____ the new heart and he died.

7 pon, pos, thesis：即「放置」。

i pos

compose（com 共同、一起 + pose 放 → 放到一起）[kəm`poz] (v) 組成、寫作、創作

composer（com 共同 + pos 放 + er 人）[kəm`pozə] (n) 作曲家

composition（com 共同 + pos 放 + ition 名詞字尾）[͵kampə`zɪʃən] (n) 作品（如音樂、詩歌或書）、作文

decompose（de 解除 + compose 組成）[͵dikəm`poz] (v) 使分解、使腐爛

deposit（de 下 + pos 放 + it → 把物放下）[dɪ`pazɪt] (n) 押金、保證金；(v) 沉澱、淤積

disposal（dispose 處理 + al 名詞字尾）[dɪ`spozl̩] (n) 清除、處理

dispose（dis 分離 + pose 放置 → 放到離開自己的地方）[dɪ`spoz] (v) 去除、處理（與 of 連用）

expose（ex 出、外 + pose 放置 → 擺出來 → 把…亮出來）[ɪk`spoz] (v) 使暴露、揭露

exposure（expose 暴露 + ure 名詞字尾）[ɪk`spoʒə] (n) 暴露、揭露、曝光

oppose（op = ob 反 + pose 放置 → 置於相反位置和立場）[ə`poz] (v) 反對

opposite（op 反 + pos 放置 + ite）[`apəzɪt] (adj) 對面的、相反的

propose（pro 向前 + pose 放 → 向前放 → 向前呈示〔意見〕）[prə`poz] (v) 建議、求婚

proposal（propose 建議 + al 名詞字尾）[prə`pozl̩] (n) 提議、建議、求婚

進階擴充

- depose（de 下 + pose 放 → 往下放）[dɪ`poz] (v) 免職、廢黜（王位）
- interpose（inter 之間 + pose 放 → 放在中間）[͵ɪntə`poz] (v) 插入、插話
- transpose（trans 轉換 + pose 放）[træns`poz] (v) 調換位置、互換位置

練習 3.2.7.1

I.　請挑出以下定義的英文單字。

(A) compose　　(B) composition (C) deposit　　　(D) dispose　　(E) expose

(F) oppose　　　(G) propose

_____ 1.　a sum of money given as part payment for something, or as security when you rent something

_____ 2.　to suggest; to offer marriage

_____ 3. a work of music, art, or literature; a piece of written work by a student

_____ 4. to put together or make up; to create a musical or literary work; to write music, opera, etc.

_____ 5. to express a strong disapproval against something or someone in speech or action

_____ 6. to uncover something previously covered; to reveal the truth about someone or something, especially when it is shocking or scandalous

_____ 7. to throw away

II. 請填入正確的詞彙。

(A) compose   (B) compositions   (C) decomposed   (D) deposit

(E) deposits   (F) disposed   (G) exposed   (H) exposure

(I) opposite   (J) proposed

1. I have a different, in fact, _____ view on this subject.

2. Sediment _____ slowly on the ocean bottom.

3. "Swan Lake" is one of Tchaikovsky's best-known _____.

4. Too much _____ of the body to strong sunlight can be harmful.

5. The politician was arrested when his plot to overthrow the government was _____.

6. She began to _____ songs at an early age.

7. She was murdered and many months later her _____ body was found in a remote wood.

8. He _____ to Miss Brown after he had been in love with her for many years.

9. They _____ of all their old furniture.

10. A $50 _____ is required when ordering a ticket for the football match.

ii pon

component（*com 一起 + pon 放 + ent 名詞字尾 → 放在一起的*）[kəm`ponənt] *(n)* 成分

opponent（*op = ob 反、對立 + pon 放 + ent 名詞字尾 → 放在對立面*）[ə`ponənt] *(n)* 對手、反對者

postpone（*post 後 + pone 放 → 往後放*）[post`pon] *(v)* 延遲

iii thesis

hypothesis（*hypo 下面 + thesis 放 → 放在下面，還不能成為正式理論*）[haɪ`pɑθəsɪs] *(n)* 假設

synthesis（*syn 相同 + thesis 放置 → 聚合地放*）[`sɪnθəsɪs] *(n)* 綜合、合成

synthesize（*syn 相同 + thes = thesis 放 + ize 動詞字尾*）[`sɪnθə͵saɪz] *(v)* 人工合成

synthetic（*syn 相同 + thet = thesis 放 + ic 形容詞字尾*）[sɪn`θɛtɪk] *(adj)* 合成的、人造的、綜合的

進階擴充

- **antithesis**（*anti 反 + thesis 放 → 反著放*）[æn`tɪθəsɪs] *(n)* 正相反、對立面
- **thesis** [iθisɪs] *(n)* 學位論文

練習 3.1.7.2~3.1.7.3

I. 請挑出以下定義的英文單字。

(A) component (B) hypothesis (C) opponent (D) postpone (E) synthesis
(F) synthetic (G) thesis

_____ 1. a suggested explanation for a group of facts, accepted either as a basis for further verification or as likely to be true

_____ 2. the process of combining objects or ideas into a complex whole

_____ 3. to put off until a future time

_____ 4. a part of a whole; the things or parts which make up a whole

_____ 5. a written work by a student for a higher degree in a university

_____ 6. a person who opposes another in a contest, a battle, or an argument

_____ 7. (of a substance or material) made artificially by chemical reaction and combination

II. 請填入正確的詞彙。

(A) hypothesis　(B) opponent　　(C) postponed　(D) synthesis　　(E) synthesized
(F) synthetic

1. Their beliefs are a _____ of Eastern and Western religions.
2. The party has been _____ until next week.
3. A German chemical company has _____ noxon, a chemical that can turn ozone, a dangerous pollutant, into harmless oxygen.
4. She was the mayor's _____ in the last election and she won.
5. Nylon and polyester are examples of _____ materials made from petroleum.
6. Another _____ has been put forward concerning the possible origins of mankind.

8 lev：即「舉、升」。

elevate（e 出 + lev 舉 + ate 動詞字尾 → 舉起）[`ɛlə,vet] (n) 抬起、舉起、提升（職位）
elevator（elevate 使升起 + or 表示物）[`ɛlə,vetɚ] (n) 電梯
lever（lev 舉、升 + er 表示物）[`lɛvɚ] (n) 槓杆

🔑 進階擴充

- **alleviate**（al = ad 加強意義 + lev 舉 + iate 動詞字尾 → 把壓在…的東西舉起）[ə`livɪ,et] (v) 減輕（痛苦）
- **levity**（lev 舉 + ity 名詞字尾）[`lɛvətɪ] (n) 輕率、輕浮

9 scend, scent：即「攀、爬」。

ascend（a = ad 向 + scend 爬 → 向上爬）[ə`sɛnd] (v) 攀登、上升
descend（de 向下 + scend 爬 → 向下爬）[dɪ`sɛnd] (v) 下降、下來
descendant（de 下 + scend 爬 + ant 人 → 傳下來的人）[dɪ`sɛndənt] (n) 子孫、後裔、後代
descent（de 下 + scent 爬）[dɪ`sɛnt] (n) 下降、降落

🔑 **進階擴充**

- condescend *(con 全部 + descend 下降 → 全部心靈下降 → 對下面的人不高傲)* [ˌkɑndɪˋsɛnd] *(v)* 屈尊俯就
- transcend *(trans 超過 + scend 爬 → 爬過去)* [trænˋsɛnd] *(v)* 超越、超過
- transcendent *(transcend 超越 + ent …的)* [trænˋsɛndənt] *(adj)* 超越的、卓越的、出眾的

🐝 **練習 3.2.8~3.2.9**

I. 請挑出以下定義的英文單字。

(A) ascend　　(B) descend　　(C) descendant　(D) descent　　(E) elevate
(F) elevator　　(G) transcend

_____ 1. to go down

_____ 2. a moving platform or room for carrying passengers or freight from one floor to another, as in a building; a lift

_____ 3. to raise to a higher place or rank; to promote

_____ 4. to go upward; to rise, to climb

_____ 5. someone born from a certain ancestor; progeny

_____ 6. to go beyond the ordinary limits of something; to exceed

_____ 7. a move downward

II. 請填入正確的詞彙。

(A) ascended　　(B) descended　(C) descendant　(D) descent　　(E) elevated
(F) lever　　　　(G) transcend

1. She is a _____ of our first president.

2. The airplane took off and _____ into the sky.

3. A worker used an iron bar as a _____ to lift a rock.

4. His concern about his business _____ money; he puts his customers' benefits in the first place.

5. The elevator rapidly _____ to the bottom floor.

6. The sales manager was _____ to general manager.

7. The airplane made a long _____ before landing.

10 tain, ten：即「握、持」。

attain（at = ad 加強意義 + tain 拿 → 拿住了）[ə`ten] (v) 達到（目標）、獲得
detain（de 下 + tain 拿 → 拿下）[dɪ`ten] (v) 阻止、耽擱、拘留
maintain（main = manu 手 + tain 拿 → 用手拿住）[men`ten] (v) 保養、維修、維持
maintenance（main = manu 手 + ten 拿 + ance 名詞字尾）[`mentənəns] (n) 維修、保持
obtain（ob 反、對面 + tain 拿 → 拿到對面的東西）[əb`ten] (v) 獲得、得到
retain（re 回 + tain 拿 → 拿回來）[rɪ`ten] (v) 保持、保留
sustain（sus 下面 + tain 拿、撐 → 在下面撐住）[sə`sten] (v) 支撐、支持
sustenance（sus 下面 + ten 拿 + ance 名詞字尾）[`sʌstənəns] (n) 支持、（支援生命的）食物、營養

🔑 **進階擴充**

- tenable（ten 持、守 + able 可…的）[`tɛnəbḷ] (adj) 可保持的、站得住腳的
- tenacious（ten 握 + acious …的 → 緊握的）[tɪ`neʃəs] (adj) 頑強的、固執的、堅決的
- tenacity（ten 握 + acity 名詞字尾）[tɪ`næsətɪ] (n) 堅韌、頑強、固執

練習 3.2.10

I. 請挑出以下定義的英文單字。

(A) attain　　(B) detain　　(C) maintain　　(D) obtain　　(E) retain

(F) sustain　　(G) sustenance

_____ 1. to continue to hold or have

_____ 2. to keep from proceeding; to delay; to keep under restraint

_____ 3. the means of sustaining life; food; nourishment

_____ 4. to get something that you want

_____ 5. to support or bear up from below; to bear the weight of

_____ 6. to keep in good condition or good repair; to keep something going

_____ 7. to succeed in reaching a particular goal or a higher position; to succeed in getting something after trying for a long time

II. 請填入正確的詞彙。

(A) attained　　(B) detained　　(C) maintained　(D) obtain　　(E) retain

(F) sustain　　(G) sustenance

1. He practiced very hard in the drivers' training school in order to _____ a driver's license.

2. The police _____ a man for questioning about the robbery.

3. The salesperson _____ her sales goal for the month.

4. The bridge collapsed because it could not _____ the weight of all these trucks.

5. He slipped on a piece of ice but he managed to _____ his balance and did not fall.

6. They have _____ their friendship for over 40 years.

7. The children were thin and badly in need of _____.

⑪ graph, scrib, script：即「寫」。

i　graph

autobiographer（auto 自己 + bio 生命 + graph 寫 + er 人）[ˌɔtəbaɪˋɑgrəfə] (n) 自傳作者	
autobiography（auto 自己 + bio 生命 + graph 寫 + y 名詞字尾）[ˌɔtəbaɪˋɑgrəfɪ] (n) 自傳	
autograph（auto 自己 + graph 寫 → 自己寫的字）[ˋɔtəˌgræf] (n) 親筆簽名	
biographer（bio 生命 + graph 寫 + er 者、人）[baɪˋɑgrəfə] (n) 傳記作者	
biography（bio 生命 + graph 寫 + y 名詞字尾 → 寫生命）[baɪˋɑgrəfɪ] (n) 傳記	
graphic（graph 寫 + ic …的）[ˋgræfɪk] (adj) 書寫的、繪畫的、生動的	
photograph（photo 光 + graph 寫 → 曝光後顯出〔寫出〕的圖像）[ˋfotəˌgræf] (n) 照片	
telegraph（tele 遠 + graph 寫 → 從遠方寫來）[ˋtɛləˌgræf] (n) 電報	

進階擴充

- demographic（demo 人民 + graph 寫、記錄 + ic …的）[ˌdimə`græfɪk] *(adj)* 人口統計學的
- demography（demo 人民 + graph 寫 + y 名詞字尾）[di`mɑɡrəfɪ] *(n)* 人口統計學
- monograph（mono 一個 + graph 寫 → 研究一個問題的論文）[`mɑnəˌɡræf] *(n)* 專題論文
- pictograph（pict 繪 → 圖形 + o + graph 寫）[`pɪktəˌɡræf] *(n)* 象形文字

練習 3.2.11.1

I.　請挑出以下定義的英文單字。

(A) autobiography　　(B) autograph　　　(C) biographer　　　(D) biography

(E) graphic　　　　　(F) photograph　　　(G) telegraph

_____ 1.　an old-fashioned method of sending messages using radio or electrical signals

_____ 2.　referring to artistic writing or drawings; described vividly and clearly in detail

_____ 3.　a history of a person's life written or told by that person; the story of your life written by yourself

_____ 4.　a famous person's signature that they give to someone as a memento

_____ 5.　a written story of another person's life

_____ 6.　someone who writes about someone else's life

_____ 7.　a picture taken by a camera

II.　請填入正確的詞彙。

(A) graphic　　　　　(B) biography　　　(C) autograph

1.　After the football match, the boy rushed to the field to get the famous player's _____.

2.　Charles Dickens's _____ description of abused and neglected children shocked the English public of the 1800s.

3.　After reading a _____ of Lincoln, I was able to tell many stories about the President.

ii scrib, script

describe（de 加強意義、著重 + scribe 寫 → 著重寫）[dɪ`skraɪb] (v) 描寫、敘述

description（de 加強用字首 + script 寫 + ion 名詞字尾）[dɪ`skrɪpʃən] (n) 描寫、記述、描述

descriptive（de 加強用字首 + script 寫 + ive 形容詞字尾）[dɪ`skrɪptɪv] (adj) 描述的、敘述的

manuscript（manu 手 + script 寫）[`mænjə,skrɪpt] (n) 手稿、原稿

prescribe（pre 先 + scribe 寫 → 預先寫好）[prɪ`skraɪb] (v) 開（藥方）

prescription（pre 先 + script 寫 + ion 名詞字尾）[prɪ`skrɪpʃən] (n) 處方、藥方

scribble [`skrɪbḷ] (n) 潦草的字跡；(v) 潦草地寫

script [skrɪpt] (n)（喜劇、電影、廣播、講話等）的劇本、腳本、講稿

subscribe（sub 在下面 + scribe 寫 → 在下面寫上名字 → 簽訂單）[səb`skraɪb] (v) 訂閱

subscription（sub 在下面 + script 寫 + ion 名詞字尾）[səb`skrɪpʃən] (n) 訂閱

transcript（trans 越過 + script 寫）[`træn,skrɪpt] (n) 抄本、文字本

🔑 進階擴充

- ascribe（a = ad 附加 + scribe 寫 → 把〔原因〕寫在…名下）[ə`skraɪb] (v) 歸因於、歸咎於
- circumscribe（circum 圍繞 + scribe 寫 → 在…周圍畫線）[`sɝkəm,skraɪb] (v) 限制
- conscript（con 共同、都 + script 寫 → 把名字都寫入名冊中）[`kɑnskrɪpt] (n) 被徵入伍者；(v) 徵募（服兵役）
- inscribe（in 入 + scribe 寫 → 寫入）[ɪn`skraɪb] (v) 寫、題、刻（作正式的或永久性的記錄）
- inscription（in 入 + script 寫 + ion 名詞字尾）[ɪn`skrɪpʃən] (n) 題字、碑銘
- transcribe（trans 橫過、轉 + (s)cribe 寫 → 把文字等從一處轉寫到另一處）[træns`kraɪb] (v) 謄寫、轉錄

🐝🐝 練習 3.2.11.2

I. 請挑出以下定義的英文單字。

(A) describe   (B) manuscript   (C) prescribe   (D) prescription

(E) scribble   (F) script   (G) subscribe   (H) transcript

_____ 1. to write something very fast or carelessly; very fast or careless handwriting

_____ 2. the written words of a play, film, broadcast, talk, recording, etc.

_____ 3.　to agree to buy a newspaper, periodical, etc. regularly over a period of time

_____ 4.　a handwritten or typed document before it is printed

_____ 5.　to tell what something looks like

_____ 6.　an order for medication

_____ 7.　a written or typed copy, especially of a speech or conversation

_____ 8.　to advise or order the use of medicine

II. 請填入正確的詞彙。

(A) describe　　　(B) descriptive　　(C) prescription　　(D) scribble

(E) script　　　　(F) subscribed

1.　Can you read this _____? I was in a hurry when I wrote it.

2.　Her doctor wrote her a _____ for high blood pressure.

3.　After reading the book which is full of _____ passages about life in Tibet, I felt as if I had been there.

4.　I _____ to a monthly magazine about English learning.

5.　The police asked her to _____ the criminal who had robbed her and escaped.

6.　After the listening comprehension test, the students looked at the _____ to check their answers.

12 pict：即「畫、繪」。

depict（de 加強、著重 + pict 畫 → 著重畫）[dɪ`pɪkt] (v) 畫、繪、描述、描寫

picture（pict 畫 + ure 名詞字尾）[`pɪktʃɚ] (n) 圖畫、照片

picturesque（picture 圖片 + esque 如…的）[͵pɪktʃə`rɛsk] (adj)（風景）如畫的

進階擴充

- pictograph（pict 繪 → 圖形 + o + graph 寫）[`pɪktə͵græf] (n) 象形文字
- pictorial（pict 畫 + orial …的）[pɪk`torɪəl] (adj) 圖片的；(n) 畫報
- pigment（pig = pict 畫 + ment 表示物的名詞字尾 → 繪畫用的材料）[`pɪgmənt] (n) 顏料

13 rad, ras, raz：即「擦、刮」。

> erase（e 出 + rase 刮 → 刮出去）[ɪ`res] (v) 抹去、擦掉、消磁、刪除
>
> eraser（e 出 + ras 擦 + er 物）[ɪ`resə] (n) 橡皮擦、板擦
>
> razor（raz 剃 + or 物 → 刮削之器）[`rezə] (n) 剃刀

🔑 **進階擴充**

- abrade（ab 離開 + rade 擦 → 擦離）[ə`bred] (v) 磨損
- abrasive（ab 離 + ras 刮、擦 + ive 形容詞兼名詞字尾）[ə`bresɪv] (adj) 研磨的；(n) 磨料

14 do, don：即「給」。

> anecdote（an 不、未 + ec 向外 + do 給 + te → 未曾向外給出〔發表〕過的事）[`ænɪk‚dot] (n) 軼事、奇聞、趣聞
>
> donate（don 給 + ate 動詞字尾）[`donet] (v) 捐贈、贈予
>
> donation（don 給 + ation 名詞字尾）[do`neʃən] (n) 捐款、捐贈品
>
> donor（don 給 + or 人）[`donə] (n) 捐贈人

🔑 **進階擴充**

- condone（con 全部、一起 + done 給 → 捨棄、捨棄他人的全部罪過）[kən`don] (v) 寬恕、原諒

練習 3.2.12~3.2.14

I. 請挑出以下定義的英文單字。

(A) anecdote   (B) depict   (C) donate   (D) donation   (E) donor

(F) erase   (G) picturesque (H) razor

_____ 1. something, especially money, that you give to a person or an organization in order to help them

_____ 2. a short story based on your personal experience

_____ 3. to give something, especially money, to a person or an organization in order to help them

_____ 4. to paint, draw; to describe something, especially in writing or pictures, in a way that gives a clear idea of a real situation

_____ 5. a person, group, etc. that gives something, especially money, to an organization in order to help people

_____ 6. a sharp instrument used for removing hair, especially from a man's face

_____ 7. to remove marks or writing so that they can no longer be seen

_____ 8. like a picture, pretty

II. 請填入正確的詞彙。

(A) anecdotes　　(B) depicts　　　(C) donated　　(D) donors　　　(E) erased

(F) erasers　　　(G) razors

1. The names were accidentally _____ from computer disks.

2. Blood _____ visit the hospital to donate blood.

3. Men use_____ to shave their beards.

4. The sailor tells amusing _____ about his travels around the world.

5. I like to use pencils with _____ on top.

6. Last year he _____ $1,000 to cancer research.

7. I read a book that _____ life in prerevolutionary Russia.

15 tact, tag：即「觸、接觸」。

contact（con 共同、一起 + tact 觸在一起）[`kɑntækt] (n) 接觸、聯繫；[kən`tækt] (v) 接觸、聯繫
contagion（con 共同 + tag 接觸 + ion 名詞字尾 → 共同接觸到）[kən`tedʒən] (n)（疾病）接觸傳染、接觸傳染病
contagious（con 共同 + tag 接觸 + ious …的）[kən`tedʒəs] (adj) 傳染性的、會感染的
intact（in 不、沒 + tact 觸 → 沒觸動過的）[ɪn`tækt] (adj) 完好無損的

進階擴充

• tactile *(tact 觸 + ile …的)* [`tæktɪl] *(adj)* 觸覺的

16 fract, frag：即「打碎」。

fraction *(fract 碎 + ion 名詞字尾)* [`frækʃən] *(n)* 小部分
fractional *(fraction 碎片、部分 + al …的)* [`frækʃənl] *(adj)* 小部分的
fracture *(fract 碎、斷 + ure 表狀態 → 斷的狀態)* [`fræktʃə] *(n)* 斷裂、骨折；*(v)* 斷裂、骨折
fragile *(frag 碎 + ile … 的)* [`frædʒəl] *(adj)* 易碎的、脆的
fragment *(frag 碎 + ment 表示物的名詞字尾)* [`frægmənt] *(n)* 碎片、片段

進階擴充

• diffract *(dif = dis 分開 + fract 碎)* [dɪ`frækt] *(v)* 使（一束光）衍射
• fractious *(fract 破碎 + ious …的 → 脾氣易破碎)* [`frækʃəs] *(adj)* 易怒的
• infraction *(in 進入 + fract 破碎 + ion 名詞字尾 → 破入〔法律、規定〕)* [ɪn`frækʃən] *(n)* 犯規、違法
• refract *(re 回 + fract 碎 → 斷後回射)* [rɪ`frækt] *(v)* （光線）折射

17 turb：即「攪動」。

disturb *(dis 分開 + turb 攪動 → 攪開)* [dɪs`tɝb] *(v)* 攪亂、弄亂、打擾
disturbance *(disturb 煩惱 + ance 名詞字尾)* [dɪs`tɝbəns] *(n)* 打擾、干擾、進行騷擾的人
turmoil *(tur = turb 攪動 + moil 翻騰 → 攪動翻騰)* [`tɝmɔɪl] *(n)* 騷動、混亂、動亂

進階擴充

• perturb *(per 貫穿、始終 + turb 攪動 → 始終攪動心神)* [pɚ`tɝb] *(v)* 使心緒不安、使煩惱
• turbid *(turb 攪動 + id …的 → 攪動 → 攪渾)* [`tɝbɪd] *(adj)* （指液體）混濁的
• turbine [`tɝbɪn] *(n)* 渦輪（機）
• turbulence *(turb 攪動 + ulence 名詞字尾)* [`tɝbjələns] *(n)* （液體或氣體的）亂急流、渦流
• turbulent *(turb 攪動 + ulent 多…的 → 攪動太多的)* [`tɝbjələnt] *(adj)* （指空氣或水）流動得猛烈而不穩定的、（社會）動盪的

練習 3.2.15~3.2.17

I. 請挑出以下定義的英文單字。

(A) contagious　(B) disturb　　(C) disturbance　(D) fraction　　(E) fracture
(F) fragile　　(G) fragment　　(H) intact　　(I) turmoil

_____ 1.　small piece broken off; separate of incomplete part

_____ 2.　easily broken

_____ 3.　(of a disease) spreading by contact; (a disease) capable of passing to
　　　　　　　　others through physical touch

_____ 4.　undamaged; complete

_____ 5.　very small part of something

_____ 6.　break

_____ 7.　to move something from a settled or usual position or state; to break the
　　　　　　　　rest, concentration or calm of

_____ 8.　something that stops you from being able to continue doing something

_____ 9.　a state of confusion, excitement, or anxiety

II. 請填入正確的詞彙。

(A) contagion　　(B) contagious　(C) disturb　　　(D) disturbance　(E) fraction
(F) fractures　　(G) fragments　(H) turmoil

1.　He had several injuries in the accident, including three _____.

2.　AIDS is a _____ disease; it passes by touch not by air.

3.　She spoke so quickly that I understood only a _____ of what she said.

4.　The clay pot had broken into _____ long ago.

5.　The doctor wore gloves to prevent himself from the _____.

6.　The student will have a test tomorrow, so he needs a place where he can study
　　without _____.

7.　She opened the door quietly so as not to _____ the sleeping child.

8.　The country was in _____ during the strike.

3.3 腳的動作

1 ambul, ced, ceed, cess, gress, it, vad, vag, vas：即「走」。

i gress

aggression（ag = ad 向 + gress 去 + ion 名詞字尾 → 向…去）[ə`grɛʃən] (n) 侵略

aggressive（ag 向 + gress 去 + ive 形容詞字尾）[ə`grɛsɪv] (adj) 好鬥的、侵略性的、有攻擊性的

aggressor（ag 向 + gress 去 + or 人）[ə`grɛsə] (n) 侵略者、攻擊者

Congress（con 共同、一起 + gress 走 → 走到一起共同商議）[`kɑŋgrəs] (n)（美國等國的）國會、議會

congress（con 共同、一起 + gress 走 → 走到一起共同商議）[`kɑŋgrəs] (n)（代表）大會

Congressman（Congress 國會 + man 人）[`kɑŋgrəsmən] (n) 國會議員、眾議院議員

progress（pro 向前 + gress 走）[prə`grɛs] (v) 前進、進步、發展；[`prɑgrɛs] (n) 前進、進步、發展

progression（pro 向前 + gress 走 + ion 名詞字尾）[prə`grɛʃən] (n) 前進、進行、累進

progressive（pro 向前 + gress 走 + ive 形容詞字尾）[prə`grɛsɪv] (adj) 前進的；(n) 改革論者、進步論者

進階擴充

- **digress**（di = dis 離 + gress 走 → 離正道而行）[daɪ`grɛs] (v) 離題

- **egress**（e 出 + gress 走 → 走出）[`igrɛs] (n) 外出、出口處

- **ingress**（in 入 + gress 走 → 走入）[`ɪngrɛs] (n) 進入、入口處

- **regress**（re 回 + gress 走 → 往回走）[`rigrɛs] (v) 倒退、退步、退化

- **regression**（re 回 + gress 走 + ion 名詞字尾）[rɪ`grɛʃən] (n) 倒退、退步、退化、回歸

- **regressive**（re 回 + gress 走 + ive 形容詞字尾）[rɪ`grɛsɪv] (adj) 倒退的、退步的、退化的、回歸的

- **transgress**（trans 越過 + gress 走）[træns`grɛs] (v) 超出（道德或法律的限度）、違反

練習 3.3.1.1

I.　請挑出以下定義的英文單字。

(A) aggression　　(B) aggressive　　(C) congress　　(D) Congressman
(E) progress

＿＿＿＿　1.　improvement or development; to become more advanced or skilful

＿＿＿＿　2.　full of anger or hostility

＿＿＿＿　3.　a member of the US Congress

＿＿＿＿　4.　an unprovoked attack by one country to another

＿＿＿＿　5.　a formal meeting by a group of people chosen to represent organizations

II.　請填入正確的詞彙。

(A) aggression　　(B) aggressive　　(C) aggressors　　(D) progress
(E) progressives

1.　The Republicans were deeply split between ＿＿＿＿ and conservatives.

2.　That dog always barks at strangers; he's very ＿＿＿＿.

3.　We must unite to fight the ＿＿＿＿.

4.　The hard-working student is showing rapid ＿＿＿＿ in his studies.

5.　We need a self-defense posture to deter the possible ＿＿＿＿.

ii	vad, vas
evade (e 出 + vade 走 → 走出) [ɪˋved] (v) 躲開、逃避（法律、職責）	
evasion (e 出 + vas 走 + ion 名詞字尾) [ɪˋveʒən] (n) 逃避	
evasive (e 出 + vas 走 + ive 形容詞字尾) [ɪˋvesɪv] (adj) 躲避的、逃避的、迴避的	
invade (in 入 + vade 走 → 走入) [ɪnˋved] (v) 武裝進入、入侵	
invader (in 入 + vad 走 + er 人) [ɪnˋvedɚ] (n) 入侵者	
invasion (in 入 + vas 走 + ion 名詞字尾) [ɪnˋveʒən] (n) 入侵	
invasive (in 入 + vas 走 + ive 形容詞字尾) [ɪnˋvesɪv] (adj) 入侵的	

🔑 **進階擴充**

- pervade（per 到處 + vade → 到處走）[pɚ`ved] (v) 遍及、彌漫
- pervasion（per 到處 + vas 走 + ion 名詞字尾）[pɚ`veʒən] (n) 擴散、滲透
- pervasive（per 到處 + vas 走 + ive 形容詞字尾）[pɚ`vesɪv] (adj) 遍佈的、普遍的、瀰漫的

---

iii ambul

ambulance（ambul 走 + ance 名詞字尾）[`æmbjələns] (n) 救護車

🔑 **進階擴充**

- amble [`æmbl̩] (v) 漫步
- ambulatory（ambul 走 + atory …的）[`æmbjələ,torɪ] (adj) 走動的、可以走動的
- perambulate（per 穿過、到處 + ambul 走、遊 + ate 動詞字尾 → 走過、到處走）
  [pɚ`æmbjə,let] (v) 巡行、漫遊、遊歷
- perambulator（per 到處 + ambul 走 + ator 名詞字尾）[pɚ`æmbjə,letɚ] (n) 漫遊者、巡視者、童車
- preamble（pre 前 + amble 漫走 → 走在前面）[`priæmbl̩] (n) 前言、序、開場白
- somnambulate（somn 睡 + ambul 走 + ate 動詞字尾 → 睡著行走）
  [sɑm`næmbjə,let] (v) 夢遊
- somnambulist（somn 睡 + ambul 走 + ist 者）[sɔm`næmbjəlɪst] (n) 夢遊者、夢遊症患者

🐝 **練習 3.3.1.2~3.3.1.3**

I. 請挑出以下定義的英文單字。

(A) ambulance   (B) evade   (C) evasive   (D) invade

_____ 1. a special vehicle for taking sick or injured people to hospital

_____ 2. to enter a country or territory with armed forces in order to attack, damage or occupy it

_____ 3. to get away; to avoid; to escape from a law, a duty, etc. by cunning or illegal means

_____ 4. not willing to answer questions directly

II. 請填入正確的詞彙。

(A) ambulance　(B) evaded　　(C) evasion　　(D) evasive　　(E) invaded

1. Her manner was always very _____; she could never look straight at me.
2. He has been accused of tax _____.
3. She _____ answering the reporter's question by changing the subject.
4. At the beginning of World War II, Hitler _____ Poland without a declaration of war.
5. An _____ came to the car accident in two minutes.

---

iv it

circuit（circu = circum 環繞 + it 走 → 環繞著走）[`sɝkɪt] (n) 周線、圈、電路

exit（ex 出、外 + it 走 → 走出）[`ɛksɪt] (n)（公共建築物的）出口；(v)（演員）退場

initial（in 入 + it 走 + ial …的 → 走入 → 入門）[ɪ`nɪʃəl] (adj) 開始的、最初的

initiate（in 入 + it 走 + iate 動詞字尾）[ɪ`nɪʃɪˌet] (v) 開始、發起

transit（trans 橫過、越過 + it 走）[`trænsɪt] (n) 搬運、運載、運輸

transition（trans 橫過、越過 + it 走 + ion 名詞字尾）[træn`zɪʃən] (n) 過渡、轉變、變遷

🔑 進階擴充

- itinerant（itiner 是 it 的變體，走 → 旅行 + ant …的）[ɪ`tɪnərənt] (adj) 巡迴的、流動的
- itinerary（itiner 是 it 的變體，走 → 旅行 + ary 名詞字尾）[aɪ`tɪnəˌrɛrɪ] (n) 旅行計畫和路線
- sedition（sed = se 分開 + it 走 + ion 名詞字尾 → 分開走 → 背離當局）[sɪ`dɪʃən] (n) 煽動叛亂的言論或行為
- seditious（sed = se 分開 + it 走 + ious …的）[sɪ`dɪʃəs] (adj) 煽動性的
- transitory（trans 橫過、越過 + it 走 + ory …的 → 經過的 → 逝去的）[`trænsəˌtorɪ] (adj) 瞬息即逝的、短暫的

---

v vag

extravagance（*extra 超出 + vag 走 + ance 名詞字尾*）[ɪk`strævəgəns] *(n)* 過度、放縱的言行、奢侈、揮霍

extravagant（*extra 超出、以外 + vag 走 + ant …的 → 走出合理範圍以外的*）[ɪk`strævəgənt] *(adj)* 奢侈的、浪費的

vague（*vag 走 + ue → 流動 → 遊移不定*）[veg] *(adj)* 模糊的、含糊的

🔑 進階擴充

- vagabond（*vaga 走、流浪 + bond 傾向與…的 → 傾向於流浪的人*）[`vægə,band] *(n)* 無業遊民、街頭流浪者
- vagary（*vag 走 + ary 名詞字尾 → 走離常規*）[`vegərɪ] *(n)* 怪異多變、變幻莫測
- vagrant（*vag 走、流浪 + r + ant 名詞字尾*）[`vegrənt] *(n)* 流浪漢

練習 3.3.1.4~3.3.1.5

I. 請挑出以下定義的英文單字。

(A) circuit　　(B) exit　　　(C) extravagant　(D) initial　　　(E) initiate

(F) transit　　(G) transition　(H) vagrant　　(I) vague

_____ 1. a door through which you can leave a room in a public building, an egress; (of an actor) to leave the stage

_____ 2. a line, route or journey round a place; a complete path along which an electric current flows

_____ 3. process of being taken from one place to another

_____ 4. using or spending too much

_____ 5. at the beginning, first

_____ 6. changing from one condition to another

_____ 7. a person who has no home or work and who begs; a tramp

_____ 8. to cause to begin

_____ 9. unclear because someone does not give enough details or does not say exactly what they mean

II. 請填入正確的詞彙。

(A) circuit   (B) exit   (C) extravagance   (D) extravagant

(E) initial   (F) initiated   (G) transit   (H) transition

1. His _____ explains why he is always in debt.
2. The _____ letter of an English sentence should be in capital.
3. An _____ person never saves money.
4. We made a _____ of the lake.
5. The goods are in _____ from the warehouse to the customers.
6. Tom was out of the theater in time when the fire started because he was sitting near the _____.
7. The group was quiet until she _____ conversation by asking a question.
8. The _____ of farm life to city life is often difficult.

vi ced, ceed, cess

ancestor (an = ante 先、前 + cest = cess 走 + or 人 → 走在前面的人) [ˋænsɛstə] (n) 祖先、祖宗
concede (con 共同 + cede 走 → 走向共同 → 不再堅持原來的意見) [kənˋsid] (v) (不情願地) 承認
concession (con 共同 + cess 走 + ion 名詞字尾) [kənˋsɛʃən] (n) 承認、讓步
exceed (ex 出 + ceed 走 → 走出格) [ɪkˋsid] (v) 超過 (尤指數量)、超出界線
excess (ex 出 + cess 走) [ɪkˋsɛs] (n) 過度、過分
excessive (ex 出 + cess 走 + ive 形容詞字尾) [ɪkˋsɛsɪv] (adj) 過多的、過分的
precede (pre 先、前 + cede 走 → 走在先) [prɪˋsid] (v) 在⋯之前、先於
precedent (pre 先 + ced 走 + ent 名詞字尾 → 先走的東西) [ˋprɛsədənt] (n) 先例
procedure (pro 向前 + ced 走 + ure 名詞字尾 → 向前走 → 向前辦理) [prəˋsidʒə] (n) 手續
proceed (pro 向前 + ceed 走) [prəˋsid] (v) 繼續進行、繼續下去
process (pro 向前 + cess 走 → 向前走的過程) [ˋprɑsɛs] (n) 過程、步驟
procession (pro 向前 + cess 行 + ion 名詞字尾) [prəˋsɛʃən] (n) 行進、行進的行列、隊伍
recede (re 回 + cede 走 → 往回走) [rɪˋsid] (v) 後退
recession (re 回 + cess 走 + ion 名詞字尾) [rɪˋsɛʃən] (n) 退後、不景氣
succeed (suc 隨後 + ceed 走 → 隨後跟上 → 繼續做) [səkˋsid] (v) 成功、繼任
succession (suc 隨後 + cess 走 + ion 名詞字尾) [səkˋsɛʃən] (n) 繼承權、一連串的事物

successive（*suc 隨後 + cess 走 + ive 形容詞字尾*）[sək`sɛsɪv] *(adj)* 連續的
successor（*suc 隨後 + cess 走 + or 者*）[sək`sɛsə] *(n)* 繼任者、繼承人
unprecedented（*un 無、不 + precedent 先例 + ed …的 → 沒有先例的*）[ʌn`prɛsə,dɛntɪd] *(adj)* 空前的、史無前例的

進階擴充

- **accede**（*ac = ad 向 + cede 走 → 向別人走去 → 向別人靠近*）[æk`sid] *(v)* 同意
- **cede**（*cede 走 → 走開 → 不要*）[sid] *(v)* 割讓（領土）、放棄（某事物的權利或所有權）
- **intercede**（*inter 之間 + cede 走 → 在二者之間走*）[ˌɪntə`sid] *(v)* 調解、調停、代為說情
- **intercession**（*inter 之間 + cess 走 + ion 名詞字尾 → 走於二者之間*）[ˌɪntə`sɛʃən] *(n)* 代為求情
- **secede**（*se 分離 + cede 走*）[sɪ`sid] *(v)* 正式脫離或退出（宗教、政黨、組織等）

練習 3.3.1.6

I. 請挑出以下定義的英文單字。

(A) ancestor　　(B) concede　　(C) exceed　　(D) excessive　　(E) precede

(F) precedent　　(G) unprecedented

_____ 1. much more than reasonable or necessary

_____ 2. any of the people from whom someone is descended, especially those more remote than his grandparents; forefather; a member of your family who lived a long time ago

_____ 3. an example that allows similar future actions

_____ 4. to happen or exist before something else in a series

_____ 5. to admit something as true unwillingly

_____ 6. without precedent; never having happened before

_____ 7. to be more than an amount or a fixed number; to go beyond a limit

II. 請挑出以下定義的英文單字。

(A) procedure (B) proceed (C) process (D) procession (E) recede
(F) recession (G) succeed (H) succession (I) successor

_____ 1. a series of natural developments or events that produce gradual change

_____ 2. a person that comes after and takes the place

_____ 3. a line of people moving slowly as part of a ceremony or demonstration

_____ 4. to move back

_____ 5. an established or official way of doing something

_____ 6. a series of things or persons coming one after another

_____ 7. movement back from a previous position; temporary decline in economic activity

_____ 8. to continue to do something that has already been started

_____ 9. to attain the desired goal; to come next after somebody to take his place

III. 請填入正確的詞彙。

(A) ancestor (B) concede (C) exceeding (D) excess (E) excessive
(F) preceded

1. He could trace his _____ back to James the First.

2. Several smaller tremors _____ the earthquake.

3. He got a ticket for _____ the speed limit.

5. The chess player had to _____ that he had lost the game when he saw that his position was hopeless.

5. An _____ of fat in one's diet can lead to heart disease.

6. Boyd's wife left him because of his _____ drinking.

IV. 請填入正確的詞彙。

(A) precedent　　(B) procedure　　(C) proceed　　(D) process　　(E) procession

(F) receded　　(G) recession　　(H) succession　　(I) unprecedented

1.　Tell us your name and then _____ with your story.

2.　The _____ of the troops from the combat area was completed in an orderly manner.

3.　Obtaining a refund from the company is a complicated _____.

4.　Going to the moon was man's _____ victory.

5.　Coal was formed out of dead forests by a slow _____ of chemical change.

6.　After a _____ of warm days, the weather became cold.

7.　As the tide _____ from the shore, we were able to look for shells.

8.　When the principal wore blue jeans to school on Friday, he set a _____ for others to do that, too.

9.　In a _____, there are fewer jobs for workers and business is bad.

2 cour, cours, cur, curr, curs：即「跑」。

currency（curr 跑 + ency 名詞字尾 → 跑來跑去的錢）[`kɝənsɪ] (n) 流通貨幣
current（curr 跑 + ent …的 → 跑動的 → 流動著的）[`kɝənt] (adj) 當前的
curriculum（curr 跑 + iculum → 學生跑來跑去的依據）[kə`rɪkjələm] (n) 課程、課程表
extracurricular（extra 外 + curricular 課程的）[ˌɛkstrəkə`rɪkjələ] (adj) 課外的
recur（re 再、回 + cur → 跑回去、再跑）[rɪ`kɝ] (v) 復發、再次發生
recurrence（re 再 + curr 跑 + ence 名詞字尾）[rɪ`kɝəns] (n) 復發、再次發生

🔑 進階擴充

- concourse（con 共同、一起 + course 跑 → 跑到一起）[`kɑnkors] (n) 聚集、匯集
- concur（con 共同、一起 + cur 跑 → 事件一起跑）[kən`kɝ] (v) 同時發生
- concurrence（con 共同、一起 + curr 跑 → ence 名詞字尾）[kən`kɝəns] (n) 同時發生、同時存在
- concurrent（con 共同、一起 + curr 跑 → ent 形容詞字尾）[kən`kɝənt] (adj) 同時發生的

- courier（*cour 跑 + ier 人 → 跑路的人*）[ˋkʊrɪə] *(n)*（傳遞消息或重要文件的）信使
- cursory（*curs 跑、急行 + ory …的 → 急行奔走的*）[ˋkɝsərɪ] *(adj)* 粗略的、草率的、倉促的
- excursion（*ex 外 + curs 跑 + ion 名詞字尾 → 往外跑*）[ɪkˋskɝʒən] *(n)* 短程旅行、遠足
- incur（*in 進入 + cur 跑 → 跑進來*）[ɪnˋkɝ] *(v)* 招致（痛苦）
- incursion（*in 進入 + curs 跑 + ion 名詞字尾 → 跑進來*）[ɪnˋkɝʃən] *(n)* 對某地的入侵（通常指非永久性的侵占）
- precursor（*pre 先 + curs 跑 + or 表示人*）[priˋkɝsə] *(n)* 先驅
- recourse（*re 回 + course 跑 → 跑回來*）[rɪˋkors] *(n)* 求援、求助

3 fug：即「逃」。

refuge（*re 回 + fuge 逃 → 逃回安全的地方*）[ˋrɛfjudʒ] *(n)* 庇護、避難、避難所
refugee（*re 回 + fug 逃 + ee 者 → 避難者*）[ˌrɛfjuˋdʒi] *(n)* 難民

 進階擴充

- centrifugal（*centri 中心 + fug 逃 + al …的 → 逃離中心的*）[sɛnˋtrɪfjugl̩] *(adj)* 離心的
- centrifuge（*centri 中心 + fuge 逃 → 逃離中心*）[ˋsɛntrəˌfjudʒ] *(n)* 離心分離機
- fugitive（*fug 逃 + it 走 + ive 者*）[ˋfjudʒətɪv] *(n)* 逃亡者、亡命者
- subterfuge（*subter 下面 + fuge 逃 →〔真實理由或實話〕逃到下面*）[ˋsʌbtəˌfjudʒ] *(n)* 遁詞、托詞、花招、詭計

練習 3.3.2~3.3.3

I.　請挑出以下定義的英文單字。

(A) currency　　(B) current　　(C) curriculum　(D) recur　　(E) refuge
(F) refugee

_____ 1. (something bad or unpleasant) to happen again or repeatedly; to come back into the mind

_____ 2. subjects included in a course of study

_____ 3. a place giving shelter or protection from danger, trouble, pursuit, etc.

_____ 4. of the present time, happening now

_____ 5. a person who has been forced to leave his country, home, etc. to seek refuge

_____ 6. the system or type of money that a country uses

II. 請填入正確的詞彙。

(A) currency　　(B) current　　　(C) curriculum　(D) recur　　　(E) refuge

1. As she was afraid of being beaten by his husband, she went to a _____ for battered women.

2. The _____ at that college is heavy on science and engineering.

3. We get information about _____ affairs from public media.

4. Euro is a new _____ in Europe.

5. There is a danger that the disease may _____ in later life.

4 sist：即「立」。

assist (as = at 旁 + sist 立 → 立在⋯身旁) [ə`sɪst] (v) 援助、幫助
assistance (as = at 旁 + sist 立 + ance 名詞字尾) [ə`sɪstəns] (n) 協助、援助、幫忙
assistant (as = at 旁 + sist 立 + ant 人) [ə`sɪstənt] (n) 助手
consist (con 共同、一起 + sist 立 → 立在一起 → 組合在一起) [kən`sɪst] (v) 由⋯組成
insist (in 加強意義 + sist 立 → 堅立不移) [ɪn`sɪst] (v) 堅持或堅決要求
irresistible (ir = in 不 + resistible 可抵抗的) [͵ɪrɪ`zɪstəbļ] (adj) 忍不住的、不可抵抗的
persist (per 貫穿、始終 + sist 立 → 始終站立) [pɚ`sɪst] (v) 堅持、執意
persistence (persist 堅持 + ence 名詞字尾) [pɚ`sɪstəns] (n) 堅持不懈、執意
persistent (persist 堅持 + ent 形容詞字尾) [pɚ`sɪstənt] (adj) 堅持的、執著的、不屈不撓的
resist (re 反、抵 + sist 立 → 反抵著立) [rɪ`zɪst] (v) 抵抗、抗拒
resistance (resist 抗拒 + ance 名詞字尾) [rɪ`zɪstəns] (n) 反抗、抵抗、抵抗力
resistant (resist 抗拒 + ant 形容詞字尾) [rɪ`zɪstənt] (adj) 抵抗的、有抵抗力的

進階擴充

- desist（de 解除 + sist 立 → 解除站立）[dɪ`zɪst] (v) 停止
- subsist（sub 下面 + sist 立 → 站下去 → 活下去）[səb`sɪst] (v)（藉少量的食物或金錢）生存、活下去
- subsistence（sub 下面 + sist 立 → 站下去 + ence 名詞字尾）[səb`sɪstəns] (n) 存活、生存

練習 3.3.4

I.　請挑出以下定義的英文單字。

(A) assist　　(B) assistance　(C) consist　　(D) insist　　(E) irresistible

(F) persist　　(G) persistent　(H) resist

_____ 1.　be composed of or made up of something

_____ 2.　too strong to be resisted

_____ 3.　to demand something forcefully, not accepting a refusal

_____ 4.　help

_____ 5.　to continue to do something, especially in an obstinate and determined way and in spite of opposition, argument or failure

_____ 6.　refusing to give up

_____ 7.　to help

_____ 8.　to stand firm against or oppose

II.　請填入正確的詞彙。

(A) assist　　(B) assistance　(C) consists　　(D) insist　　(E) irresistible

(F) persistent　(G) persists　(H) resist

1.　My diet _____ of rice, meat and vegetables.

2.　Computer games were so _____ to the boy that he spent all his pocket money playing them.

3.　She knows how much this upsets me but she _____ in doing it.

4. I _____ on your taking immediate action to put this right.

5. I can't move this piano without _____.

6. The man was shot outside his house as he tried to _____ arrest.

7. You need information to _____ you in making the best selection.

8. She eventually married the most _____ of her admirers.

5 ven（在名詞中 ven 變為 vent）：即「來」。

avenue（a = ad 向 + ven 來 + ue → 向某地來時所經由的路）[`ævə,nju] (n) 林蔭道、大街
convention¹（con 一起 + vent 來 + ion 名詞字尾 → 大家來到一起）[kən`vɛnʃən] (n)（某一職業、政黨等之人士召開的）大會
convention²（con 一起 + vent 來 + ion 名詞字尾 → 大家約定俗成）[kən`vɛnʃən] (n) 習俗、慣例
conventional（convention 慣例 + al 形容詞字尾）[kən`vɛnʃən]] (adj) 慣例的、常規的、遵守傳統的
intervene（inter 之間 + vene 來 → 來到二者之間 → 插入、介入）[,ɪntɚ`vin] (v) 干涉、干預
intervention（inter 之間 + ven 來 + tion 名詞字尾）[,ɪntɚ`vɛnʃən] (n) 干涉
revenue（re 回 + ven 來 + ue → 回來的東西）[`rɛvə,nju] (n)（國家的以稅收為主的）收入

進階擴充

- advent（ad 朝向 + vent 來 → 朝著某人或某物來）[`ædvɛnt] (n)（重要人物或事件）來臨、到來

- circumvent（circum 繞 + vent 來 → 繞著來 → 繞開）[,sɝkəm`vɛnt] (v) 規避、迴避

- contravene（contra 反 + vene 來 → 反著法規來）[,kɑntrə`vin] (v) 違犯（法律）、違反（規定）

- contravention（contra 反 + ven 來 + tion 名詞字尾）[,kɑntrə`vɛnʃən] (n) 違反、違背

- convene（con 一起 + vene 來 → 來到一起）[kən`vin] (v) 召集、集合

- supervene（super 上面 + vene 來 → 從上面來 → 降臨）[,supɚ`vin] (v) 突然發生（因而干擾）

練習 3.3.5

I. 請挑出以下定義的英文單字。

(A) avenue   (B) convention   (C) intervene   (D) revenue

_____ 1. a large formal meeting for people who belong to the same profession, organization or party; the behavior and attitudes that most people in a society consider to be normal and right

_____ 2. a wide road, with shops or houses on each side

_____ 3. income, especially the total annual income of a country from taxes, etc.

_____ 4. to become involved in a situation and try to change it

II. 請填入正確的詞彙。

(A) convention   (B) conventional   (C) intervene   (D) revenue

1. When rioting broke out, the police were obliged to _____.

2. It is the government's duty to tell the taxpayers how it has spent the _____.

3. It is just a social _____ that men don't wear skirts.

4. Though nuclear weapons can destroy a country in a short time, _____ weapons such as guns and tanks are still needed to crush the remaining opposing forces.

3.4 其他行為動作

1 sid：即「坐」。

dissident (*dis 分開 + sid 坐 + ent 者 → 與別人分開坐的人*)[`dɪsədənt] *(n)* 持不同政見者	
president (*pre 前 + sid 坐 + ent 人 → 坐在前面的人*)[`prɛzədənt] *(n)* 總統、國家主席	
reside (*re 回 + side 坐 → 坐回來 → 安頓下來*)[rɪ`zaɪd] *(v)* 定居、居住	
residence (*reside 居住 + ence 事物*)[`rɛzədəns] *(n)* 房子、大宅、宅第、官邸	
resident (*reside 居住 + ent 人*)[`rɛzədənt] *(n)* 居民	
subside (*sub 下面 + side 坐 → 坐到下面*)[səb`saɪd] *(v)* 降、下沉、減弱	

進階擴充

- **assiduous** (*as = ad 強調意義，表示「一再」+ sid 坐 + uous 形容詞字尾 → 一再坐著 → 長久坐著學習*)[ə`sɪdʒʊəs] *(adj)* 勤勉的、刻苦的

- **insidious** (*in 內 + sid 坐 + ious …的 → 坐在裡面不露面*)[ɪn`sɪdɪəs] *(adj)* 潛伏的、暗中危害的

- **preside** (*pre 前 + side 坐 → 開會時坐在前面主席臺上*)[prɪ`zaɪd] *(v)* (在會上) 擔任主席、主持 (會議等)

- **residue** (*re 向後、回 + sid 坐 + ue 物 → 向後回來坐 → 留在後面*)[`rɛzə͵dju] *(n)* 剩留物、殘留

練習 3.4.1

I. 請挑出以下定義的英文單字。

(A) dissident　　(B) residence　　(C) resident　　(D) subside

_____ 1. person who lives or has a home in a place, not a visitor

_____ 2. someone who publicly criticizes a government or political party, especially in a country where this is not allowed

_____ 3. to sink; to become less violent

_____ 4. a house, especially a large or official one

II. 請填入正確的詞彙。

(A) dissident　　　　(B) residence　　　　(C) residents　　　　(D) subsided

1. The flood waters gradually _____ when the rain stopped.

2. As we know, 10 Downing Street is the British Prime Minister's official _____.

3. The _____ had to escape to another country because he was cruelly persecuted by the dictator.

4. A landfill was going to be built in Neihu, but its _____ strongly objected.

2 habit：即「居住」。

habitat（*habit 居住 + at → 居住的地方*）[`hæbə͵tæt] *(n)*（動植物的）生活環境、棲息地
inhabit（*in 裡面、在…範圍內 + habit 居住 → 住在…範圍內*）[ɪn`hæbɪt] *(v)* 居住於、棲息於
inhabitant（*inhabit 居住於 + ant 人*）[ɪn`hæbətənt] *(n)* 居民、住戶、棲息者
uninhabited（*un 不、無 + inhabit 居住 + ed …的*）[͵ʌnɪn`hæbɪtɪd] *(adj)* 無人居住的、杳無人跡的

🔑 進階擴充

- cohabit（*co = con 共同、一起 + habit 居住 → 共同居住*）[ko`hæbɪt] *(v)* 同居（尤指未婚而同居者）
- cohabitation（*cohabit 居住 + ation 名詞字尾*）[ko͵hæbə`teʃən] *(n)* 同居

3 migr：即「遷移」。

emigrant（*e 出 + migr 遷移 + ant 者*）[`ɛməgrənt] *(n)* 移居外國者
emigrate（*e 出外 + migr 遷移 + ate 動詞字尾 → 遷移出外*）[`ɛmə͵gret] *(v)*（從本國）移居外國
immigrant（*im 入 + migr 移 + ant 者 → 移入者*）[`ɪməgrənt] *(n)*（自外國移入的）移民
immigrate（*im = in 入內 + migr 移 + ate 動詞字尾 → 移入*）[`ɪmə͵gret] *(v)*（從外國）移入（本國定居）
immigration（*immigrate 移入 + ion 名詞字尾*）[͵ɪmə`greʃən] *(n)* 移民
migrant（*migr 遷移 + ant 者*）[`maɪgrənt] *(n)* 移居者

migrate（*migr 遷移 + ate 動詞字尾*）[`maɪˌgret] *(v)* 遷居、移居、（鳥類的）遷徙

migratory（*migr 遷移 + atory …的*）[`maɪgrəˌtorɪ] *(adj)* 有遷徙習慣的

進階擴充

- transmigration（*trans 轉 + migr 移 + ation 名詞字尾 → 靈魂轉移*）[ˌtrænsmaɪ`greʃən] *(n)*（死後靈魂的）轉生、轉世

練習 3.4.2~3.4.3

I.　請挑出以下定義的英文單字。

(A) emigrate　　(B) habitat　　(C) inhabit　　(D) migrate　　(E) migratory

_____ 1.　to live in an area

_____ 2.　having the habit of migrating

_____ 3.　(birds) to go from one place to another with the seasons, especially to spend the winter in a warmer place

_____ 4.　natural environment of an animal or a plant

_____ 5.　to leave one's own country to go and live in another

II.　請填入正確的詞彙。

(A) emigrated　　(B) immigrated　　(C) immigration　　(D) inhabitants
(E) migrant　　(F) migrate

1.　The government has decided to tighten its _____ policy to help prevent possible terrorist attacks.

2.　The government of the United States is trying to find the terrorists who have _____ into the country.

3.　When oranges are ripe, the farm owner hires a number of _____ workers.

4.　As the desert spreads, the _____ near it have to abandon their houses.

5.　In the 19th century many Europeans left their country and _____ to America.

6.　These birds _____ to North Africa in winter.

④ cid, cis, sect：即「切、割」。

---

i cid, cis

concise（con 一起、全部 + cise 切、殺 → 把多餘的東西全部切掉）[kən`saɪs] (adj) 簡明的

decide（de 下 + cide 切 → 切下去）[dɪ`saɪd] (v) 決定

precise（pre 之前 + cise 切 → 預先切除〔不清楚的部分〕）[prɪ`saɪs] (adj) 精確的

precision（pre 之前 + cis 切 + ion 名詞字尾）[prɪ`sɪʒən] (n) 準確、明確、精確

suicide（sui 自己 + cide 切、殺）[`suə‚saɪd] (n) 自殺

🔑 進階擴充

- incise（in 進入 + cise → 切進去）[ɪn`saɪz] (v) 切開（物體表面）、（在物體表面）雕刻
- incision（in 進入 + cis 切 + ion 名詞字尾）[ɪn`sɪʒən] (n) 切割、切開、切口
- incisive（in 入 + cis 切 + ive …的）[ɪn`saɪsɪv] (adj) 清晰而透徹的、尖銳的、一針見血的
- circumcise（circum 環繞 + cise 切）[`sɝkəm‚saɪz] (v) 割包皮（施行包皮環切手術）

---

ii sect

section（sect 切 + ion 名詞字尾 → 切下的一些）[`sɛkʃən] (n) 部分

insect（in 入 + sect 切 → 切入）[`ɪnsɛkt] (n) 昆蟲（昆蟲軀體分節，節與節之間宛如「切裂」之狀，故名）

🔑 進階擴充

- bisect（bi 二 + sect 切）[baɪ`sɛkt] (v)（將線或角）分成兩個相等的部分、二等分
- dissect（dis 分開 + sect 切 → 切開仔細研究）[dɪ`sɛkt] (v) 解剖（動植物等）、剖析（理論、事件等）
- insecticide（insect 昆蟲 + i + cide 殺）[ɪn`sɛktə‚saɪd] (n) 殺蟲劑
- vivisect（vivi 活 + sect 切 → 活著切）[‚vɪvə`sɛkt] (v) 活體解剖

練習 3.4.4

I. 請挑出以下定義的英文單字。

(A) concise   (B) insecticide (C) precise   (D) section   (E) suicide

_____ 1. a chemical used to kill insects

_____ 2. killing oneself

_____ 3. a part

_____ 4. giving a lot of information in few words

_____ 5. exact, accurate

II. 請填入正確的詞彙。

(A) concise   (B) decided   (C) insect   (D) precise   (E) precision

(F) suicide

1. This dictionary is a _____ one; that is why it is much thinner than the complete edition.

2. People who commit _____ deliberately kill themselves.

3. I need the _____ street address of the doctor's office.

4. An _____ is a small creature with six legs.

5. I haven't _____ where I'm going to spend my holidays.

6. He has planned the journey with almost military _____. He won't allow anything to go wrong.

5 tend, tens, tent：即「伸」。

attend (at = ad 朝向 + tend 伸 → 伸向 → 去) [ə`tɛnd] (v) 出席、參加
attendant (attend 照料 + ant 者) [ə`tɛndənt] (n) 服務員
attention (at = ad 朝向 + tent 伸 + ion 名詞字尾) [ə`tɛnʃən] (n) 注意
attentive (at = ad 朝向 + tent 伸 + ive …的 → 把心思向…伸的) [ə`tɛntɪv] (adj) 注意的、專心的、留意的

contend（*con 共同、一起 + tend 伸 → 伸取 → 追求、與…一起伸取某物、與…共同追求某物*）[kən`tɛnd] *(v)* 競爭、鬥爭

contention（*con 共同 + tent 伸 + ion 名詞字尾 → 共同伸取、都來伸取*）[kən`tɛnʃən] *(n)* 爭論

extend（*ex 向外 + tend 伸*）[ɪk`stɛnd] *(v)* 延長、擴大、延伸、伸展、延展

extension（*ex 向外 + tens 伸 + ion 名詞字尾*）[ɪk`stɛnʃən] *(n)* 延長、伸展

extensive（*ex 向外 + tens 伸 + ive …的*）[ɪk`stɛnsɪv] *(adj)* 廣大的、廣闊的、廣泛的

extent（*ex 向外 + tent 伸 → 伸開*）[ɪk`stɛnt] *(n)* 長度、範圍、程度

hypertension（*hyper 過度 + tens 伸 → ion 名詞字尾*）[͵haɪpə`tɛnʃən] *(n)* 高血壓

intend（*in 內 + tend 伸 → 從內心伸出願望*）[ɪn`tɛnd] *(v)* 打算、意欲、想要

intense（*in 不 + tense 拉 → 拉到了不能再拉的地步*）[ɪn`tɛns] *(adj)* 強烈的、劇烈的、激烈的

intensify（*intense 強烈的 + ify 動詞字尾*）[ɪn`tɛnsə͵faɪ] *(v)* 加強、強化

intensive（*in 向內、集中 + tens 拉 + ive …的 → 把精力集中拉*）[ɪn`tɛnsɪv] *(adj)* 密集的

intent（*in 內 + tent 伸*）[ɪn`tɛnt] *(adj)* 專心的；*(n)* 意圖

intention（*in 內 + tent 伸 → ion 名詞字尾*）[ɪn`tɛnʃən] *(n)* 意圖、打算

pretend（*pre 前 + tend 延伸*）[prɪ`tɛnd] *(v)* 假裝

tend [tɛnd] *(v)* 傾向、趨向、趨於

tendency（*tend 傾向、趨向 + ency 名詞字尾*）[`tɛndənsɪ] *(n)* 趨向、傾向

tense [tɛns] *(adj)* 緊張的

tension（*tens 伸 + ion 名詞字尾*）[`tɛnʃən] *(n)* 緊張（狀態）

🔑 進階擴充

- distend（*dis 分散 + tend 伸展 → 向四面伸展*）[dɪ`stɛnd] *(v)*（使）膨脹、（使）擴張
- portend（*por 向前 + tend 伸展*）[por`tɛnd] *(v)* 預兆

6 flect, flex：即「彎曲」。

flexible（*flex 彎曲 + ible 能…的*）[`flɛksəbl̩] *(adj)* 易彎曲的、靈活應變的

inflexible（*in 不 + flexible 易彎曲的*）[ɪn`flɛksəbl̩] *(adj)* 不易彎曲的、不靈活的

reflect（*re 反 + flect 彎曲 → 彎曲返回*）[rɪ`flɛkt] *(v)* 反射、（鏡子）映出、反映

reflection（*reflect 反射 + ion 名詞字尾*）[rɪ`flɛkʃən] *(n)* 反射、倒影、反省、沉思

🔑 **進階擴充**

- **deflect** (*de 離開* + *flect 彎曲*) [dɪˋflɛkt] *(v)* 偏斜
- **flex** [flɛks] *(v)* 伸曲 (肢體)
- **inflect** (*in 向內* + *flect 彎曲*) [ɪnˋflɛkt] *(v)* 使屈曲
- **reflex** (*re 再* + *flex 彎曲*) [ˋriflɛks] *(n)* 反射

練習 3.4.5~3.4.6

I. 請挑出以下定義的英文單字。

(A) contend	(B) extend	(C) extensive	(D) extent	(E) flexible
(F) intensify	(G) intensive	(H) intent	(I) reflect	(J) tend
(K) tendency	(L) tense			

_____ 1. be likely to behave in a certain way or to have a certain characteristic or influence

_____ 2. length, range; degree

_____ 3. to compete or fight

_____ 4. capable of bending easily; able to change easily in response to the situation

_____ 5. to make or become greater in strength or degree

_____ 6. occupied in doing sth with great concentration; attentive

_____ 7. large in area; wide ranging

_____ 8. to make something longer or larger in space or time

_____ 9. a way a person or thing tends to be or behave

_____ 10. (of a surface or object) to throw back (light, heat, or sound); (of a mirror) to form a visible image; to show

_____ 11. stretched tightly, unable to relax

_____ 12. concentrating one's effort to get a lot in a short time; deep and thorough

II. 請填入正確的詞彙。

(A) flexible　　(B) intense　　(C) intensified　(D) intensive　(E) intent
(F) intention　(G) reflects　　(H) tendency　(I) tense　　　(J) tension

1. The terrorists have ＿＿＿＿ their bombing campaign.
2. He is very ＿＿＿＿ and irritable from too much work.
3. Rubber and plastic are ＿＿＿＿ materials.
4. He had no ＿＿＿＿ of wearing a tie to the casual party.
5. When he writes in English, he has the ＿＿＿＿ to use big words.
6. I took an ＿＿＿＿ Russian course and learned the language in three months.
7. A mirror ＿＿＿＿ a picture of you when you look in it.
8. The incident has further increased the ＿＿＿＿ between the two countries.
9. The pain was ＿＿＿＿ and I didn't sleep well last night.
10. I was so ＿＿＿＿ on my work that I didn't notice the time.

7 fac, fact：即「做、製作」。

facilitate（fac 做 + ile 能…的 + it + ate 使）[fə`sɪlə,tet] (v) 使容易
facilities [fə`sɪlətɪz] (n) 設備、設施
facility [fə`sɪlətɪ] (n) 容易學好或做好事情的能力
factory（fact 做 + ory 表示地方的名詞字尾）[`fæktərɪ] (n) 工廠
manufacture（manu 手 + fact 做 + ure 名詞字尾 → 用手做〔現在已用機器做〕）[ˌmænjə`fæktʃə] (n) 製造；(v) 製造
manufacturer（manufacture 製造 + er 人）[ˌmænjə`fæktʃərə] (n) 製造業者、廠商

🔑 進階擴充

- benefaction（bene 好 + fact 做 + ion 名詞字尾）[ˌbɛnə`fækʃən] (n) 捐贈、善行
- benefactor（bene 好 + fact 做 + or 者 → 做好事者、行善者）[`bɛnə,fæktə] (n) 捐助者
- facile（fac 做 + ile 能…的）[`fæsl̩] (adj) 容易做到的、容易得到的
- facsimile（fac 做 + simile 相像、一樣 → 做出來像原件一樣）[fæk`sɪməlɪ] (n) 傳真

- factitious（*fact 做 + itious …的 → 人做的*）[fæk`tɪʃəs] *(adj)* 人工的、非天然的
- malefaction（*male 壞 + fact 做 + ion 名詞字尾*）[͵mælə`fækʃən] *(n)* 犯罪行為
- malefactor（*male 壞、惡 + fact 做 + or 者*）[`mælə͵fæktə] *(n)* 做惡者、罪犯

練習 3.4.7

I. 請挑出以下定義的英文單字。

(A) facility   (B) facilitate   (C) facilities   (D) manufacture

_____ 1. to make sth easier

_____ 2. buildings, equipment or services that are provided for a particular purpose and easy performance of an action

_____ 3. to make goods on a large scale using machinery

_____ 4. natural ability to learn or do something easily and well

II. 請填入正確的詞彙。

(A) facilitate   (B) facilities   (C) facility   (D) manufacturer
(E) manufactures

1. Electrical domestic appliances _____ housework.
2. She has an amazing _____ for mental arithmetic.
3. That factory _____ sports shoes.
4. We sent those faulty goods back to the _____.
5. We chose that hotel because of its _____ for conferences.

8 clos, clud（在名詞或形容詞中，clud 一般變為 clus）：即「關閉」。

close [kloz] *(v)* 關、關閉
closet（*clos 關閉 + et 小東西*）[`klɑzɪt] *(n)* 壁櫥、儲藏室
closure（*clos 關閉 + ure 名詞字尾*）[`kloʒə] *(n)* 關閉
conclude[1]（*con 一起、全部 + clude 關閉 → 全部關閉*）[kən`klud] *(v)*（使）結束

conclude[2] (con 一起、全部 + clude 關閉 →〔把推理、判斷等〕歸攏到一起) [kən`klud] *(v)* 做結論
conclusion (con 一起 + clus 關閉 + ion 名詞字尾) [kən`kluʒən] *(n)* 結束、結論
disclose (dis 解除 + close 關閉 → 解除關閉狀態) [dɪs`kloz] *(v)* 透露
enclose (en = in 入 + close 關 → 關入) [ɪn`kloz] *(v)* 放入封套、裝入
exclude (ex 外 + clude 關 → 關在外面) [ɪk`sklud] *(v)* 排斥、把⋯排除在外
exclusive (ex 外 + clus 關 + ive ⋯的) [ɪk`sklusɪv] *(adj)* 排他的、專有的、專營的
include (in 入 + clude 關 → 關在裡面、包入) [ɪn`klud] *(v)* 包括、包含

進階擴充

- preclude (pre 預先 + clude 關 → 預先關好) [prɪ`klud] *(v)* 防止、使不可能
- preclusion (pre 預先 + clus 關閉 + ion 名詞字尾) [prɪ`kluʒən] *(n)* 防止
- recluse (re 回、退 + cluse 關閉 → 閉門退居) [rɪ`klus] *(n)* 隱遁者、隱士
- reclusive (re 回、退 + clus 關閉 + ive 形容詞字尾) [rɪ`klusɪv] *(adj)* 隱遁的、隱居的
- seclude (se 離、分開 + clude 關 → 關閉起來從而與外界分開) [sɪ`klud] *(v)* 使隔離、使（與世）隔絕
- seclusion (se 分開、離 + clus 關 + ion 名詞字尾) [sɪ`kluʒən] *(n)* 與世隔絕

練習 3.4.8

I. 請挑出以下定義的英文單字。

(A) conclude　　(B) disclose　　(C) enclose　　(D) exclude　　(E) exclusive

(F) include

_____ 1. to contain or have as part of a whole

_____ 2. to prevent somebody or something from entering somewhere; keep sb/sth out

_____ 3. to put something in an envelope, letter, parcel, etc.

_____ 4. not admitting something else; belonging to one person or one group

_____ 5. to come or bring something to an end; to decide by reasoning

_____ 6. to make something known; to expose

II. 請填入正確的詞彙。

(A) concluded　(B) disclose　　(C) enclosed　　(D) excluded　　(E) exclusive

1. The jury _____ , from the evidence, that she was guilty.

2. The couple _____ a check with a letter as a present for their mother's birthday.

3. Our company has the _____ rights to distribute that product.

4. She wouldn't _____ her friend's whereabouts to the police.

5. Women are often _____ from positions of authority.

9 duc, duct：即「引導」。

conduct[1] (con 一起 + duct 引導) [kən`dʌkt] (v) 引導	
conduct[2] (con 一起 + duct 引導 → 引導大家一起做) [kən`dʌkt] (v) 指揮	
conductor (conduct 指揮、引導 + or 者) [kən`dʌktə] (n)（管弦樂隊、合唱隊的）指揮、導體	
induce (in 裡面 + duce 引導 → 往裡引導) [ɪn`djus] (v) 勸誘、招致、引起	
introduce (intro 向裡 + duce 引導 → 引入) [ˌɪntrə`djus] (v) 介紹、引進	
produce (pro 向前 + duce 引導 → 引向前) [prə`djus] (v) 生產	
reduce (re 回 + duce 引 → 往回引 → 退縮、減退) [rɪ`djus] (v) 減少、降低	
reduction (re 回 + duct 引導 + ion 名詞字尾) [rɪ`dʌkʃən] (n) 減少	
seduce (se 離開 + duce 引導 → 引開) [sɪ`djus] (v) 勾引	
semiconductor (semi 半 + conductor 導體) [ˌsɛmɪkən`dʌktə] (n)【電】半導體	

🔑 進階擴充

- abduct (ab 離開 + duct 引領) [æb`dʌkt] (v) 誘拐、綁架
- deduce (de 向下 + duce 引領 → 引出、導出) [dɪ`djus] (v) 推理、演繹、推斷
- seductive (se 離開 + duct 引領 → 引開 + ive 形容詞字尾) [sɪ`dʌktɪv] (adj) 勾引的

練習 3.4.9

I. 請挑出以下定義的英文單字。

(A) conduct　　　(B) induce　　　(C) reduce　　　(D) seduce

_____ 1. to persuade a person to do something sexual, against his or her wishes, using sexy behavior and false promises

_____ 2. to persuade; to cause, make happen; to incur

_____ 3. to make something smaller or less in size, amount, or price

_____ 4. to stand in front of a group of musicians and direct their playing

II. 請填入正確的詞彙。

(A) conducted　　　(B) induces　　　(C) reduced　　　(D) seduced

1. As Karajan _____ so well, the concert was a great success.

2. She stopped smoking cigarettes and _____ her risk of getting lung cancer.

3. She refused to kiss him, but he finally _____ her with candlelight dinners and an offer of marriage.

4. Too much food _____ sleepiness.

10 meas, mens, meter, metr：即「測量、丈量」。

i　meas, mens
dimension (di = dia 貫穿 + mens 測量 + ion 名詞字尾 → 從一點貫穿過去量) [dɪ`mɛnʃən] (n) 尺寸 (長、寬、厚、高)
dimensional (dimension 尺寸 + al 形容詞字尾) [dɪ`mɛnʃənḷ] (adj) …次元的
immense (im = in 無 + mense 測量 → 無法測量) [ɪ`mɛns] (adj) 極大的
immeasurable (im = in 不 + measurable 可測量的) [ɪ`mɛʒərəbḷ] (adj) 不可計量的
measurable (measure 測量 + able 可…的) [`mɛʒərəbḷ] (adj) 可測量的
measure (meas 測量 + ure 動詞字尾) [`mɛʒɚ] (v) 測量、量尺寸

進階擴充

- commensurate *(com 共同、相同 + mens 測量 + ur + ate …的)* [kə`mɛnʃərɪt] *(adj)* 成比例的、相稱的

ii meter, metr

asymmetrical *(a 不 + sym 相同 + metr 測量 + ical …的)* [ˌesɪ`mɛtrɪk]] *(adj)* 不對稱的

diameter *(dia 貫穿 + meter 測量 → 貫穿中心測量)* [daɪ`æmətə] *(n)* 直徑

geometry *(geo 地 + metr 測量 + y 名詞字尾 → 測量地面)* [dʒɪ`amətrɪ] *(n)* 幾何學

symmetry *(sym = syn 相同 + metr 測量 + y 名詞字尾 → 兩邊測量的尺寸相同)* [`sɪmɪtrɪ] *(n)* 對稱、勻稱

thermometer *(thermo 熱 + meter 測量)* [θə`mamətə] *(n)* 溫度計、體溫計

進階擴充

- barometer *(baro 壓力 + meter 測量)* [bə`ramətə] *(n)* 氣壓計
- perimeter *(peri 周圍 + meter 測量)* [pə`rɪmətə] *(n)* 周長、周界

練習 3.4.10

I. 請挑出以下定義的英文單字。

(A) diameter　　　(B) immeasurable　　(C) immense　　　(D) symmetry

_____ 1. infinite

_____ 2. length of a straight line connecting the center of a circle to two points on its sides

_____ 3. extremely large or great

_____ 4. two halves being exactly the same shape and size

II. 請填入正確的詞彙。

(A) dimensions　　(B) immense　　　(C) measured　　　(D) symmetry

1. He made an _____ amount of money in business and he is now very rich.

2. I ＿＿＿＿＿ the size of the floor for a new rug.

3. A swollen cheek spoiled the ＿＿＿＿＿ of his handsome face.

4. The ＿＿＿＿＿ of the room are 10x20 feet.

11 stru, struct：即「建」。

construct（con 一起、聚 + struct 建 → 把建築材料聚到一起而建）[kənˋstrʌkt] (v) 建造、構成
construction（construct 建造 + ion 名詞字尾）[kənˋstrʌkʃən] (n) 建設、建築
destruction（de 去除 + struct 建造 + ion 名詞字尾）[dɪˋstrʌkʃən] (n) 破壞、毀滅
destructive（de 去除 + struct 建造 + ive 形容詞字尾）[dɪˋstrʌktɪv] (adj) 有破壞性的、造成毀滅或嚴重破壞的
reconstruct（re 再 + construct 建造）[ˌrikənˋstrʌkt] (v) 重建
structure（struct 建 + ure 名詞字尾）[ˋstrʌktʃɚ] (n) 構造、結構、建築物

🔑 進階擴充

- infrastructure（infra 下面 + structure 結構、建築）[ˋɪnfrəˌstrʌktʃɚ] (n) 基礎設施、基礎建設
- superstructure（super 上面 + structure 結構、建築）[ˋsupɚˌstrʌktʃɚ] (n)（建築物、鐵路等的）上部構造、上層建築

練習 3.4.11

I. 請挑出以下定義的英文單字。

(A) construct　　(B) destruction　(C) destructive　(D) reconstruct　(E) structure

＿＿＿＿＿ 1. causing serious damage

＿＿＿＿＿ 2. to rebuild something to its original state

＿＿＿＿＿ 3. to build, to put together piece by piece

＿＿＿＿＿ 4. terrible and complete ruin

＿＿＿＿＿ 5. the way parts are put together or organized; a building

II. 請填入正確的詞彙。

(A) constructed   (B) construction   (C) destruction   (D) destructive

(E) reconstructed   (F) structure

1. We learnt about the _____ of the brain today.

2. In Beijing many buildings are being _____ for the 2008 Olympic Games.

3. That house has been under _____ for two months now.

4. People _____ their homes which had been destroyed by the earthquake.

5. A hurricane causes great _____ to buildings and trees.

6. One of human beings' fears is the terrible _____ power of nuclear weapons.

⑫ press：即「壓」。

compress（com = con 共同、一起 + press 壓 → 壓在一起）[kəm`prɛs] (v) 壓縮、濃縮
depress（de 向下 + press 壓）[dɪ`prɛs] (v) 使沮喪
depression（depress 使沮喪 + ion 名詞字尾）[dɪ`prɛʃən] (n) 沮喪、經濟蕭條期
express（ex 向外 + press 壓）[ɪk`sprɛs] (v) 表達
impress（im = in 向內 + press 壓 → 壓入）[ɪm`prɛs] (v) 給予某人深刻印象、使銘記
oppress（op = ob 反、對立 + press 壓 → 向對立面壓）[ə`prɛs] (v) 壓迫
repress（re 回 + press 壓 → 往回壓）[rɪ`prɛs] (v) 抑制、忍住
suppress（sup = sub 下面 + press 壓 → 壓到下面）[sə`prɛs] (v) 鎮壓
suppression（suppress 鎮壓 + ion 名詞字尾）[sə`prɛʃən] (n) 鎮壓

⑬ strain：即「拉緊」。

constrain（con 一起 + strain 拉 → 拉到一起）[kən`stren] (v) 強迫、克制
constraint（con 一起 + strain 拉 + t）[kən`strent] (n) 強使、強逼
restrain（re 回 + strain 拉 → 往回拉）[rɪ`stren] (v) 制止、限制
strain [stren] (n) 拉緊、扯緊；(v) 拉緊、扯緊、（使）緊張

練習 3.4.12~3.4.13

I. 請挑出以下定義的英文單字。

(A) compress   (B) constrained   (C) depress   (D) depression   (E) express

(F) oppress   (G) repress   (H) restrain   (I) strain   (J) suppress

_____ 1. to govern or treat a group of people cruelly and unfairly, and prevent them from having the same rights that other people in society have

_____ 2. to make sad

_____ 3. feeling that you are forced to do something

_____ 4. to prevent someone from doing something harmful or stupid; to control or limit something that tends to increase

_____ 5. to pull tight; to cause tension

_____ 6. to press together

_____ 7. to stop oneself from expressing a feeling, to hold back

_____ 8. a mental state in which someone feels unhappy and has no energy or enthusiasm; period when there is little economic activity, and usually poverty and unemployment

_____ 9. to tell people what you are feeling or thinking by using words, art, music etc.

_____ 10. to stop people from opposing the government by using force

II. 請填入正確的詞彙。

(A) compresses   (B) constrained   (C) depressed   (D) depression   (E) impress

(F) oppressed   (G) repress   (H) restrain   (I) strained   (J) suppressed

1. He felt that life was not worth living and attempted to commit suicide during a fit of _____ .

2. The revolt was ruthlessly _____ by the military.

3. In the recession companies felt _____ to make job cuts where possible.

4. She married a man of a different religion, and that _____ her relationship with her parents.

5. People who _____ their emotions risk having nightmares.

6. He was _____ because he had not passed his examinations.

7. The big garbage truck _____ cartons and tin cans until they are flat.

8. The government and police have _____ native tribes for years. No wonder the tribes harbor grudges against them.

9. I failed to _____ her from running out into the busy street. She was hit by a car and seriously injured.

10. The amazing sights of the city never fail to _____ foreign tourists.

14 solv, solu：即「鬆開」。

dissolve (dis 分開 + solve 鬆 → 使固體的東西在液體中解開) [dɪ`zɑlv] (v) 溶解、融化
resolution (re 再 + solu 鬆開 + tion 名詞字尾) [ˌrɛzə`luʃən] (n) 決心、決議
resolve (re 再 + solve 鬆 → 再鬆開) [rɪ`zɑlv] (v) 解決（問題、爭端、危機等）、決定、決心
soluble (solu 鬆解 + (a)ble 可…的) [`sɑljəbl] (adj) 可溶解的、可解決的、可解答的
solution (solu 鬆解 + tion 名詞字尾 → 鬆解難題) [sə`luʃən] (n) 解答、解決辦法、解決方案
solve (鬆開 → 解開) [sɑlv] (v) 解決、解答

進階擴充

- absolve (ab 離開 + solve 鬆 → 鬆開懲罰) [əb`sɑlv] (v) 赦免、免除（承諾、義務等）
- dissolute (dis 分開 + solu 鬆 + te → 行為鬆開不收斂) [`dɪsəlut] (adj) 放蕩的、風流的
- solvent (solv 鬆、解 + ent …的) [`sɑlvənt] (adj) 有溶解力的、溶劑的；(n) 溶劑

15 volt, volu, volv：即「捲、轉」。

evolution (e 向外 + volu 捲、轉 + tion 名詞字尾) [ˌɛvə`luʃən] (n) 發展、演變、進化
evolve (e 向外 + volve 旋轉) [ɪ`vɑlv] (v) （使）發展、（使）進化、演變
involve (in 入 + volve 捲) [ɪn`vɑlv] (v) 使捲入、牽涉、需要、包含
revolt (re 反 + volt 轉) [rɪ`volt] (v) 反抗、反叛（同 rebel）、反感、厭惡
revolve (re 再 + volve 旋轉 → 再繞一次) [rɪ`vɑlv] (v) 繞轉、旋轉、以…為中心

進階擴充

- convoluted *(con 一起 + volu 轉 + t + ed 形容詞字尾)* [`kɑnvəˌlutɪd] *(adj)* 旋繞的、複雜的、費解的、難解的
- convolve *(con 一起 + volve 旋繞)* [kən`vɑlv] *(v)* 捲繞、纏繞、旋繞
- voluble *(volu 轉 + (a) ble 能…的 → 〔舌頭〕能轉動的)* [`vɑljəbḷ] *(adj)* 愛說話的、健談的、滔滔不絕的

練習 3.4.14~3.4.15

I. 請挑出以下定義的英文單字。

(A) dissolve　　(B) evolve　　(C) resolve　　(D) revolt　　(E) revolve

_____ 1. to turn around something, move in a circle; to have as a focus

_____ 2. solve or settle (problems, crises, etc.); to decide, to determine

_____ 3. to fight against a government or other power; to make somebody angry or sick; to disgust

_____ 4. to develop, or change gradually to a more complex form

_____ 5. to melt

II. 請填入正確的詞彙。

(A) dissolves　　(B) evolved　　(C) involve　　(D) resolved　　(E) revolted

(F) revolves　　(G) soluble　　(H) solution

1. The housewife's life _____ around her family.

2. As he didn't want to _____ himself in the quarrel between his classmates, he walked away.

3. This math problem seems too difficult to be _____.

4. Sugar _____ faster in hot water than in cold water.

5. After the divorce, she _____ never to marry again.

6. The people _____ against their cruel king.

7. The developmental history of the society tells us that man has _____ from the ape.

8. A peaceful _____ to the conflict avoided the war.

3.5 心理活動

1 mir：即「驚奇」。

miracle（*mir 驚奇、奇異 + acle 表示事物*）[`mɪrəkḷ] *(n)* 奇蹟、奇事	
miraculous（*miracle 奇蹟 + ous …的*）[mɪ`rækjələs] *(adj)* 奇蹟般的、不可思議的、令人驚訝的	

進階擴充

- **mirage**（*mir 奇異 → 奇觀 + age 名詞字尾*）[mə`rɑʒ] *(n)* 海市蜃樓、幻景
- **mirth**（*mir 驚喜 + th 名詞字尾*）[mɝθ] *(n)* 歡樂、高興

2 sper：即「希望」。

despair（*de 去 + spair = sper 希望*）[dɪ`spɛr] *(n)* 絕望、令人失望的人（事物）；*(v)* 絕望	
desperate（*de 去掉 + sper 希望 + ate …的*）[`dɛspərɪt] *(adj)* 令人絕望的、不顧一切的、拼死的	
prosper（*pro 前面 + sper 希望 → 希望在前面*）[`prɑspɚ] *(v)* 繁榮、興隆、昌盛	
prosperity（*pro 前面 + sper 希望 + ity 名詞字尾*）[prɑs`pɛrətɪ] *(n)* 繁榮	
prosperous（*pro 前面 + sper 希望 + ous 充滿*）[`prɑspərəs] *(adj)* 繁榮的	

練習 3.5.1~3.5.2

I. 請挑出以下定義的英文單字。

(A) miraculous (B) despair (C) desperate (D) prosperous (E) miracle

_____ 1. wealthy and successful

_____ 2. something lucky that you did not expect to happen or did not think was possible; any amazing and fortunate event

_____ 3. like a miracle; surprising or remarkable; completely unexpected and usually resulting from extreme good luck

_____ 4. willing to do anything and not caring about danger, because you are in a very bad situation; needing or wanting something very much

_____ 5. to lose or give up hope; to feel that there is no hope that a situation will improve

II. 請填入正確的詞彙。

(A) miraculous　　(B) prosperous　　(C) miracle　　　(D) desperate

(E) prospering　　(F) despair

1. We are working hard to build Taiwan into a _____ country.

2. The new town is _____ with each passing day and is developing rapidly.

3. It's a _____ that no one was killed in the accident.

4. We must not _____ of finding a peaceful solution though it is difficult.

5. It was thought that she only had a month to live but she made a _____ recovery.

6. We had no food left at all and were getting _____.

3 cred：即「相信」。

credence（cred 相信 + ence 名詞字尾）[`kridəns] (n) 相信、憑證	
credibility（cred 相信 + ibility 可…性）[͵krɛdə`bɪlətɪ] (n) 可信性、信譽	
credible（cred 相信 + ible 可…的）[`krɛdəbl̩] (adj) 可信的	
credit [`krɛdɪt] (n) 信用	
discredit（dis 不 + credit 信用）[dɪs`krɛdɪt] (v) 使不信	
incredibility（in 不 + credibility 可信性）[͵ɪnkrɛdə`bɪlətɪ] (n) 不能相信、不可信	
incredible（in 不 + credible 可信的）[ɪn`krɛdəbl̩] (adj) 難以置信的	

進階擴充

- **accredit**（ac = ad 朝向 + credit 信任 → 把信任給予某人）[ə`krɛdɪt] (v) 委任
- **credential**（cred 相信 + ential 名詞字尾 → 讓人相信的東西）[krɪ`dɛnʃəl] (n) 證明文件、外交使節所遞的國書
- **credulous**（cred 相信 + ulous 多…的 → 相信太多）[`krɛdʒuləs] (adj) 輕信的
- **incredulous**（in 不 + cred 相信 + ulous 多…的）[ɪn`krɛdʒələs] (adj) 不輕信的

 **fid**：即「信任、信念」。

confidant（confide 吐露 + ant 表示人 → 可以吐露祕密的人）［ˌkɑnfɪˋdænt］(n) 心腹朋友、知己
confide（con 共同、全部 + fide 相信 → 完全相信對方）［kənˋfaɪd］(v) 吐露（祕密）、完全信賴
fidelity（fid 信任 + elity 表示性質的名詞字尾 → 相信的性質）［fɪˋdɛlətɪ］(n) 忠貞、忠實、忠誠
infidelity（in 不 + fidelity 忠實）［ˌɪnfəˋdɛlətɪ］(n)（夫妻間的）不忠實、不貞

🔑 進階擴充

- **diffidence**（dif = dis 不 + fid 相信 + ence 名詞字尾）［ˋdɪfədəns］(n) 缺乏自信、自卑
- **diffident**（dif = dis 不 + fid 相信 + ent …的）［ˋdɪfədənt］(adj) 缺乏自信的、自卑的
- **infidel**（in 不 + fid 相信 + el …的 → 不信〔宗教〕的人）［ˋɪnfəd!］(adj) 不信宗教的、異端的；(n) 無信仰者、異教徒

練習 3.5.3~3.5.4

I. 請挑出以下定義的英文單字。

(A) discredit　　(B) incredible　　(C) credibility　　(D) credence　　(E) credible
(F) credit　　　(G) confide　　　(H) fidelity

_____ 1. the quality of making other people trust you and feel confident that you will do what you say

_____ 2. to cause an idea or piece of evidence to seem false or unreliable

_____ 3. able to be believed; convincing

_____ 4. the ability of a customer to obtain goods or services before payment, based on the trust that payment will be made in the future

_____ 5. belief in something as true

_____ 6. unbelievable, not true

_____ 7. faithfulness to one's spouse or lover; accuracy in reporting detail; loyalty to a person, organization, or set of beliefs

_____ 8. to tell someone about a secret or private matter while trusting them not to repeat it to others

II. 請填入正確的詞彙。

(A) incredible　(B) credence　(C) credible　(D) credibility　(E) credit
(F) discredited　(G) fidelity　(H) infidelity

1. He told us an _____ story that he caught a fish as big as a boat.

2. Our company has _____ with other companies, so we buy now and pay them in 30 days.

3. She treats her workers well and she has _____ with them.

4. We have two very _____ witnesses who have been honest and will tell the truth at the court.

5. The bank records give _____ to his story that he borrowed the money and did not steal it.

6. Scientists have _____ many popular beliefs, like the belief that the world was flat.

7. She divorced her husband for _____ after she found him in bed with another woman.

8. His _____ to his wife is very strong.

5 cogn, gnos, sci：即「知」。

<table>
<tr><td>i</td><td>cogn</td></tr>
</table>

recognition（re 再次、重新 + cogn 認知 → 重新知道 + ition 名詞字尾）[ˌrɛkəg`nɪʃən] (n) 識別、承認

recognize（re 再次、重新、一再 + cogn 認知 + ize 動詞字尾）[`rɛkəgˌnaɪz] (v) 認出、承認

🔑 進階擴充

- cognition（cogn 知 + ition 名詞字尾）[kɑg`nɪʃən] (n)【哲】認知（包括感覺，不包括感情）

- cognitive（cogn 知 + itive 形容詞字尾）[`kɑgnətɪv] (adj) 認知的

- precognition（pre 預先 + cognition 認知）[ˌprikɑg`nɪʃən] (n) 預知

ii gnos

| diagnose（dia 穿過 + gnose 知 → 穿過〔身體〕知道）[ˋdaɪəgnoz] (v) 診斷（疾病） |
| diagnosis（dia 穿過 + gnos 知 + is → 穿過〔身體〕知道）[ˏdaɪəgˋnosɪs] (n) 診斷 |
| ignorance（i = in 不 + gnor = gnos 知道 + ance 名詞字尾）[ˋɪgnərəns] (n) 無知、愚昧 |
| ignorant（i = in 不 + gnor = gnos 知道 + ant 形容詞字尾）[ˋɪgnərənt] (adj) 無知的 |
| ignore（i = in 不 + gnore = gnos 知道）[ɪgˋnor] (v) 不理睬、無視 |

進階擴充

- prognosis（pro 向前 + gnos 知道 + is）[prɑgˋnosɪs] (n)（對病情的發展和後果的）預後、預斷

練習 3.5.5.1~3.5.5.2

I. 請挑出以下定義的英文單字。

(A) ignorant　　(B) diagnose　　(C) diagnosis　　(D) ignore

_____ 1. the discovery of exactly what is wrong with somebody or something, by examining them closely

_____ 2. not knowing facts or information that you ought to know

_____ 3. to behave as if you had not heard or seen somebody or something

_____ 4. to find out the nature of an illness by observing its symptoms; to find out what is wrong with somebody, especially what illness someone has, by examining them carefully

II. 請填入正確的詞彙。

(A) recognition　(B) ignored　　(C) diagnosis　　(D) recognized　(E) ignorance
(F) ignorant　　(G) diagnosed

1. Some artists gain _____ after death.

2. The illness was _____ as herpes.

3. She had changed so much when she came home that even her own mother hardly _____ her.

4. People don't like to ask questions for fear of appearing _____.

5. The doctor got a blood sample from the patient in order to make an exact _____.

6. The teacher rudely _____ the student's question and went away.

7. I am embarrassed by my complete _____ of classical music.

iii sci

conscience（con 共同 + sci 知 + ence 抽象名詞字尾 → 全部知道〔道德準則〕）[ˋkɑnʃəns] (n) 道德心、良心
conscious（con 全部 + sci 知 + ous …的 → 都知道的）[ˋkɑnʃəs] (adj) 有知覺的、有意識的
consciousness（conscious 意識的 + ness 名詞字尾）[ˋkɑnʃəsnɪs] (n) 意識、知覺
science（sci 知 → 知識 + ence 抽象名詞字尾 → 系統的知識）[ˋsaɪəns] (n) 科學
subconscious（sub 下 + conscious 意識的）[sʌbˋkɑnʃəs] (adj) 下意識的、潛意識的
unconscious（un 不、無 + conscious 意識的）[ʌnˋkɑnʃəs] (adj) 不省人事的、無意識的

進階擴充

- conscientious（con 全部 + sci 知 + entious …多的 → 知道要多關心的）[͵kɑnʃɪˋɛnʃəs] (adj) 有責任心、盡責的、認真的
- omniscience（omni 全 + sci 知 + ence 名詞字尾）[ɑmˋnɪʃəns] (n) 全知
- omniscient（omni 全 + sci 知 + ent …的）[ɑmˋnɪʃənt] (adj) 全知的、無所不知的
- prescience（pre 預先 + sci 知 + ence 名詞字尾）[ˋprɛʃɪəns] (n) 預知、先見
- prescient（pre 預先 + sci 知 + ent …的）[ˋprɛʃɪənt] (adj) 預知的、預見的

練習 3.5.5.3

I. 請挑出以下定義的英文單字。

(A) subconscious　　(B) conscience　　(C) consciousness　　(D) unconscious
(E) conscious

_____ 1. noticing or being aware of something; awake and able to understand what is happening around you

_____ 2. unable to see, move, feel, etc. in the normal way because you are not conscious

_____ 3. the state of being awake

_____ 4. existing or operating in the mind beneath consciousness; concerning the thoughts, instincts, fears, etc. in the mind, of which one is not fully aware but which influence one's actions

_____ 5. the sense of what is right or wrong in one's acts, thoughts, or motives; a feeling of guilt

II. 請填入正確的詞彙。

(A) consciousness　(B) unconscious　(C) conscience　(D) subconscious
(E) conscious　　　(F) science

1. David lost _____ at eight o'clock and died a few hours later.
2. The computer is one of the marvels of modern _____.
3. She was found alive but _____.
4. The cold-hearted man showed no hint of _____ over the suffering he had inflicted.
5. It was certain that Oswald might have a _____ desire to injure his father although he did not know that.
6. The driver was still _____ and knew what was happening around him when the ambulance reached the scene of the accident.

6 psych, psycho：即「心理、精神」。

psychologist（psycho 心理 + logist 學家）[saɪ`kɑlədʒɪst] (n) 心理學家
psychology（psycho 心理 + logy 學）[saɪ`kɑlədʒɪ] (n) 心理學

進階擴充

- psyche [`saɪkɪ] (n) 心靈、靈魂、精神
- psychic（psych 精神 + ic …的）[`saɪkɪk] (adj) 精神的、心靈的

- psychoanalysis（psycho 心理 + analysis 分析〔學〕）[ˌsaɪkoəˋnæləsɪs] (n) 心理分析（學）
- psychoanalyst（psycho 心理 + analyst 分析者）[ˋsaɪkoˋænl̩ɪst] (n) 心理分析學家

7 mem, memor：即「記憶」。

commemorate（com 共同、一起 + memor 記憶 + ate 動詞字尾）[kəˋmɛməˌret] (v) 紀念
memorable（memor 記憶 + able 可…的）[ˋmɛmərəbl̩] (adj) 值得紀念的、難忘的
memorial（memor 記憶 + ial…的）[məˋmorɪəl] (adj) 紀念的；(n) 紀念碑、紀念館、紀念堂
memorize（memor 記憶 + ize 動詞字尾）[ˋmɛməˌraɪz] (v) 記住
memory（memor 記憶 + y 名詞字尾）[ˋmɛmərɪ] (n) 記憶、記憶力
remember（re 再 + member = memor 記憶 → 再記得）[rɪˋmɛmbɚ] (v) 回憶起、記住

🔑 進階擴充

- memento（mem 記憶 + ento）[mɪˋmɛnto] (n) 紀念品
- memo（= memorandum）[ˋmɛmo] (n) 備忘錄
- memoir（mem 記憶 + oir）[ˋmɛmwɑr] (n) 回憶錄
- memorabilia（memor 記憶 + abilia → 值得記憶的事件記錄）[ˋmɛmərəˋbɪlɪə] (n) 有趣而值得紀念的事物
- memorandum（memor 記憶 + andum → 幫助記憶的東西）[ˌmɛməˋrændəm] (n) 備忘錄、協定記錄

練習 3.5.6~3.5.7

I. 請挑出以下定義的英文單字。

(A) commemorate　(B) psychoanalysis　(C) memorial　　　(D) psychology
(E) memorize

_____ 1. to do something to show that you remember and respect someone important or an important event in the past

_____ 2. a way of treating someone who is mentally ill by talking to them about their past life, feelings, etc. in order to analyze and find out the hidden causes of their problems

_____ 3.　made, held or done in order to remind people of someone who has died

_____ 4.　to learn sth by heart

_____ 5.　the study of the mind

II.　請填入正確的詞彙。

(A) memory　　　　(B) memorial　　　　(C) commemorate　(D) memorizing

(E) psychologist

1.　Grandmother has a good _____; she can remember things which happened many years ago.

2.　They held a ceremony to _____ those who died during the war.

3.　The Lincoln _____ in Washington has a big statue of President Abraham Lincoln.

4.　He is too shy to talk to women. His friends often advise him to see a _____.

5.　I have trouble _____ English words. I forget a word as soon as I learn it.

8 vol：即「意志、意願」。

| voluntarily（vol 意願 + unt + ary …的 + ly …副詞字尾）[ˋvɑlən͵tɛrəlɪ] (adv) 自願地 |
| voluntary（vol 意願 + unt + ary …的）[ˋvɑlən͵tɛrɪ] (adj) 自願的、志願的、自發的 |
| volunteer（vol 意願 + unt + eer 人 → 按自己的意願做事者）[͵vɑlənˋtɪr] (n) 志願者；(v) 自願 |

🔑 進階擴充

- benevolence（bene 好 + vol 意願 + ence 名詞字尾）[bəˋnɛvələns] (n) 仁愛心、仁慈、善行
- benevolent（bene 好 + vol 意願 + ent …的）[bəˋnɛvələnt] (adj) 慈善的
- malevolence（male 壞 + vol 意願 + ence 名詞字尾）[məˋlɛvələns] (n) 惡意、狠毒
- malevolent（male 壞 + vol 意願 + ent …的）[məˋlɛvələnt] (adj) 有惡意的、壞心腸的
- volition（vol 意志 + ition 名詞字尾）[voˋlɪʃən] (n)（自願作出的）選擇、決定、意志

9 anim：即「精神、心靈」。

animate（*anim 精神 + ate 使…的 → 使有精神*）[ˋænə͵met]（adj）生氣勃勃的；(v) 給予生命、使有生氣、使充滿活力、激勵、鼓舞

inanimate（*in 無 + anim 精神 + ate 使…的 → 使無精神*）[ɪnˋænəmɪt]（adj）沒生命的

unanimous（*un 一個 + anim 心靈 + ous …的 → 大家同一條心*）[juˋnænəməs]（adj）一致同意的、意見一致的

進階擴充

- equanimity（*equ 平等、平衡 + anim 心靈 + ity 名詞字尾 → 心靈處在平衡狀態*）[͵ikwəˋnɪmətɪ]（n）心情平靜、情緒鎮定

- magnanimous（*magn 大 + anim 心靈 + ous …的*）[mægˋnænəməs]（adj）寬宏大量的、慷慨的（尤指對競爭者、敵人等）

10 path, pathy：即「感情」。

sympathetic（*sym 同 + path 感情 + etic …的*）[͵sɪmpəˋθɛtɪk]（adj）有同情心的

sympathize（*sym 同 + path 感情 + ize 動詞字尾*）[ˋsɪmpə͵θaɪz]（v）同情

sympathy（*sym 同 + pathy 感情*）[ˋsɪmpəθɪ]（n）同情、同情心

進階擴充

- antipathy（*anti 反 + pathy 感情*）[ænˋtɪpəθɪ]（n）反感、憎惡

- apathetic（*a 無 + path 感情 + etic …的*）[͵æpəˋθɛtɪk]（adj）缺乏感情的、缺乏興趣的、無動於衷的

- apathy（*a 無 + pathy 感情*）[ˋæpəθɪ]（n）缺乏感情或興趣、冷漠

- empathy（*em 進入 + pathy 感情 → 感情移入*）[ˋɛmpəθɪ]（n）移情、同感、共鳴（對他人的感情、經歷等的想像力和感受力）

- telepathy（*tele 遠 + pathy 感情 → 從遠處傳來的感情*）[təˋlɛpəθɪ]（n）心靈感應、傳心術

練習 3.5.8~3.5.10

I.　請挑出以下定義的英文單字。

(A) inanimate　　(B) voluntary　　(C) volunteer　　(D) unanimous　(E) sympathy

_____ 1.　a person who agrees to do something of their own free will

_____ 2.　not alive; lifeless; lacking the qualities of living beings

_____ 3.　done of one's own will without being forced or paid

_____ 4.　agreeing completely about something

_____ 5.　sharing the feelings of others; feeling of pity and sorrow

II.　請填入正確的詞彙。

(A) unanimous　(B) voluntary　　(C) volunteered (D) voluntarily　(E) sympathetic

1.　The whole school was _____ in its approval of the headmaster's plan. Since every teacher said yes to the plan, it is now being carried out.

2.　He made the promise quite _____; no one forced him to do so.

3.　Mary _____ to clean up the kitchen without anyone asking him to.

4.　She gives money to the church on a _____ basis, not because she has to.

5.　He was enormously _____ when my father died.

11 sent：即「感覺」。

consent（con 共同 + sent 感覺）[kənˋsɛnt] (n) 同意、允許、准許；(v) 同意、允許、准許
dissent（dis 不、分開 + sent 感覺 → 感覺不合）[dɪˋsɛnt] (n) 異議；(v) 持異議、不同意
resent（re 反 + sent 感覺 → 反感）[rɪˋzɛnt] (v) 怨恨
resentful（re 反 + sent 感覺 → 反感 + ful 充滿）[rɪˋzɛntfəl] (adj) 怨恨的
resentment（re 反 + sent 感覺 → 反感 + ment 名詞字尾）[rɪˋzɛntmənt] (n) 怨恨
sentiment（sent 感覺、感情 + i + ment 名詞字尾）[ˋsɛntəmənt] (n)（對憐憫、懷舊等的）情感、（誇張的、濫施的、與理智相對的）多愁善感
sentimental（sentiment 多愁善感 + al …的）[ˌsɛntəˋmɛntḷ] (adj) 令人感傷的、感情脆弱的

進階擴充

- assent (*as = ad 朝向* + *sent 感覺* → *感覺朝向別人*) [ə`sɛnt] *(v)* 同意、贊成
- dissension (*dis 不、分開* + *sen = sent 感覺* + *sion 名詞字尾* → *感覺不合*) [dɪ`sɛnʃən] *(n)* 糾紛、爭執
- presentiment (*pre 預先* + *sentiment 感傷、情感*) [prɪ`zɛntəmənt] *(n)* (不祥的) 預感、預覺

練習 3.5.11

I.　請挑出以下定義的英文單字。

(A) consent　　　(B) dissent　　　(C) resent　　　(D) sentiment

＿＿＿＿＿ 1.　to feel bitter or angry about something

＿＿＿＿＿ 2.　to give permission for something or to agree to do something

＿＿＿＿＿ 3.　feelings such as pity, love, or sadness that are considered to be too strong

＿＿＿＿＿ 4.　opinions which differ from officially held opinions

II.　請填入正確的詞彙。

(A) consent　　　(B) dissent　　　(C) resents　　　(D) sentimental

1.　Some people were forced to leave their own country because their political ＿＿＿＿＿ was not tolerate.

2.　The girl was so ＿＿＿＿＿ that she wept for fallen flowers.

3.　She ＿＿＿＿＿ her mother for being tough on her.

4.　Jane wanted to get married to Paul, but her parents wouldn't ＿＿＿＿＿.

3.6 人

1 dem, demo：即「人民」。

democracy（demo 人民 + cracy 統治、政體）[dɪ`mɑkrəsɪ] (n) 民主、民主政治
Democrat（demo 人民 + crat 支持某種政體的人）[`dɛmə,kræt] (n) 民主黨人
democratic（demo 人民 + crat 政體 + ic …的）[,dɛmə`krætɪk] (adj) 民主的、民主政體的
democratize（demo 人民 + crat 政體 + ize 使…化）[dɪ`mɑkrə,taɪz] (v)（使）民主化
epidemic（epi 在…中間 + dem 人民 + ic …的 → 在人群中傳播的）[,ɛpɪ`dɛmɪk] (adj) 流行的、傳染的；(n) 流行性疾病

🔑 進階擴充

- demographic（demo 人民 + graph 寫、記錄 + ic …的）[,dimə`græfɪk] (adj) 人口統計學的
- demography（demo 人民 + graph 寫、記錄 + y 名詞字尾）[dɪ`mɑgrəfɪ] (n) 人口統計學
- epidemiologist（epi 在…中間 + dem 人民 + i + ologist 學家）[,ɛpɪ,dimɪ`ɑlədʒɪst] (n) 流行病學家
- epidemiology（epi 在…中間 + dem 人民 + i + ology 學）[`ɛpɪ,dimɪ`ɑlədʒɪ] (n) 流行病學
- pandemic（pan 泛 + dem 人民 + ic …的 → 在人群中廣泛傳播的）[pæn`dɛmɪk] (adj) 廣泛流行的

2 pater, patri, patro：即「父」，可引申為「國」。

patriot（patri 國 + ot 者）[`petrɪət] (n) 愛國者
patriotic（patri 國 + ot 者 + ic …的）[,petrɪ`ɑtɪk] (adj) 愛國的
patriotism（patri 國 + ot 者 + ism 主義）[`petrɪətɪzəm] (n) 愛國
patron（patr 父 + on → 具有家長職責或身分的人）[`petrən] (n) 保護人、（對某人、某種目標、藝術等）贊助人
patronage（patron 保護人 + age 名詞字尾）[`pætrənɪdʒ] (n) 保護人的身分、保護、贊助

進階擴充

- compatriot（com 共同一起 + patriot 愛國者）[kəm`petrɪət] (n) 同國人、同胞
- expatriate（ex 出 + patri 國 + ate 動詞兼名詞字尾）[ɛks`petrɪ,et] (v) 逐出國外；(n) 居於國外的人、僑民
- paternal（patern 父親 + al …的）[pə`tɝnḷ] (adj) 父親的、像父親的
- patriarch（patri 父 + arch 統治、首腦、長）[`petrɪ,ark] (n)（男性）家長、族長
- patriarchal（patriarch 家長、族長 + al …的）[,petrɪ`arkḷ] (adj) 家長的、族長的
- patriarchy（patriarch 家長、族長 + y 名詞字尾）[`petrɪ,arkɪ] (n) 父權制
- patrimony（patri 父 + mony 名詞字尾）[`pætrə,monɪ] (n) 祖傳的財物、繼承物、遺產
- repatriate（re 回、返 + patri 國 + ate 動詞字尾）[ri`petrɪ,et] (v) 遣返回國

【註】mater, matr, matri，即「母」。

- maternal（matern 母親 + al …的）[mə`tɝnḷ] (adj) 母親的、似母親的、母性的
- matriarch（matri 母 + arch 家長、族長）[`metrɪ,ark] (n) 女家長、女族長
- matriarchy（matri 母 + arch 家長、族長 + y 名詞字尾）[`metrɪ,arkɪ] (n) 母系社會、母權制
- matrimony（matri 母 + mony 名詞字尾）[`mætrə,monɪ] (n) 婚姻生活、婚姻
- matron（matr 母親 + on）[`metrən] (n) 受人尊敬的已婚老婦人

練習 3.6.1~3.6.2

I. 請挑出以下定義的英文單字。

(A) democratize　　(B) democracy　　(C) epidemic　　(D) patron　　(E) patriot

_____ 1. government by the people

_____ 2. a disease that spreads quickly among many people

_____ 3. to make democratic

_____ 4. a person who gives money or other support to a person, cause, activity, etc.

_____ 5. a person who loves and defends his country

II. 請填入正確的詞彙。

(A) epidemics　(B) democratic　(C) patriotic　(D) patronage　(E) patriots

1.　There are ＿＿＿＿ of influenza nearly every winter.
2.　In a ＿＿＿＿ country people can choose their own government by voting for it in elections.
3.　The ＿＿＿＿ formed an army to fight the invading army.
4.　Without the ＿＿＿＿ of several large firms, the festival could not have taken place.
5.　In military training, soldiers are required to learn to sing ＿＿＿＿ songs.

3.7　人體各部

1　corp, corpor：即「身體」，可引申為「團體」。

corporate（*corpor 體 → 團體 + ate 形容詞字尾 → 和團體有關的*）[`kɔrpərɪt] *(adj)* 團體的、企業的、公司的
corporation（*corpor 體 → 團體 + ation 名詞字尾*）[‚kɔrpə`reʃən] *(n)* 團體、社團、公司
corps [kɔr] *(n)* 軍團、兵隊、團隊
corpse [kɔrps] *(n)* 屍體
incorporate（*in 進入 + corpor 團體 + ate 動詞字尾*）[ɪn`kɔrpə‚ret] *(v)* 合併、包含、組成公司
incorporation（*in 進入 + corpor 團體 + ation 名詞字尾 → 結合而成的組織*）[ɪn‚kɔrpə`reʃən] *(n)* 結合、合併、團體、公司、社團

進階擴充

- corporal（*corpor 身體 + al …的*）[`kɔrpərəl] *(adj)* 身體的、肉體的
- corpulence（*corp 肉體 + ulence 表示「多」的名詞字尾*）[`kɔrpjələns] *(n)* 肥胖
- corpulent（*corp 肉體 + ulent 多…的 → 多肉的*）[`kɔrpjələnt] *(adj)* 肥胖的

2　capit：即「頭」，可引申為「首要的」。

capital（*capit 頭 → 首要的 + al 形容詞兼名詞字尾*）[`kæpətl̩] *(adj)* 首都的、重要的；*(n)* 首都、首府、資本、資產、大寫字母
capitalism（*capital 資本 + ism 主義*）[`kæpətl̩‚ɪzəm] *(n)* 資本主義
capitalist（*capital 資本 + ist 家、…主義的*）[`kæpətl̩ɪst] *(adj)* 資本主義的；*(n)* 資本家
captain（*capt = capit 頭 + ain 人 → 當頭的人*）[`kæptɪn] *(n)* 船長、（民航機的）機長

進階擴充

- capitulate（*capit 頭 + ulate 動詞字尾 → 頭低下*）[kə`pɪtʃə‚let] *(v)* 有條件投降
- decapitate（*de 除去 + capit 頭 + ate 動詞字尾*）[dɪ`kæpə‚tet] *(v)* 斬首

練習 3.7.1~3.7.2

I. 請挑出以下定義的英文單字。

(A) corps　　(B) capitalism　(C) corporate　(D) capitalist　(E) capital
(F) corpse　　(G) incorporate　(H) corporation

_____ 1. to form a corporation

_____ 2. an economic system based on private ownership, competition, and a free market

_____ 3. a lifeless human body

_____ 4. related to a business, esp. one that is incorporated

_____ 5. an organized and usually highly trained group

_____ 6. a wealthy person, esp. one who loans money to businesses for interest payments

_____ 7. wealth, such as money, land, buildings etc., owned by a person, business, or institution

_____ 8. a large business or company

II. 請填入正確的詞彙。

(A) corporate　(B) capitalist　(C) capital　(D) corpse　(E) incorporated

1. Making high quality products in a relaxed, friendly way is central to our company's _____ culture.

2. The murder victim's _____ was found in a ditch. Its identity was being investigated.

3. The government demands that environmentally-friendly features be _____ into the construction of a building.

4. Taipei is the _____ of Taiwan.

5. Just as a vulture swoops down for prey, so a _____ chases money relentlessly.

3 main, manu：即「手」。

maintain（*main = manu 手 + tain 持、握 → 手持、握有*）[men`ten] *(v)* 維持、堅持（認為）
maintenance（*main = manu 手 + ten 持、握 + ance 名詞字尾*）[`mentənəns] *(n)* 維護、保養、保持
manage（*man = manu 手 + age → 以手操作、以手處理*）[`mænɪdʒ] *(v)* 處理、管理、設法
management（*manage 管理 + ment 名詞字尾*）[`mænɪdʒmənt] *(n)* 管理、經營、管理學
manager（*manage 管理 + er 人*）[`mænɪdʒɚ] *(n)* 經理、管理人員
manipulate（*mani = manu 手 + pul = ful 一捆 + ate 動詞字尾 → 同時用手做一堆事情*）[mə`nɪpjə‚let] *(v)* 巧妙處理、（熟練地）操作、操縱
manner（*man = manu 手 + er → 用手做 → 做事、行為*）[`mænɚ] *(n)* 行為、舉止、方式
manual（*manu 手 + al 形容詞兼名詞字尾*）[`mænjʊəl] *(adj)* 手的、手工的、體力的；*(n)* 手冊、指南
manufacture（*manu 手 + fact 做、製作 + ure 名詞兼動詞字尾*）[‚mænjə`fæktʃɚ] *(n)* 製造；*(v)* 製造
manufacturer（*manufacture + er 人*）[‚mænjə`fæktʃərɚ] *(n)* 製造業者、廠商
manuscript（*manu 手 + script 寫*）[`mænjə‚skrɪpt] *(n)* 手稿、原稿

🔑 進階擴充

- **manacle**（*mana = manu 手 + cle 小 → 束縛手的小器具*）[`mænəkļ] *(n)* 手銬
- **maneuver**（*man = manu 手 + euver 勞動 → 用手勞動*）[mə`nuvɚ] *(n)* 謹慎而熟練的動作；（騙子的）巧計
- **manicure**（*mani = manu 手 + cure 治療*）[`mænɪ‚kjur] *(n)* 修指甲、美甲
- **manicurist**（*mani = manu 手 + cur 治療 + ist 人*）[`mænɪ‚kjurɪst] *(n)* 美甲師

4 ped, pedi：即「足」。

expedition（*ex 出 + ped 腳 + ition 名詞字尾*）[‚ɛkspɪ`dɪʃən] *(n)* 遠征、探險隊
pedal（*ped 腳 + al 名詞字尾*）[`pɛdļ] *(n)* 踏板；*(v)* 踩…的踏板
peddle（*ped 腳 + dle → 步行*）[`pɛdļ] *(v)* 挨戶兜售、沿街叫賣
pedestrian（*ped 腳 + estrian …的人 → 用腳走路的人*）[pə`dɛstrɪən] *(adj)* 徒步的；*(n)* 步行者

進階擴充

- centipede（centi 一百 + pede 腳 → 一百隻腳的動物）[`sɛntə͵pid] (n) 蜈蚣
- expedient（ex 出 + pedi 腳 + ent …的 → 能把腳跨出去）[ɪk`spidɪənt] (adj) 有助益的、應急有效的、有利的
- impede（im 進入 + pede 腳 → 把腳放進去）[ɪm`pid] (v) 阻止、妨礙
- impediment（impede 妨礙 + ment 名詞字尾）[ɪm`pɛdəmənt] (n) 妨礙、阻礙、障礙物
- pedicure（pedi 腳 + cure 治療）[`pɛdɪk͵jur] (n) 修趾甲醫師；(v) 修腳、足部治療

練習 3.7.3~3.7.4

I. 請挑出以下定義的英文單字。

(A) maintain   (B) manner   (C) manual   (D) manage

(E) maintenance   (F) manipulate   (G) manuscript   (H) manufacture

(I) peddle   (J) expedition   (K) pedal   (L) pedestrians

_____ 1. a handbook often of step-by-step procedures on how to do something

_____ 2. to make something for sale; the act of making products using machinery

_____ 3. handwritten or typed document before it is printed

_____ 4. to direct the business of an organization

_____ 5. to keep something going, continue; to argue that something is true

_____ 6. the act of keeping something in good condition, such as by cleaning, painting, and fixing it

_____ 7. behavior, a way of doing

_____ 8. to handle; to influence somebody or something secretly, especially for one's own advantage

_____ 9. to go from house to house to sell things

_____ 10. people walking in the street

_____ 11. a journey usually made by a group organized and equipped for a special purpose

_____ 12. a lever that drives a machine when pressed down by the foot or feet

II. 請填入正確的詞彙。

(A) maintenance　　(B) manuscript　　(C) maintains　　(D) manual

(E) pedestrians　　(F) peddled　　(G) manipulated　　(H) manners

(I) expedition　　(J) manufacture　　(K) managed　　(L) pedal

1. She _____ a friendship with her college friend who lives in another state.

2. Two _____ and a cyclist were injured when the car skidded.

3. The author's _____ was sent to the editor.

4. He _____ pirated CDs on the street. Last night he was arrested while he was selling them.

5. The _____ in that building is excellent, as the paint is new and the halls are always clean.

6. The _____ for my computer shows how to set it up and program it.

7. If someone has good _____, they are polite and observe social customs.

8. Admiral Byrd made an _____ to reach the North Pole.

9. The _____ of that type of gun is illegal now.

10. He _____ the price of a stock so he could buy it cheaply.

11. She _____ a legal department in a large company.

12. He stepped on the brake _____ to stop the car.

5 lingu：即「舌」，轉義為「語言」。

linguist *(lingu 語言 + ist 家、者)* [`lɪŋgwɪst] *(n)* 語言學家、精通多門語言者	
linguistic *(linguist 語言學家 + ic …的)* [lɪŋ`gwɪstɪk] *(adj)* 語言學上的	
linguistics *(linguist 語言學家 + ics 學)* [lɪŋ`gwɪstɪks] *(n)* 語言學	

🔑 進階擴充

- **bilingual** *(bi 兩、雙 + lingu 語言 + al …的)* [baɪ`lɪŋgwəl] *(adj)* 雙語的、能說兩種語言的

- **lingual** *(lingu 舌頭、語言 + al …的)* [`lɪŋgwəl] *(adj)* 舌頭的、語言的

- **monolingual** *(mono 一 + lingu 語言 + al …的)* [ˌmɑnə`lɪŋgwəl] *(adj)* 僅用（懂）一種語言的

6 carn：即「肉」。

carnation（*carn 肉 + ation 名詞字尾*）[karˋneʃən] *(n)* 肉紅色、康乃馨
carnival（*carn 肉體 + iv + al 名詞字尾 → 放縱肉體的節日*）[ˋkɑrnəvl̩] *(n)* 狂歡節、飲宴狂歡

進階擴充

- carcass（*carc = carn 肉 + ass*）[ˋkɑrkəs] *(n)* 動物屍體
- carnage（*carn 肉 + age 名詞字尾 → 毀滅肉體*）[ˋkɑrnɪdʒ] *(n)* 大屠殺
- carnal（*carn 肉 + al …的*）[ˋkɑrnl̩] *(adj)* 肉體的、肉欲的、色欲的
- carnivore（*carn 肉 + i + vore 吃*）[ˋkɑrnəˌvɔr] *(n)* 食肉動物
- carnivorous（*carn 肉 + i + vor 吃 + ous … 的*）[karˋnɪvərəs] *(adj)* 食肉類的
- incarnate（*in 進入 + carn 肉 + ate 動詞字尾 → 進入肉體狀態*）[ɪnˋkɑrˌnet] *(v)* 使成化身
- incarnation（*incarnate 化身 + ion 名詞字尾*）[ˌɪnkɑrˋneʃən] *(n)* 賦予肉體、具人形、化身
- reincarnate（*re 再 + in 進入 + carn 肉體 + ate 動詞字尾 → 再次進入肉體狀態*）[ˌriɪnˋkɑrˌnet] *(v)* 使轉世

7 cord, cordi：即「心」。

accord（*ac 向 + cord 心 → 向心*）[əˋkɔrd] *(v)* 一致、符合
accordance（*accord 向心 + ance 名詞字尾*）[əˋkɔrdəns] *(n)* 一致、和諧
cordial（*cordi 心 + al …的 → 發自內心*）[ˋkɔrdʒəl] *(adj)* 衷心的、誠懇的、熱情友好的
cordially（*cordial 衷心的 + ly …地*）[ˋkɔrdʒəlɪ] *(adv)* 誠懇地、衷心地

進階擴充

- concord（*con 共同、合 + cord 心 → 同心合意*）[ˋkɑnkɔrd] *(n)* 和諧、協和
- discord（*dis 不 + cord 心 → 分心離意*）[ˋdɪskɔrd] *(n)* 不一致、意見不合；[dɪsˋkɔrd] *(v)* 不一致、意見不合
- discordant（*discord 不一致 + ant …的*）[dɪsˋkɔrdn̩t] *(adj)* 不調和的、【音】不悅耳的、不和諧的

練習 3.7.5~3.7.7

I. 請挑出以下定義的英文單字。

(A) monolingual   (B) carnation   (C) linguistics   (D) linguistic
(E) bilingual   (F) linguist   (G) lingual   (H) carnival
(I) cordial   (J) accord

_____ 1. the scientific study of language

_____ 2. related to the tongue, or language

_____ 3. knowing or able to use only one language

_____ 4. a specialist in the study of language

_____ 5. using or able to speak two languages

_____ 6. festival with singing, dancing and a parade

_____ 7. related to the study of language

_____ 8. a kind of flower

_____ 9. warm and friendly

_____ 10. to agree

II. 請填入正確的詞彙。

(A) accordance   (B) carnival   (C) cordial   (D) monolingual
(E) carnation   (F) linguist   (G) bilingual

1. She gave her mother a bunch of _____ on Mother's Day.

2. The _____ in Brazil is world-famous.

3. They sent their son to a _____ school because they wanted him to speak both Chinese and English.

4. She is good at speaking several foreign languages; she is a _____.

5. Most Chinese are _____ ; they only speak Chinese.

6. Everyone should act in _____ with the law.

7. Britain and America have had _____ relations since World War II. They often fight alongside each other.

3.8 生死

1 nat：即「出生、誕生」。

international（inter 之間 + nat 出生 + ion 名詞字尾 + al 形容詞字尾）[͵ɪntɚ`næʃən!] (adj) 國際的
nation（nat 出生 + ion 名詞字尾）[`neʃən] (n) 國家
national（nat 出生 + ion 名詞字尾 + al 形容詞字尾）[`næʃən!] (adj) 國家的
nationalist（nat 出生 + ion 名詞字尾 + al 形容詞字尾 + ist 信奉主義的人）[`næʃən͵lɪst] (n) 國家主義者
native（nat 出生 + ive 形容詞兼名詞字尾）[`netɪv] (adj) 出生地的、當地的；(n) 當地人、本國人、土著

2 gen：即「出生、種族、起源」。

gene（細胞內產生遺傳信息的功能單位）[dʒin] (n) 遺傳因數、基因
generate（gen 產生 + er + ate 動詞字尾）[`dʒɛnə͵ret] (v) 產生、發電
generation（generate 產生 + ion 名詞字尾）[͵dʒɛnə`reʃən] (n) 產生、發生、一代、一代人
generator（generate 發電 + or 物）[`dʒɛnə͵retɚ] (n) 發電機
genetics（gene 遺傳因數、基因 + t + ics 學）[dʒə`nɛtɪks] (n) 遺傳學
genius（gen 出生 + ius → 出生就有）[`dʒinjəs] (n) 天才
ingenious（in 內 + gen 產生 + ious 形容詞字尾）[ɪn`dʒinjəs] (adj) 心靈手巧的、有獨創性的

🔑 進階擴充

- congenital（con 共同 + gen 生 + it + al …的）[kən`dʒɛnət!] (adj)（疾病）與生俱來的、先天的
- degenerate（de 降 + generate 產生）[dɪ`dʒɛnə͵rɪt] (adj) 退化的、衰退的、變糟的；[dɪ`dʒɛnə͵ret] (v) 退化、變糟
- eugenics（eu 好、優 + gen 生 + ics 學）[ju`dʒɛnɪks] (n) 優生學
- innate（in 進 + nate 出生 → 與出生一起進來）[ɪn`et] (adj) 天生的、生來的
- regenerate（re 再次、重新 + generate 產生）[ri`dʒɛnərɪt] (v) 使再生、再生

練習 3.8.1~3.8.2

I. 請挑出以下定義的英文單字。

(A) native   (B) generation   (C) generator   (D) ingenious   (E) generate
(F) genetics   (G) genius

_____ 1. a person born in a place, a country, etc., and associated with it at birth

_____ 2. very good at making things or solving problems, clever, inventive

_____ 3. a machine used to produce electricity

_____ 4. a group of people of approximately the same age

_____ 5. to produce or create

_____ 6. a person of great intelligence and creative ability

_____ 7. the scientific study of the ways in which hereditary characteristics are passed from parents to their offspring

II. 請填入正確的詞彙。

(A) natives   (B) generation   (C) generates   (D) generators   (E) ingenious
(F) genius

1. When we're on vacation in Greece, we live like the _____.
2. You are 20 years younger than I; you are of the younger _____.
3. The local power station _____ electricity.
4. The hospital has two emergency _____ in case there is a power failure.
5. Mozart was a _____ in music.
6. The campers thought of an _____ way to cross the river without a bridge.

3 mort：即「死亡」。

immortal（im 不 + mort 死 + al …的）[ɪˋmɔrtl̩] (adj) 不死的、不朽的

immortalize（immortal 不死的 + ize 使…）[ɪˋmɔrtl̩͵aɪz] (v) 使不滅、使不朽、使名垂千古

mortal（mort 死 + al …的）[ˋmɔrtl̩] (adj) 終有一死的、不能永生的、致死的

mortality（mort 死 + al …的 + ity 名詞字尾）[mɔrˋtælətɪ] (n) 不免一死、死亡率

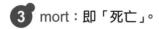

進階擴充

- mortgage（mort 死 + gage 抵押品 → 抵押品不能動、像死一樣）[ˋmɔrgɪdʒ] (n) 抵押品
- mortician（mort 死 + ic + ian 人）[mɔrˋtɪʃən] (n) 殯儀業人員
- mortuary（mort 死 + u + ary 表場所的名詞字尾）[ˋmɔrtʃu͵ɛrɪ] (n) 停屍房、太平間

練習 3.8.3

I.　請挑出以下定義的英文單字。

(A) immortalize　　(B) immortal　　　(C) mortal　　　(D) mortality

_____ 1. the state of being mortal; the death rate

_____ 2. living for ever

_____ 3. to give endless life or fame to somebody or something

_____ 4. that must die; that cannot live for ever; causing death

II.　請填入正確的詞彙。

(A) mortality　　　(B) immortal　　　(C) mortal

1. All human beings are _____ and will die one day.

2. He was very brave and viewed his _____ without fear.

3. Beethoven is regarded as one of the _____ musicians.

4 viv：即「活」。

revival（re 再、重新 + viv 活 + al …的）[rɪ`vaɪvl] (n) 復興、復活、復甦

revive（re 再、重新 + vive 活）[rɪ`vaɪv] (v) 復興、復活、恢復

survival（sur 在…之上 → 超過 + viv 活 + al 名詞字尾）[sə`vaɪvl] (n) 倖存

survive（sur 在…之上 → 超過 + vive 活 → 活得比別人長）[sə`vaɪv] (v) 倖免於、倖存、生還

survivor（survive 倖存 + or 者）[sə`vaɪvə] (n) 生還者、倖存者

vivid（viv 活 + id …的 → 像活的一樣）[`vɪvɪd] (adj) 生動的、逼真的

🔑 進階擴充

- convivial（con 共同 + viv 活躍 + ial …的）[kən`vɪvɪəl] (adj) 聯歡的、歡樂的
- viable（vi = viv 活 + able 能…的）[`vaɪəbl] (adj) 能成活的、能發育成長的
- vivacious（viv 活 + acious …的）[vaɪ`veʃəs] (adj) 活潑的、快活的

5 bi, bio, vit：即「生命」。

i bi, bio

autobiography（auto 自己 + biography 傳記）[ˌɔtəbaɪ`agrəfɪ] (n) 自傳

biographer（bio 生命 + graph 寫 + er 人 → 寫生命的人）[baɪ`agrəfə] (n) 傳記作者

biography（bio 生命 + graph 寫 + y 名詞字尾 → 寫生命）[baɪ`agrəfɪ] (n) 傳記

biology（bio 生命、生物 + logy 學）[baɪ`alədʒɪ] (n) 生物學

ii vit

vital（vit 生命 + al …的）[`vaɪtl] (adj) 生死攸關的、至關重要的

vitality（vital 生命 + ity 名詞字尾）[vaɪ`tælətɪ] (n) 活力、生命力、生動性

vitamin（vit 生命 + amin = amine 胺）[`vaɪtəmɪn] (n) 維他命、維生素

🔑 進階擴充

- amphibian（amphi 兩個 + bi 生命 + an 物、者 → 兩個生命）[æm`fɪbɪən] (adj) 兩棲類的、水陸兩用的；(n) 兩棲動物、水陸兩用飛機、水陸兩用的平底車輛
- antibiotic（anti 抗 + bio 生命 + tic 形容詞兼名詞字尾）[ˌæntɪbaɪ`atɪk] (adj) 抗生的；(n) 抗生素

- biosphere（bio 生命、生物 + sphere 圈）[`baɪə,sfɪr] (n) 生物圈
- revitalize（re 再次、重新 + vit 生命 + al …的 + ize 使…）[ri`vaɪtḷ,aɪz] (v) 使新生、恢復生機、振興
- symbiosis（sym 共同 + bio 生命 + sis 狀態）[,sɪmbaɪ`osɪs] (n) 共生（現象）

練習 3.8.4~3.8.5

I.　請挑出以下定義的英文單字。

(A) autobiography　(B) biography　　(C) revive　　　(D) survive
(E) biology

_____ 1.　to come back to strength or consciousness; to recover

_____ 2.　to continue to live or exist; to live longer than others

_____ 3.　the story of a person's life written by someone else

_____ 4.　the scientific study of life

_____ 5.　the story of a person's life written by himself

II.　請填入正確的詞彙。

(A) revival　　　(B) vivid　　　(C) biology　　(D) vitamin
(E) revive　　　(F) vital　　　(G) vitality

1.　It is said that _____ C is found in fruits, potatoes, etc.
2.　Water is _____ to life.
3.　The flower will _____ in water.
4.　In the past 20 years, there has been a _____ of interest in old trains and railroads.
5.　She has great _____ and is always doing something.
6.　The reporter wrote a _____ story about the disaster.
7.　In the _____ class students looked at leaves under a microscope.

3.9　自然

1 lumin：即「光」。

illuminate（ il = in 在內 + lumin 光 → 把光投在某物上 + ate 動詞字尾）[ɪ`lumə,net] (v) 照亮

illumination（ illuminate 照亮 + ion 名詞字尾）[ɪ,ljumə`neʃən] (n) 照明

進階擴充

- luminary（ lumin 光 + ary 人 → 發光的人 → 照亮別人的人）[`lumə,nɛrɪ] (n)（尤指學術界）名人
- luminous（ lumin 光 + ous …的）[`lumənəs] (adj) 發光的、光亮的

2 therm, thermo：即「熱」。

thermometer（ thermo 熱 + meter 計）[θə`mɑmətə] (n) 溫度計、體溫計

進階擴充

- geothermic（ geo 地 + therm 熱 + ic …的）[,dʒio`θɜmɪk] (adj) 地熱的
- thermal（ therm 熱 + al …的）[`θɜml̩] (adj) 熱的
- thermos（ therm 熱 + os）[`θɜməs] (n) 熱水瓶、保溫瓶

3 aster, astro：即「星星」。

astronaut（ astro 星星 + naut 航行）[`æstrə,nɔt] (n) 太空人、宇航員

astronomer（ astro 星、天體 + nom 定律 + er 者、家）[ə`strɑnəmə] (n) 天文學家

astronomy（ astro 星、天體 + nom 定律 + y 名詞字尾 → 研究星星的定律）[əs`trɑnəmɪ] (n) 天文學

disaster（ dis 離開 + aster 星 → 註定命運的星宿離開，人就要遭不幸）[dɪ`zæstə] (n) 災難、災禍

disastrous（ disaster 災難 + ous …的）[dɪz`æstrəs] (adj) 災難性的

進階擴充

- asterisk（aster 星 + isk 小 → 小星記號）[`æstə͵rɪsk] (n) 星號（＊）
- asteroid（aster 星 + oid 似…的）[`æstə͵rɔɪd] (adj) 星狀的；(n)（火星和木星之間的）小行星
- astrologer（astro 星 + logy 學 + er 人）[ə`strɑlədʒɚ] (n) 占星家
- astrology（astro 星 + logy 學）[ə`strɑlədʒɪ] (n) 占星術（以觀測天象來預卜人間事物的一種方術）

4 mar：即「海」。

marine（mar 海 + ine 形容詞字尾）[mə`rin] (adj) 海的、海生的；(n) 海軍士兵
submarine（sub 在…下面 + marine 海的）[`sʌbmə͵rin] (n) 潛水艇

進階擴充

- mariner（marine 海的 + er 人）[`mærənɚ] (n) 水手、海員
- Marines（marine 海軍士兵 + s 複數字尾）[mə`rinz] (n) 海軍陸戰隊

5 aqua, hydro：即「水」。

i aqua

aquarium（aqua 水 + rium 表示地點的名詞字尾）[ə`kwɛrɪəm] (n) 水族館、養魚玻璃缸

ii hydro

hydrogen（hydro 水 + gen 產生、源於）[`haɪdrədʒən] (n) 氫

進階擴充

- aquatic（aqua 水 + t + ic …的）[ə`kwætɪk] (adj) 水生的、水上的、水中的
- aquiculture（aqui = aqua 水 + culture 養殖）[`ækwə͵kʌltʃɚ] (n) 水產養殖
- hydroelectric（hydro 水 + electric 電的）[͵haɪdroɪ`lɛktrɪk] (adj) 水電的、水力發電的
- hydrologist（hydro 水 + logist 學者、家）[haɪ`drɑlədʒɪst] (n) 水文學家、水文工作者
- hydrology（hydro 水 + logy 學科）[haɪ`drɑlədʒɪ] (n) 水文學

![練習 3.9.1~3.9.5]

I. 請挑出以下定義的英文單字。

(A) thermometer   (B) illuminate   (C) astronomy   (D) aquarium
(E) disaster   (F) marine   (G) hydrogen   (H) astranaut

_____ 1. to make a light shine on something; to fill a place with light

_____ 2. a kind of instrument for measuring temperature

_____ 3. the scientific study of the stars

_____ 4. a sudden event such as a flood, a storm, or an accident which causes great damage or suffering

_____ 5. connected with the sea and the creatures that live there

_____ 6. a building where people go to look at fish and other water animals; a clear glass container for fish and other water animals

_____ 7. a simple chemical substance that is found in water, and also exists as a gas which is lighter than air

_____ 8. someone who travels and works in outer space

II. 請填入正確的詞彙。

(A) thermometer   (B) illuminated   (C) astronomy   (D) disastrous
(E) astronomers   (F) disaster   (G) astronaut

1. The doctor put a _____ in my mouth to see if I had a fever.

2. During the celebration, the whole city was _____ by thousands of neon lamps.

3. Because the stars are so far away, _____ measure their distance from Earth in "light years."

4. Yuri Gagarin, the world's first _____, orbited the earth in an artificial satellite on April 12, 1961.

5. After the _____ collapse accident, the bodies were too badly mangled to be recognized.

6. I took a course in ＿＿＿＿ in college because I was interested in the planets.

7. The attack on Pearl Harbor was the worst ＿＿＿＿ in the history of the U.S. Navy.

6 geo, hum, ter, terr：即「地」。

i geo

geographer（geo 地 + graph 寫 → 論述 + er 人）[dʒɪˋɑgrəfə] (n) 地理學者

geographical（geo 地 + graph 寫 → 論述 + ical 形容詞字尾）[dʒɪəˋgræfɪkl] (adj) 地理的

geography（geo 地 + graph 寫 → 論述 + y 名詞字尾 → 關於大地的論述）[ˋdʒɪˋɑgrəfɪ] (n) 地理

geometry（geo 土地 + metr 丈量 + y 名詞字尾）[dʒɪˋɑmətrɪ] (n) 幾何學

進階擴充

- **geologist**（geo 地 + logy 學 + ist 者）[dʒɪˋɑlədʒɪst] (n) 地質學者、地質學家
- **geology**（geo 地 + logy 學）[dʒɪˋɑlədʒɪ] (n) 地質學
- **geophysics**（geo 地 + physics 物理學）[ˌdʒɪoˋfɪzɪks] (n) 地球物理學

ii hum

humble（hum 地 → 低下 + ble …的）[ˋhʌmbl] (adj) 謙遜的、卑微的

humid（hum 地 + id …的 → 離地近 → 潮濕）[ˋhjumɪd] (adj) 潮濕的、濕氣重的

humility（hum 地 + ility 名詞字尾）[hjuˋmɪlətɪ] (n) 謙恭、謙遜、謙卑

進階擴充

- **exhume**（ex 出外 + hume 土）[ɪgˋzjum] (v) 掘出屍體

iii ter, terr

terrace（terr 地 + ace）[ˋtɛrəs] (n) 臺地、梯田

territory（terr 地 + itory）[ˋtɛrəˌtorɪ] (n) 領土、領地

進階擴充

- disinter (dis 不、解除 + inter 埋葬) [͵dɪsɪn`tɝ] (v)（從墳墓中或地下）掘出、揭露出
- extraterrestrial (extra 外 + terr 地 + estrial …的) [͵ɛkstrətə`rɛstrɪəl] (adj) 地球外的
- inter (in 進入 + ter 土地) [ɪn`tɝ] (v) 埋葬
- Mediterranean (medi 中間 + terr 地 + anean …的〔聯想 ocean〕) [͵mɛdətə`renɪən] (adj) 地中海（地區）的
- terrain (terr 地 + ain 名詞字尾) [`tɛren] (n) 地帶、地形、地貌、地勢
- terrestrial (terr 地 + estrial …的) [tə`rɛstrɪəl] (adj) 地球的、陸地的、陸生的、陸棲的（動物）

練習 3.9.6

I. 請挑出以下定義的英文單字。

(A) terrace   (B) humble   (C) geography   (D) territory

_____ 1. a raised, flat piece of land

_____ 2. the scientific study of the earth's surface, including its features, climate, vegetation and population

_____ 3. having a low idea of one's importance; having a low social position

_____ 4. land that is owned or controlled by a country

II. 請填入正確的詞彙。

(A) humble   (B) territory   (C) terraces   (D) geographical

1. Tigers do not allow other animals to enter their _____.

2. She is a great athlete, but is _____ about her accomplishments.

3. The peasants have been working hard to make the slopes of the mountains into _____ for growing crops.

4. With the widespread use of the Internet, _____ boundaries are irrelevant, people living far away from each other can communicate instantly just as next-door neighbors do.

7 zoo：即「動物」。

zoo [zu] *(n)* 動物園

🔑 進階擴充

- zoologist（*zoo 動物 + logy 學 + ist 學科學者*）[zoˋɑlədʒɪst] *(n)* 動物學家
- zoology（*zoo 動物 + logy 學*）[zoˋɑlədʒɪ] *(n)* 動物學

8 botan, veget：即「植物」。

i botan

botany（*botan 植物 + y 學*）[ˋbɑtənɪ] *(n)* 植物學

🔑 進階擴充

- botanic (= botanical)（*botan 植物 + ic …的*）[boˋtænɪk] *(adj)* 植物的
- botanist（*botan 植物 + ist 學科學者*）[ˋbɑtənɪst] *(n)* 植物學家

ii veget（原意為「活力的」，後來引申為「植物」）

vegetable（*veget 植物 + able 形容詞字尾*）[ˋvɛdʒətəbḷ] *(adj)* 植物性的；*(n)* 蔬菜

vegetarian（*veget 植物 + arian 者、人*）[ˌvɛdʒəˋtɛrɪən] *(n)* 素食者

vegetation（*veget 植物 + ation 名詞字尾*）[ˌvɛdʒəˋteʃən] *(n)*（集合詞）植物

🔑 進階擴充

- vegetate（*veget 植物 + ate 動詞字尾*）[ˋvɛdʒəˌtet] *(v)*（像植物一樣）過單調無聊的生活

9 flor, flour：即「花」。

flourish（*flour 花 + ish 動詞字尾 → 如開花一樣*）[ˋflɝɪʃ] *(v)* 繁茂、繁榮、興旺

flourishing（*flourish 興旺 + ing 現在分詞*）[ˋflɝɪʃɪŋ] *(adj)* 繁茂的、繁榮的、欣欣向榮的

進階擴充

- Flora [`florə] *(n)*（羅馬神話）花神
- floral（flor 花 + al …的）[`florəl] *(adj)* 花的
- florid（flor 花 + id …的）[`flɔrɪd] *(adj)* 花俏的、過分裝飾的、華麗的
- florist（flor 花 + ist 人）[`flɔrɪst] *(n)* 鮮花店店主、花商

10 radic：即「根」。

radical（radic 根 + al 形容詞字尾）[`rædɪkḷ] *(adj)* 根本的、徹底的、激進的、偏激的；*(n)*【數】根、根號

進階擴充

- eradicable（e 出 + radic 根 + able 形容詞字尾）[ɪ`rædɪkəbḷ] *(adj)* 可以根除的
- eradicate（e 出 + radic 根 + ate 動詞字尾）[ɪ`rædɪ,ket] *(v)* 根除

練習 3.9.7~3.9.10

I. 請挑出以下定義的英文單字。

(A) vegetarian　(B) vegetation　(C) flourish　(D) radical　(E) zoology

_____ 1.　to grow well and be very healthy; to develop well and be successful

_____ 2.　a person who eats only plant foods

_____ 3.　from the root; thorough; favoring thorough political or social reforms

_____ 4.　the scientific study of animals

_____ 5.　plants in general, especially in one particular area

II. 請填入正確的詞彙。

(A) zoology　　(B) vegetation　(C) radical　　(D) flourish　　(E) vegetables

1.　After the disastrous floods, the villagers realized the importance of protecting the _____ of the mountains.

2. He argued that the society would not change thoroughly without _____ political reforms.

3. He studied _____ in college before he became a veterinarian.

4. Plants _____ in summer when there is plenty of sunshine and rain.

5. We should eat a lot more fresh fruit and _____ instead of red meat.

3.10 現象

1 vers, vert：即「轉」。

advertise（ad 向 + vert 轉 + ise 動詞字尾 → 使人的注意力轉向 → 引起公眾注意）[ˋædvɚˏtaɪz] (v) 做廣告、登廣告

advertisement（advertise 廣告 + ment 名詞字尾）[ˏædvɚˋtaɪzmənt] (n) 廣告

anniversary（ann 年 + i + vers 轉 + ary 名詞字尾 → 時間轉了一年）[ˏænəˋvɚsərɪ] (n) 周年紀念

avert（a 不 → 離開 + vert 轉 → 轉離）[əˋvɜt] (v) 轉移（目光）、避免、防止

controversial（contro 反對 + vers 轉 + ial 形容詞字尾）[ˏkɑntrəˋvɚʃəl] (adj) 爭論的、爭議的

controversy（contro 反對、對立 + vers 轉 + y 名詞字尾 → 轉到對立面來反對）[ˋkɑntrəˏvɚsɪ] (n) 爭論、論戰

conversion（con 共同 + vers 轉 + ion 名詞字尾）[kənˋvɚʃən] (n) 變換、轉化

convert（con 共同 + vert 轉 → 共同轉過來）[kənˋvɜt] (v) 使轉變、轉變、變換、皈依、改變信仰

diversion（di 分開 + vers 轉 + ion 名詞字尾）[daɪˋvɚʒən] (n) 轉移、轉向

divert（di = dis 分開 + vert 轉 → 轉開）[daɪˋvɜt] (v) 轉移、轉向

irreversible（ir 不 + re 反 + vers 轉 + ible 形容詞字尾）[ˏɪrɪˋvɚsəbl̩] (adj) 不可逆的、不可反轉的、不可復原的

reverse（re 回、反 + verse 轉 → 回轉、反轉）[rɪˋvɚs] (v) 倒退、翻轉

reversible（re 反 + vers 轉 + ible 形容詞字尾）[rɪˋvɚsəbl̩] (adj) 可逆的、可反轉的、可兩面穿的、可復原的

reversion（re 反 + vers 轉 + ion 名詞字尾）[rɪˋvɚʃən] (n) 反轉、逆轉、回復、復原

versatile（vers 轉 + atile 形容詞字尾 → 可轉動的 → 可應對各方面的）[ˋvɚsət l̩] (adj) 多才多藝的、多種用途的

進階擴充

- adverse（ad 向 + verse 轉 → 轉向反面 → 逆反）[ædˋvɚs] (adj) 不利的
- adversary（ad 向 + vers 轉 + ary 人）[ˋædvɚˏsɛrɪ] (n) 敵國、對手
- adversity（ad 向 + vers 轉 + ity 名詞字尾）[ədˋvɚsətɪ] (n) 逆境、不幸、苦難

- averse（*a 不 → 離 + verse 轉 → 轉而離開*）[əˋvɝs] *(adj)* 反對的、嫌惡的
- aversion（*averse 反對 + ion 名詞字尾*）[əˋvɝʃən] *(n)* 厭惡、嫌惡、討厭的事或人（常與 to 連用）
- extrovert（*extra 向外 + vert 轉*）[ˋɛkstrovɝt] *(n)* 性格外向者
- introvert（*intro 向內 + vert 轉*）[ˋɪntrə͵vɝt] *(n)* 性格內向的人
- pervert（*per 完全 + vert 轉*）[pɚˋvɝt] *(n)* 性變態者；*(v)* 使（人、心理）入邪路、反常或墮落
- subversion（*sub 下 + vers 轉 + ion 名詞字尾*）[səbˋvɝʃne] *(n)* 顛覆
- subvert（*sub 下 + vert 轉 → 由下翻轉*）[səbˋvɝt] *(v)* 推翻、顛覆、破壞

練習 3.10.1

I.　請挑出以下定義的英文單字。

(A) divert　　　(B) avert　　　(C) diversion　　　(D) anniversary
(E) convert　　　(F) controversy　　　(G) versatile　　　(H) reverse

_____ 1.　something intended to distract someone's attention from something more important; a change in the direction or purpose of something

_____ 2.　to look away from something that you do not want to see; to avoid, to prevent something unpleasant from happening

_____ 3.　a date on which something special or important happened in a previous year

_____ 4.　to change the direction or purpose of something

_____ 5.　having many different skills or uses

_____ 6.　a serious argument or disagreement, especially about something such as a plan or decision, that continues for a long time

_____ 7.　to change something from one form to a different one; to change or make someone change from one religion or belief to another

_____ 8.　to move backwards or in an opposite direction; to turn in an opposite direction

II. 請填入正確的詞彙。

(A) anniversary   (B) advertised   (C) diversion   (D) diverted

(E) averted   (F) versatile   (G) converted   (H) conversion

(I) reversed   (J) controversial

1. Some of the prisoners created a _____ to draw away the guard's attention while Figgs climbed the wall.

2. We were married on May 20, 1964, so every year we have a party on our _____.

3. Accidents can be _____ by careful driving.

4. Have you tried that new shampoo they _____ on TV?

5. A ditch water was _____ from the stream into the fields.

6. The government did not immediately carry out the _____ plan to flood the valley in order to build a hydro-electric dam; they wait for the argument to be settled.

7. Many Africans were _____ to Christianity; they had given up their own religious beliefs.

8. She _____ the paper and wrote a few words on the back.

9. A very _____ performer, he can play the piano, flute, violin and some other instruments.

10. The _____ of the old classroom into a new library has greatly improved the school.

2 flu, flux, fus：即「流、瀉」。

i flu, flux
fluency (flu 流 + ency 名詞字尾)［`fluənsɪ］ (n) 流利、流暢
fluent (flu 流 + ent …的)［`fluənt］ (adj) 流利的
fluid (flu 流 + id 物件)［`fluɪd］ (n) 液體、流質

flush¹ （flu 流 + sh → 水流動）[flʌʃ] (n) 沖洗、沖刷；(v) 沖洗、沖刷

flush² （flu 流 + sh → 水流動 → 血湧流到臉上）[flʌʃ] (n) 臉紅；(v) 臉紅

influence （in 向內 + flu 流 + ence 名詞字尾 → 流入人們內心）[ˋɪnfluəns] (n) 影響；(v) 影響

influential （in 向內 + flu 流 + ential 形容詞字尾）[ˏɪnfluˋɛnʃəl] (adj) 有影響力的

🔑 進階擴充

- **affluence** （af = ad 向 + flu 流 + ence 名詞字尾）[ˋæfluəns] (n) 富裕、富足
- **affluent** （af = ad 向 + flu 流 + ent …的 →〔財富〕湧流的）[ˋæfluənt] (adj) 富裕的
- **influenza** （in 內、裡 + flu 流 + enza 病 → 在人群中流行的病）[ˏɪnfluˋɛnzə] (n) 流行性感冒、流感（也作 flu）
- **influx** （in 入 + flux 流）[ˋɪnflʌks] (n) 湧進、流入
- **superfluous** （super 超、過度 + flu 流 + ous …的 → 流得過多的）[suˋpɝfluəs] (adj) 多餘的

ii fus

confuse （con 共同、合 + fuse 流 → 合流 → 流到一處、混到一起）[kənˋfjuz] (v) 使混淆

confusion （confuse 混淆 + ion 名詞字尾）[kənˋfjuʒən] (n) 混亂、混淆

refuse （re 回 + fuse 流 → 流回 → 退回 → 不接納）[rɪˋfjuz] (v) 拒絕

🔑 進階擴充

- **diffuse** （dif = dis 分散 + fuse 流）[dɪˋfjuz] (v) 散發、傳播、散播、擴散
- **effuse** （ef = e 出 + fuse 流）[ɛˋfjuz] (v)（液體）湧出、流出
- **infuse** （in 入 + fuse 流 → 使往裡流）[ɪnˋfjuz] (v) 灌輸、注入
- **refute** （re 反 + fute = fuse 流 → 反流）[rɪˋfjut] (v) 反駁、駁斥
- **suffuse** （suf = sub 在下面 + fuse 流 → 到處流）[səˋfjuz] (v) 瀰漫、染遍
- **transfuse** （trans 轉移 + fuse 流 →〔血液〕轉流過去）[trænsˋfjuz] (v) 輸血

練習 3.10.2

I. 請挑出以下定義的英文單字。

(A) confuse　　(B) refuse　　(C) fluid　　(D) flush　　(E) fluent

＿＿＿＿ 1. liquid

_____ 2. able to speak a foreign language easily and well

_____ 3. to send water quickly through a pipe or a toilet so as to clean it

_____ 4. to make someone feel that they cannot think clearly or do not understand

_____ 5. to say no to something

II. 請填入正確的詞彙。

(A) confuse   (B) refuse   (C) fluency   (D) fluent   (E) flushed

(F) fluid   (G) influence

1. Confucianism has a great _____ on the way Chinese people think.

2. After having lived in the United States, she now speaks _____ English.

3. The doctor told him to drink a liter of _____ a day.

4. He used to speak broken English; now he speaks English with great _____.

5. She was _____ with excitement when she learned that she had won the first prize.

6. Teachers should not _____ their students by giving them a lot of information in one class.

7. I'm sure if you ask her to help you, she won't _____.

3 mot：即「動」。

emotion _(e 出 + mot 動 + ion 名詞字尾 → 把…移到外面)_ [ɪ`moʃən] _(n)_ 情緒、情感、感情
locomotive _(loco 地方 + mot 動 + ive 形容詞兼名詞字尾 → 從一個地方移動到另一個地方)_   [ˌlokə`motɪv] _(adj)_ 移動的；_(n)_ 火車頭
motion _(mot 動 + ion 名詞字尾)_ [`moʃən] _(n)_ 運動、動作；_(v)_ 打手勢
motivate _(motive 動機 + ate 動詞字尾 → 使動起來)_ [`motə͵vet] _(v)_ 激發、激勵、促使
motive _(mot 動 + ive 名詞字尾)_ [`motɪv] _(n)_ 動機
motor _(mot 動 + or 物 → 驅動之物)_ [`motə] _(n)_ 電動機、馬達
promote _(pro 向前 + mote 動)_ [prə`mot] _(v)_ 提升、提拔、晉升、宣傳、推銷（商品）

promotion（*promote 提升 + ion 名詞字尾*）[prə`moʃən] *(n)* 提升、提拔、晉升、促進、推銷商品

remote（*re 回、向後 + mote 移*）[rɪ`mot] *(adj)* 遙遠的、偏僻的

🔑 進階擴充

- commotion（*com 一起 + mot 動 + ion 名詞字尾 → 大家一起動*）[kə`moʃən] *(n)* 嘈雜混亂
- demote（*de 向下 + mote 動 → 向下動*）[dɪ`mot] *(v)* 使降級、使降職

練習 3.10.3

I. 請挑出以下定義的英文單字。

(A) motivate　　(B) remote　　(C) motive　　(D) promote　　(E) motor
(F) locomotive　(G) emotion　　(H) motion

_____ 1. the reason that makes someone do something, especially when this reason is kept hidden

_____ 2. a railway engine

_____ 3. far away in space or time; far from towns

_____ 4. to make someone want to achieve something and make them willing to work hard in order to do it

_____ 5. the part of a machine that makes it work or move by changing power, especially electrical power, into movement

_____ 6. a strong human feeling such as love, hate, anger, happiness, etc.

_____ 7. movement; to signal or direct a person by a gesture

_____ 8. to raise to a higher rank or position; to make known to the people; to advertise goods and services

II. 請填入正確的詞彙。

(A) motivate　　(B) motioned　　(C) emotions　　(D) remote　　(E) promoted

(F) motor　　　(G) motive

1. Our teacher was _____ to principal last term.
2. The police believe the _____ for this murder was jealousy.
3. We traveled many hours to get to the town from our _____ village.
4. A good teacher has to be able to _____ her students to study hard.
5. The lawnmower is powered by a small _____.
6. He felt mixed _____ when he thought of her.
7. When she wanted another glass of beer, she _____ with her hand to get the attention of the waiter.

4 rupt：即「破」。

abrupt (*ab 離開 + rupt 破、斷 → 突然斷開*)［əˋbrʌpt］*(adj)* 突然的

bankrupt (*bank = bench 長凳〔原指錢商用的長凳或台板，最初是作為錢商的櫃檯〕+ rupt 破、斷 → 櫃檯斷了*)［ˋbæŋkrʌpt］*(adj)* 破產了的；*(n)* 破產者；*(v)* 使破產

corrupt (*cor = con 共同、全部 + rupt 破 → 全部破*)［kəˋrʌpt］*(adj)* 腐敗的；*(v)* 使腐敗

corruption (*corrupt 腐化 + ion 名詞字尾*)［kəˋrʌpʃən］*(n)* 腐敗、貪污、墮落、腐化

disrupt (*dis 分開 + rupt 破裂 → 使正常進行的事分裂*)［dɪsˋrʌpt］*(v)* 使陷於混亂、打亂

disruption (*disrupt 打亂 + ion 名詞字尾*)［dɪsˋrʌpʃən］*(n)* 打亂

disruptive (*disrupt 打亂 + ive 形容詞字尾*)［dɪsˋrʌptɪv］*(adj)* 製造混亂的

erupt (*e 出來 + rupt 破 → 噴出*)［ɪˋrʌpt］*(v)*（指火山）爆發、突然發生

eruption (*erupt 爆發 + ion 名詞字尾*)［ɪˋrʌpʃən］*(n)* 火山爆發

interrupt (*inter 之間 + rupt 破*)［͵ɪntəˋrʌpt］*(v)* 打斷（正在說話或動作的人）、插嘴

interruption (*interrupt 打斷 + ion 名詞字尾*)［͵ɪntəˋrʌpʃən］*(n)* 打斷

🔑 進階擴充

- irrupt (*ir = in 進入 + rupt 破*)［ɪˋrʌpt］*(v)* 突然衝入
- rupture (*rupt 破 + ure 名詞字尾*)［ˋrʌptʃə］*(n)* 破裂；*(v)* 破裂

練習 3.10.4

I. 請挑出以下定義的英文單字。

(A) corrupt　　(B) erupt　　(C) bankrupt　　(D) interrupt　　(E) disrupt
(F) abrupt

_____ 1. to stop someone from continuing what they are saying or doing by suddenly speaking to them, making a noise, etc.

_____ 2. (volcano) to explode and send smoke, fire and rock into the sky; (event) to start suddenly and violently

_____ 3. unable to pay your debts and having to sell you property and goods

_____ 4. to cause disorder

_____ 5. sudden and unpleasant

_____ 6. dishonest through accepting bribes

II. 請填入正確的詞彙。

(A) corrupt　　(B) erupted　　(C) disrupt　　(D) abrupt　　(E) interruption
(F) disruptive　　(G) bankrupt

1. A few _____ students can easily ruin a class.

2. Rosie's idyllic world came to an _____ end when her parents' marriage broke up.

3. Violence _____ after the football match.

4. We hate _____ officials who won't issue permits unless you bribe them.

5. The quarrels of the different political parties seemed likely to _____ the country.

6. Let's go somewhere where we can talk without _____.

7. The company went _____ because of its poor management.

5 merg：即「沉、浸、沒」。

emerge（e 出 + merge 沒 → 從沒入水裡的狀態出來 → 露出水面）[ɪˋmɝdʒ] (v) 出現、顯現、浮現

emergency（e 出 + merg 沉 + ency 名詞字尾）[ɪˋmɝdʒənsɪ] (n) 緊急情況、突然事件、緊急事件

🔑 進階擴充

- emergent（e 出 + merg 沉 + ent 形容詞字尾）[ɪˋmɝdʒənt] (adj) 突然出現的、緊急的
- submerge（sub 在…下 + merge 沒）[səbˋmɝdʒ] (v) 浸沒、淹沒

6 clin：即「傾」。

decline（de 下 + cline 傾 → 向下傾斜）[dɪˋklaɪn] (v) 下降、衰落、謝絕

incline（in 向 + cline 傾）[ɪnˋklaɪn] (v) 使傾斜

inclined（incline 使傾斜 + ed 過去分詞）[ɪnˋklaɪnd] (adj) 有某種傾向的、很有可能做某事的

🔑 進階擴充

- inclination（incline 傾斜 + ation 名詞字尾）[͵ɪnkləˋneʃən] (n) 傾向、意向、意願
- recline（re 向後 + cline 傾 → 向後傾）[rɪˋklaɪn] (v)（將頭、身體等）向後靠、斜倚

7 her, hes：即「黏著」。

coherence（co = con 共同、合 + her 黏 + ence 名詞字尾）[koˋhɪrəns] (n) 連貫性、一致性

coherent（co = con 共同、合 + her 黏 + ent 形容詞字尾）[koˋhɪrənt] (adj) 連貫的、一致的

inherent（in 內 + her 黏 + ent 形容詞字尾）[ɪnˋhɪrənt] (adj) 固有的、內在的、與生俱來的、天生的

🔑 進階擴充

- adhere（ad 向 + here 黏 → 黏向）[ədˋhɪr] (v) 黏著、黏附、堅持
- adherent（ad 向 + her 黏住 + ent 者）[ədˋhɪrənt] (n) 追隨者、擁護者
- adhesive（ad 向 + hes 黏 + ive 形容詞兼名詞字尾）[ədˋhisɪv] (adj) 帶黏性的；(n) 黏合劑

- cohere（co = con 共同、合 + here 黏 → 共同黏合在一起）[ko`hɪr] (v) 黏合、凝聚、（看法、推理等）邏輯上銜接、前後一致、連貫
- cohesion（co = con 一起、合 + hes 黏 + ion 名詞字尾）[ko`hiʒən] (n) 結合、結合力、團結
- inhere（in 內 + here 黏 → 天生黏在身體內）[ɪn`hɪr] (v) 生來就有

練習 3.10.5~3.10.7

I.　請挑出以下定義的英文單字。

(A) emerge　　　(B) decline　　　(C) incline　　　(D) emergency
(E) inherent

_____ 1.　to become smaller, weaker, fewer, etc.; to refuse or reject

_____ 2.　existing as a natural feature or quality

_____ 3.　to lean in the direction of something

_____ 4.　an unforeseen or sudden occurrence, especially of danger demanding immediate action

_____ 5.　to appear

II.　請填入正確的詞彙。

(A) emergency　(B) inclined　　(C) inherent　　(D) coherent　　(E) reclined
(F) emerged　　(G) declined

1.　Her influence _____ after she lost the election.
2.　When the sun _____ from behind the clouds, the room became bright.
3.　The government lacks a _____ economic policy. Its earlier policy is different from its later one.
4.　She is not honest; she is _____ to tell lies.
5.　The hospital has to treat _____ such as car accidents.
6.　The tired girl _____ on the couch.
7.　Weight is an _____ property of matter.

8 plic：即「折疊、重疊」。

---

complicate（*com* 一起 + *plic* 重疊 + *ate* 使… → 使重疊在一起）[`kɑmplə,ket] *(v)*（使）複雜化

explicit（*ex* 向外 + *plic* 折疊 + *it* …的 → 向外折疊 → 展開）[ɪk`splɪsɪt] *(adj)* 清楚的、明確的、毫不掩飾的

implicate（*im* 入 + *plic* 折疊 → 包 + *ate* 使… → 包入 → 包含）[`ɪmplɪ,ket] *(v)* 使牽連其中

implication（*im* 內 + *plic* 折疊 + *ation* 名詞字尾）[,ɪmplɪ`keʃən] *(n)* 暗示

implicit（*im* 內 + *plic* 折 + *it* …的 → 折在裡面）[ɪm`plɪsɪt] *(adj)* 含蓄的、暗示的

🔑 **進階擴充**

- accomplice（*ac* = *ad* 朝 + *com* 一起 + *plice* 折疊 → 朝壞人折疊到一起）[ə`kɑmplɪs] *(n)* 同謀、幫兇、同夥

- complicity（*com* 共同 + *plic* 折 + *ity* 名詞字尾）[kəm`plɪsətɪ] *(n)* 同謀、共犯關係

- duplicate（*du* 二 + *plic* 折 + *ate* 動詞 → 折成兩個）[`djupləkɪt] *(adj)*（與另一個）完全相同的；*(n)* 副本；[`djuplə,ket] *(v)*（不必要地）重複

- duplicity（*du* 二重 + *plic* 折 + *ity* 名詞字尾 →〔人格〕二重 → 表裡不一 → 不誠實）[dju`plɪsətɪ] *(n)* 欺騙、兩面派

- explicate（*ex* 向外、出 + *plic* 折疊 → 隱藏 → 深奧 + *ate* 使… → 使折疊的東西向外展開 → 掘出深奧之處）[`ɛksplɪ,ket] *(v)* 說明、闡明、解釋

- replica（*re* 再 + *plic* 重疊 + *a*）[`rɛplɪkə] *(n)*（藝術）複製品

- replicate（*re* 再 + *plic* 折 + *ate* 動詞字尾）[`rɛplɪ,ket] *(v)* 複製（藝術品）

---

9 join, junct, nect, nex：即「連接」。

---

i join

joint [dʒɔɪnt] *(adj)* 共用的、聯合的、共同做的；*(n)* 關節、接縫、接口

🔑 **進階擴充**

- adjoin（*ad* 向 + *join* 連接 → 連向）[ə`dʒɔɪn] *(v)* 鄰接、毗連

- disjointed（*dis* 不 + *joint* 聯合 + *ed* 過去分詞）[dɪs`dʒɔɪntɪd] *(adj)*（指說話、文章等）內容不連貫的、支離破碎的

- subjoin（*sub* 下面 + *join* 連接 → 在文稿下面連接）[səb`dʒɔɪn] *(v)*（在末尾）增補、添加

ii junct

conjunction（con 一起、共同 + junct 連接 + ion 名詞字尾）[kən`dʒʌŋkʃən] *(n)* 連接詞、（事件的）同時發生

進階擴充

- **adjunct**（ad 向 + junct 連接 → 把某物向另一物連接）[`ædʒʌŋkt] *(n)* 附加物、補充物
- **junction**（junct 連接 + ion 名詞字尾）[`dʒʌŋkʃən] *(n)* 公路或鐵路的交叉點、交叉路口
- **juncture**（junct 連接 + ure 名詞 → 事件從一狀態向另一狀態轉變的連接點）[`dʒʌŋktʃə] *(n)* 關鍵時刻、關頭

iii nect, nex

connect（con 一起 + nect 綁、捆）[kə`nɛkt] *(v)* 連接、聯結、結合

connection（connect 連接 + ion 名詞字尾）[kə`nɛkʃən] *(n)* 連接物、關係

disconnect（dis 分開 + connect 連接）[ˌdɪskə`nɛkt] *(v)*（某物與某物）分離、斷開

進階擴充

- **annex**（an = ad 向 + nex 連接 → 把本國領土連向他國領土）[ə`nɛks] *(v)* 兼併、併吞（領土等）

練習 3.10.8~3.10.9

I.　請挑出以下定義的英文單字。

(A) connect　　　(B) conjunction　　(C) explicit　　　(D) implicate

(E) complicated　(F) implicit　　　　(G) joint

_____ 1.　precisely and clearly expressed

_____ 2.　consisting of many closely related or connected parts; difficult to understand or deal with

_____ 3.　to show someone is involved in (a crime)

_____ 4.　meant, but not directly expressed or distinctly stated; implied

_____ 5. a word that joins words, phrases or sentences; a combination of events

_____ 6. to join two or more things together

_____ 7. a part of your body where two bones meet there

II. 請填入正確的詞彙。

(A) conjunction   (B) disconnect   (C) connect   (D) implicated

(E) complicated   (F) implicit   (G) explicit   (H) connection

(I) joint   (J) joints

1. He did not admit that he had been _____ in the robbery until the police showed him the evidence.

2. It took me three hours to solve this _____ problem.

3. He gave us _____ consent to take the apples, for he smiled when he saw us do it.

4. Be _____ when you talk about money with your husband. Things that are ambiguous will cause misunderstanding.

5. If the tunnel is built, it will _____ Britain to Europe for the first time in history.

6. Mr. Jones and his two sons are the _____ owners of the business.

7. The workbooks are designed to be used in _____ with the new textbooks, so you'd better buy them together with the textbooks.

8. When the police found a blood stained knife in the man's house, they were quite sure that there was a _____ between that man and the murder.

9. Make sure that the _____ of the pipes are sealed properly.

10. If you don't pay your bills they'll _____ your electricity.

10 phon, ton：即「聲音」。

---

i　phon

microphone（*micro 小、微 + phone 聲音 → 把聲音由小放大*）[ˋmaɪkrəˌfon] *(n)* 話筒、麥克風
（也做 mike）

symphony（*sym 共同、一起 + phon 聲音 + y 名詞字尾 → 聲音一起響*）[ˋsɪmfənɪ] *(n)* 交響樂、交
響曲

telephone（*tele 遠 + phone 聲音 → 從遠處傳來聲音*）[ˋtɛləˌfon] *(n)* 電話、電話機；*(v)* 打電話
（也做 phone）

🔑　進階擴充

- cacophony（*caco 壞 + phon 聲音 + y 名詞字尾*）[kæˋkɑfənɪ] *(n)* 噪音
- euphony（*eu 好、優美 + phon 聲音 + y 名詞字尾*）[ˋjufənɪ] *(n)* 悅耳之音
- phonetic（*phone 聲音 + tic …的*）[foˋnɛtɪk] *(adj)* 語音的
- phonetics（*phone 聲音 + t + ics 學*）[foˋnɛtɪks] *(n)* 語音學

---

ii　ton

intonation（*in 內 + ton 聲音 + ation 名詞字尾 → 說話或唱歌中的聲音*）[ˌɪntoˋneʃən] *(n)* 語調、聲調

monotonous（*mono 單 + ton 聲音 + ous …的*）[məˋnɑtənəs] *(adj)* 單調的、無變化的

monotony（*mono 單 + ton 聲音 + y 名詞字尾*）[məˋnɑtənɪ] *(n)* 單調

tonal（*ton 聲音 + al 形容詞字尾*）[ˋtonl̩] *(adj)* 聲音的、音調的

tone [ton] *(n)* 音調

🔑　進階擴充

- atonal（*a 無 + tonal 音調的*）[eˋtonl̩] *(adj)* 無調的、不成調的
- monotone（*mono 單 + tone 音調*）[ˋmɑnəˌton] *(n)*（說話或唱歌）單調
- semitone（*semi 半 + tone 音調*）[ˋsɛməˌton] *(n)* 【音】半音、半音程

練習 3.10.10

I. 請挑出以下定義的英文單字。

(A) symphony   (B) intonation   (C) monotonous   (D) microphone

_____ 1. a long piece of music usually in four parts written for an orchestra

_____ 2. staying the same, without change; boring

_____ 3. the level of the voice (high or low)

_____ 4. a piece of equipment that you speak into to make it louder when you are speaking

II. 請填入正確的詞彙。

(A) intonation   (B) microphone   (C) monotonous   (D) tone

1. Even though they both speak English, their _____ is different because Mary comes from London and Gina comes from New York.

2. After the girl was offended by the boy, she spoke to him in an angry _____.

3. He used a _____ so that everyone could hear him.

4. My job at the assembly line of the car factory is rather _____.

3.11 狀態、性質、特徵

1 lev：即「輕」。

> alleviate（al = ad 加強意義 + lev 輕 + iate 動詞字尾）[əˈlivɪˌet] *(v)* 減輕（痛苦）、減少（困難）

進階擴充

- levitate（lev 輕 + it 去、走 + ate 動詞字尾 → 使東西走向輕的狀態）[ˈlɛvəˌtet] *(v)* 使升空飄蕩
- levity（lev 輕 + ity 名詞字尾）[ˈlɛvətɪ] *(n)* 輕浮的舉動

2 grav, griev：即「重」。

grave [grev] *(adj)* 嚴重的
gravity（grav 重 + ity 名詞字尾）[ˈgrævətɪ] *(n)* 地心引力、重力
grief [grif] *(n)* 悲痛、憂傷
grieve [griv] *(v)*（因所愛的人死亡而）悲傷、悲痛

進階擴充

- aggravate（ag = ad 加 + grav 重 + ate 動詞字尾）[ˈægrəˌvet] *(v)* 加重、使惡化、加劇
- grievance（griev 重 + ance 名詞字尾）[ˈgrivəns] *(n)* 不平的怨恨
- grievous（griev 重 + ous 充滿）[ˈgrivəs] *(adj)* 令人憂傷的

練習 3.11.1~3.11.2

I. 請挑出以下定義的英文單字。

(A) grief   (B) grave   (C) grieve   (D) gravity   (E) alleviate

_____ 1. serious

_____ 2. extreme sadness

_____ 3. to make something less painful or difficult

_____ 4. the force which makes things fall when you drop them

_____ 5. to feel extremely sad, especially because someone you love has died

II. 請填入正確的詞彙。

(A) alleviate　　(B) grave　　(C) grieved　　(D) gravity　　(E) grief

1. The _____ she felt over Helen's death was almost unbearable.

2. His face was _____ as he told them about the bankruptcy of his business.

3. They _____ for their dead son so much that they fell ill.

4. The doctor prescribed some drugs to _____ my pain.

5. Anything that is dropped falls to the earth because of the pull of _____.

3 forc, fort, val：即「強」。

i forc, fort

comfort (com 一起 + fort 強)［`kʌmfət］(n) 安慰、舒適；(v) 安慰
discomfort (dis 不 + comfort 舒適)［dɪs`kʌmfət］(n) 不安、不適
effort (ef = e 出來 + fort 力量 → 把力量使出來)［`ɛfət］(n) 努力
enforce (en = in 進入 + force 強力 → 使強力進入)［ɪn`fors］(v) 執行、實施（法律、規定等）
force [fors] (n) 力、力量；(v) 強制、強加、迫使
forceful (force 力量 + ful 充滿)［`forsfəl］(adj) 強有力的
fortify (fort 強 + ify 使…化 → 強化)［`fortə,faɪ］(v) 築防禦工事、設防於、使堅強
reinforce (re 再 + in 進入 + force 強力 → 強力再進入)［,riɪn`fors］(v) 加強、加固

🔑 進階擴充

- fort [fort] (n) 堡壘、要塞
- fortitude (fort 強 + itude 表示狀態的名詞字尾 → 強的狀態)［`fortə,tjud］(n) 堅韌、剛毅

ii val

valid（*val 強 + id …的 → 強的 → 駁不倒的*）[`vælɪd] *(adj)*（理由、論證等）有充分根據的、站得住腳的、（法律上）有效的

validity（*valid 有效的 + ity 名詞字尾*）[və`lɪdətɪ] *(n)* 效力

進階擴充

- **convalesce**（*con 一起、全部 + val 強 + esce 表示「正在」的動詞字尾→〔身體〕正在全部強壯*）[͵kɑnvə`lɛs] *(v)* 漸漸康復
- **invalid¹**（*in 無 + valid 有效的*）[`ɪnvəlɪd] *(adj)* 無效的、作廢的
- **invalid²**（*in 無 + valid 力 → 無力者*）[`ɪnvəlɪd] *(n)* 病人、殘廢者
- **invalidity**（*invalid 無效 + ity 名詞字尾*）[͵ɪnvə`lɪdətɪ] *(n)* 無效力
- **valiant**（*val 強 → 勇 + iant …的*）[`væljənt] *(adj)* 勇敢的、英勇的
- **valor**（*val 強 + or 名詞字尾*）[`vælɚ] *(n)* 英勇、勇猛

練習 3.11.3

I. 請挑出以下定義的英文單字。

(A) valid　　(B) reiforce　　(C) fortify　　(D) enforce　　(E) force
(F) discomfort

_____ 1. to make stronger

_____ 2. to build towers, walls, etc. around an area or city in order to defend it; to make mentally stronger

_____ 3. power, strength; to use power to make somebody do something

_____ 4. (of reasons, arguments, etc.) well based or logical; sound; legally usable for a fixed period of time

_____ 5. to ensure that people obey a rule or law

_____ 6. a feeling of being physically uncomfortable

II. 請填入正確的詞彙。

(A) discomfort　(B) reinforced　(C) forceful　　(D) enforce　　(E) fortified
(F) valid　　　(G) force

1. She has a passport that is _____ for five years.

2. Workers _____ the castle by building an outer wall.

3. It is not proper to _____ your idea upon others.

4. Governments make laws and the police _____ them.

5. He felt some _____ about asking his boss for a pay raise.

6. Conclusions from the report have been _____ by more recent studies.

7. She was a _____ intellectual, unafraid to speak her mind.

4 val, valu：即「價值」。

devalue (*de* 向下 + *value* 價值 → 使價值向下) [di`vælju] *(v)* （使）貶值
equivalent (*equi* 同等 + *val* 價值 + *ent* …的) [ɪ`kwɪvələnt] *(adj)* （價值、數量、意義、重要性等）相等的、相當的、相同的
evaluate (*e* 出 + *valu* 價值 + *ate* 使 → 給出價值) [ɪ`vælju͵et] *(v)* 估價
invaluable (*in* 不 + *valu* 價值 + *able* 可…的 → 價值高得不可估量的) [ɪn`væljəbl̩] *(adj)* 無價的、極寶貴的
valuable (*valu* 價值 + *able* 可…的 → 價值可估量的) [`væljuəbl̩] *(adj)* 有價值的、貴重的
valueless (*value* 價值 + *less* 無) [`væljulɪs] *(adj)* 沒價值的

🔑 進階擴充

• **equivalence** (*equi* 同等 + *val* 價值 + *ence* 名詞字尾) [ɪ`kwɪvələns] *(n)* 均等、等量
• **undervalue** (*under* 下面 + *value* 價值 → 在原有價值下面) [͵ʌndɚ`vælju] *(v)* 低估（價值）、輕視

5 circ, cycle：即「圓、環」。

bicycle（*bi* 二 + *cycle* 圓圈〔輪子〕→ 二個輪子）[`baɪsɪk!] *(n)* 自行車
circle [`sɝk!] *(n)* 圓、圓圈
circuit（*circu* = *circ* 環 + *it* 行）[`sɝkɪt] *(n)* 環行
circular（*circ* 圓 + *ular* …的）[`sɝkjələ] *(adj)* 圓形的
circulate（*circ* 圓 → 環 + *ul* + *ate* 動詞字尾）[`sɝkjəˌlet] *(v)*（血液）循環
circulation（*circulate* 循環 + *ion* 名詞字尾）[ˌsɝkjə`leʃən] *(n)*（血液）循環
circus [`sɝkəs] *(n)* 馬戲團、雜技團（常常巡迴演出，故名）
cycle [`saɪk!] *(n)* 週期、迴圈
encyclopedia（*en* 裡面 + *cyclo* = *cycle* 圈 + *ped* 教育、知識 + *ia* → 把各科知識圈進來） [ɪnˌsaɪklə`pidɪə] *(n)* 百科全書
recycle（*re* 再 + *cycle* 轉圈 → 再轉圈 → 再迴圈 → 反覆使用）[ri`saɪk!] *(v)* 回收利用

進階擴充

- circuitous（*circuit* 圓圈、繞 + *ous* …的）[sə`kjuɪtəs] *(adj)* 迂迴的、繞行的
- encircle（*en* = *in* 內 + *circle* 圈 → 使在圈內）[ɪn`sɝk!] *(v)* 環繞、圍繞、包圍、繞行一周
- tricycle（*tri* 三 + *cycle* 輪子）[`traɪsɪk!] *(n)* 三輪車

練習 3.11.4~3.11.5

I. 請挑出以下定義的英文單字。

(A) devalue   (B) circular   (C) circulate   (D) invaluable   (E) recycle

(F) equivalent   (G) evaluate   (H) cycle

_____ 1. having a round shape

_____ 2. to carefully consider something to see how useful or valuable it is

_____ 3. of value too high to be measured; extremely valuable; priceless

_____ 4. series of events that are regularly repeated in the same order

_____ 5. to lower the value of money

_____ 6. to process and reuse materials, especially waste things

_____ 7. equal in value, amount, meaning, importance, etc.

_____ 8. (blood) to flow around within the body

II. 請填入正確的詞彙。

(A) circulating (B) evaluated (C) circular (D) equivalent (E) devalued
(F) invaluable (G) circuit

1. The doctors kept the patient's blood _____ in the body while they were operating on him.

2. The buyer _____ the second-hand car and offered $2,000.

3. The earth takes a year to make a _____ of the sun.

4. The artist would not sell the painting no matter how much the buyer offered, for he considered the painting as _____ .

5. One US dollar is _____ to nearly one Euro.

6. The currency in that country has been _____ because of the inflation, and people can buy fewer things with the same amount of money as last year.

7. The villagers danced in _____ movements around a fire.

6 nov：即「新」。

innovate (in 進入 + nov 新 + ate 使 … → 使新東西進入) [ˋɪnəˏvet] (v) 革新 創新
innovation (innovate 革新 + ion 名詞字尾) [ˏɪnəˋveʃən] (n) 革新、創新、新產品
innovative (innovate 革新 + ive 形容詞字尾) [ˋɪnoˏvetɪv] (adj) 創新的
novel (nov 新 + el) [ˋnɑvḷ] (adj) 新奇的、新穎的；(n) 小說
novelty (novel 新的 + ty 名詞字尾) [ˋnɑvḷtɪ] (n) 新穎、新奇

🔑 進階擴充

- **novice** (nov 新 + ice) [ˋnɑvɪs] (n) 新手、初學者
- **renovate** (re 回 + nov 新 + ate 使… → 使回到新的狀態) [ˋrɛnəˏvet] (v) 翻新（建築）
- **renovation** (renovate 翻新 + ion 名詞字尾) [ˏrɛnəˋveʃən] (n) 翻新

7 rud：即「原始、粗野」。

rude（原始階段的、未開化的）[rud] (adj) 粗魯的、無禮的
rudeness（rude 粗魯 + ness 名詞字尾）[`rudnɪs] (n) 粗蠻、無禮

進階擴充

- erudite（e 出 + rud 粗野 + it 走 + e → 走出粗野無知）[`ɛruˌdaɪt] (adj) 博學的、有學問的
- erudition（erudite 博學 + ion 名詞字尾）[ˌɛrjuˈdɪʃən] (n) 博學、學問
- rudiment（rud 原始 → 開始 → 起步 + i + ment 名詞字尾）[`rudəmənt] (n)（某一學科的）基礎、基本原理
- rudimentary（rudiment 基礎 + ary …的）[ˌrudəˈmɛntɛrɪ] (adj) 基本的、入門的、初步的

8 clar：即「清楚、明白」。

clarification（clar 清楚 + ify 使… + ic 形容詞字尾 + ation 名詞字尾）[ˌklærəfəˈkeʃən] (n) 澄清、解釋
clarify（clar 清楚 + ify 使…）[`klærəˌfaɪ] (v) 澄清（以使清楚易懂）、解釋
clarity（clar 清楚 + ity 名詞字尾）[`klærətɪ] (n) 清楚、明晰、清澈、純淨
declaration（de 加強意義 + clar 清楚 + ation 名詞字尾）[ˌdɛkləˈreʃən] (n) 宣布、宣言、聲明
declare（de 加強意義 + clare = clar → 明示）[dɪˈklɛr] (v) 宣布、宣告

9 pur：即「清、純、淨」。

pure [pjur] (adj) 純的
purification（pur 純淨 + ify 使… + ic 形容詞字尾 + ation 名詞字尾）[ˌpjurəfəˈkeʃən] (n) 淨化
purify（pur 純淨 + ify 使…化）[`pjurəˌfaɪ] (v) 淨化、使純淨
purity（pur 純 + ity 名詞字尾）[`pjurətɪ] (n) 純淨、純潔、純度

進階擴充

- impure（im 不 + pure 純的）[ɪmˈpjur] (adj) 不純的
- impurity（impure 不純的 + ity 名詞字尾）[ɪmˈpjurətɪ] (n) 雜質

- purism（pur 純 + ism 主義）[ˋpjurɪzəm] (n) 純粹主義（指在語言、藝術等方面嚴格堅持純正和規範）
- purist（pur 純 + ist 主義者）[ˋpjurɪst] (n) 純粹主義者（語法、用字或藝術上主張保存正統和正確的人）
- Puritan（pur 純 + it + an 表示人）[ˋpjurətən] (n) 清教徒（16 世紀和 17 世紀英國基督教新教派之一，主張簡化宗教儀式）
- puritan [ˋpjurətən]（pur 純 + it + an 表示人）(n) 道德上極拘謹，視享樂為罪惡的人、禁慾者、苦行者

練習 3.11.6~3.11.9

I. 請挑出以下定義的英文單字。

(A) innovate　　(B) novel　　　(C) innovation　(D) rude　　　(E) delcare
(F) clarify　　　(G) purify

_____ 1. impolite

_____ 2. to make changes in something established, especially by introducing new ideas or methods

_____ 3. new and different

_____ 4. a new idea, method or invention

_____ 5. to announce publicly and officially

_____ 6. to make something clear so that it is easier to understand; to explain

_____ 7. to remove the dirty or unwanted substance from something

II. 請填入正確的詞彙。

(A) innovates　(B) rude　　　(C) innovation　(D) novel　　　(E) clarity
(F) purify　　　(G) declared　(H) clarified

1. Mobile phones were an _____ in China in the 1980s, but now they are very common.

2. Instead of sticking to old ideas and methods, the company constantly _____, so it has been very successful.

3. He is a very original person who likes to find _____ solutions to old problems.

4. He was punished because he was _____ to his teacher.

5. She speaks with great _____ on difficult matters; nothing is confusing.

6. The teacher's explanation _____ many confusing problems.

7. We can _____ water by passing it through charcoal.

8. The US government _____ war upon Japan after Japan attacked Pearl Harbor.

10 equ, equi, par：即「相等」。

i equ, equi

adequate（ad 加 + equ 相等 + ate … 的 → 加上去使量和需求相等）[`ædəkwɪt] (adj) 足夠的
equal（equ 相等 + al …的）[`ikwəl] (adj) 相等的、均等的；(v) 等於、比得上
equality（equal 相等的 + ity 名詞字尾）[i`kwɑlətɪ] (n) 平等
equate（equ 相等 + ate 使…）[ɪ`kwet] (v) 使等同、同等看待
equation（equate 使等同 + ion 名詞字尾）[ɪ`kweʃən] (n) 等式、方程式
equator（equate 使等同 + or 物）[ɪ`kwetɚ] (n) 赤道（因為赤道離南北極等距而得名）
equivalent（equi 同等 + val 價值 + ent …的）[ɪ`kwɪvələnt] (adj)（價值、數量、意義、重要性等）相等的、等值的
inadequate（in 不 + ad 加 + equ 相等 + ate … 的）[ɪn`ædəkwɪt] (adj) 不夠的、不充足的
unequal（un 不 + equ 相等 + al …的）[ʌn`ikwəl] (adj) 不平等的

進階擴充

- equalize（equal 平等 + ize 使…）[`ikwəl͵aɪz] (v) 使相等

- equanimity（equ 相等 + anim 心、情緒 + ity 名詞字尾）[͵ikwə`nɪmətɪ] (n) 心情平靜、情緒鎮定

- equiangular（equi 等 + angular 角的）[͵ikwɪ`æŋgjələ] (adj) 等角的

- equilateral（equi 等 + lateral 邊的）[͵ikwɪ`lætərəl] (adj) 等邊的

- equilibrium（equi 相等 + libr 平衡 + ium 名詞字尾 → 兩邊重量相等）[͵ikwə`lɪbrɪəm] (n) 平衡

- equivocal（equi 相等 + voc 聲音 + al …的）[ɪ`kwɪvəkl] (adj) 模棱兩可的、含糊其辭的

ii par

compare（com 一起 + pare 相等 → 放在 起看是否相等）[kəm`pɛr] (v) 比較、相比

transparent（trans 穿過 + par 相等、一樣 + ent …的 → 光穿過一個物體時顯示的物像和實際物像一樣）[træns`pɛrənt] (adj) 透明的

進階擴充

- disparage（dis 不 + par 相等 + age 使… → 使別人和自己不相等）[dɪ`spærɪdʒ] (v) 貶損、貶低、輕視
- disparity（dis 不 + parity 同等）[dɪs`pærətɪ] (n)（職位、數量 品質等）不一致、不同、不等
- parity（par 相等 + ity 名詞字尾）[`pærətɪ] (n) 相同、同等、對等

練習 3.11.10

I.　請挑出以下定義的英文單字。

(A) equate　　(B) equivalent　(C) equality　　(D) adequate　　(E) equator

(F) equal　　　(G) transparent

_____ 1. an imaginary line drawn around the middle of the Earth that is exactly the same distance from the North Pole and the South Pole

_____ 2. a position or situation in which people have the same rights, advantages, etc.

_____ 3. being the same; to be the same

_____ 4. equal in value, amount, meaning, importance, etc.

_____ 5. enough, sufficient

_____ 6. to consider that two or more things are similar or connected

_____ 7. being able to be seen through

II. 請填入正確的詞彙。

(A) equates　　(B) compared　(C) adequate　(D) equality　　(E) equator

(F) equivalent　(G) transparent　(H) inadequate

1. We ensure _____ in our family — all the members are all treated in the same way.

2. As the little girl _____ a stepmother with a villain, she doesn't want her father to marry again.

3. You can't see a thing if you wear eye glasses which are not _____.

4. After I _____ these two poets, I discovered the differences and similarities between them.

5. There is an _____ supply of water, so people are thirsty.

6. One US dollar is _____ to nearly one Euro.

7. The research cannot be completed without _____ funding.

8. The countries located on or near the _____ have very hot climates.

11 semble, simil, simul：即「相類似、一樣」。

resemble (re 回 + semble 相似 → 回到相似狀態) [rɪˋzɛmbl̩] (v) 像、類似、相似	
similar (simil 相似 + ar …的) [ˋsɪmələ] (adj) 相似的、類似的	
similarity (similar 相似的 + ity 名詞字尾) [͵sɪməˋlærətɪ] (n) 類似	
simile (像、類似) [ˋsɪmə͵lɪ] (n)【修辭】直喻、明喻	
simultaneous (simul 相同 + tane 立即 + ous …的) [͵saɪml̩ˋtenɪəs] (adj) 同時的、同時發生的、同步的	

🔑 進階擴充

- assimilate (as = ad 向、朝 + simil 類似、相同 + ate 使… → 使某人向別人相同) [əˋsɪml̩͵et] (v) 同化

- dissemble (dis 不 + semble 相同 → 與所表露的不相同) [dɪˋsɛmbl̩] (v) 掩飾

- dissimilar (dis 不 + similar 相似的) [dɪˋsɪmələ] (adj) 不同的、相異的

- facsimile（fac 做 + simile 相同 → 做得相同）[fæk`sɪməlɪ] (n) 摹寫、傳真（也做 fax）
- semblance（semble 相同 + ance 名詞字尾）[`sɛmbləns] (n)（和實際不符的）外表、（裝出來的）樣子
- simulate（simul 相似 + ate 動詞字尾）[`sɪmjəˌlet] (v) 模擬、模仿、假裝、冒充

練習 3.11.11

I. 請挑出以下定義的英文單字。

(A) simile   (B) simultaneous   (C) resemble

_____ 1. an expression that describes something by comparing it with something else, using the words "as" or "like," for example "as white as snow"

_____ 2. happening at the same time

_____ 3. to look like somebody/something

II. 請填入正確的詞彙。

(A) simultaneous   (B) simile   (C) similarities   (D) resembles
(E) similar

1. These two signatures are _____, not identical.
2. "As brave as a lion" is a _____.
3. The two _____ shots sounded like one.
4. When studying children and other young animals, scientists can see _____ in their behavior.
5. She _____ her twin sister so closely that even her mother sometimes cannot tell who is who.

12 norm：即「標準」。

norm [nɔrm] *(n)* 標準、準則、行為規範
normal（norm 標準 + al …的 → 合乎標準的）[`nɔrml̩] *(adj)* 正常的
normalize（normal 正常的 + ize 使…化）[`nɔrml̩͵aɪz] *(v)* 使正常化
abnormal（ab 離開 + normal 正常的 → 離開正常的）[æb`nɔrml̩] *(adj)* 反常的
enormous（e 出 + norm 標準 + ous …的 → 出了標準的）[ɪ`nɔrməs] *(adj)* 巨大的、龐大的

13 celer：即「快速」。

accelerate（ac = ad 加 + celer 快速 + ate 使…）[æk`sɛlə͵ret] *(v)* 加速、促進
acceleration（accelerate 加速 + ion 名詞字尾）[æk͵sɛlə`reʃən] *(n)* 加速

🔑 進階擴充

- accelerator（accelerate 加速 + or 物）[æk`sɛlə͵retə] *(n)* 加速器
- celerity（celer 快速 + ity 名詞字尾）[sə`lɛrətɪ] *(n)* 敏捷、快速、迅速
- decelerate（de 下、減 + celer 快速 + ate 使…）[di`sɛlə͵ret] *(v)*（使）減速

14 paci：即「和平、太平」。

pacific（paci 和平… + fy 使… + ic 形容詞字尾）[pə`sɪfɪk] *(adj)* 愛好和平的、平靜的、寧靜的；*(n)* the Pacific 太平洋

🔑 進階擴充

- pacification（paci 和平 + fy 使… + ic 形容詞字尾 + ation 名詞字尾）[͵pæsəfə`keʃən] *(n)* 講和、和解、平定
- pacifier（paci 和平 + fy 使… + er 物）[`pæsə͵faɪə] *(n)*（哄嬰兒的）安慰奶嘴
- pacifism（paci 和平 + fy 使… + ism 學說、主義）[`pæsə͵fɪzəm] *(n)* 和平主義
- pacifist（paci 和平 + fy 使… + ist 人）[`pæsəfɪst] *(n)* 和平主義者
- pacify（paci 和平 + fy 使…）[`pæsə͵faɪ] *(v)* 使平靜、平息、安慰、撫慰

15 pot：即「能力」。

potential（pot 能力 + ent … 的 + ial … 的）[pə`tɛnʃəl]（adj）潛在的、可能的；(n) 潛能、潛力

進階擴充

- impotence（im 不、無 + pot 能力 + ence 名詞字尾）[`ɪmpətəns]（n）無能為力、陽痿
- impotent（im 不、無 + pot 能力 + ent … 的）[`ɪmpətənt]（adj）無能為力的、陽痿的
- omnipotent（omni 全 + pot 能力、權力 + ent … 的）[ɑm`nɪpətənt]（adj）全能的、有無限權力的
- potency（pot 能力 + ency 名詞字尾）[`potn̩sɪ]（n）效力大、威力大
- potent（pot 能力 + ent … 的）[`potn̩t]（adj）效力大的、威力大的

練習 3.11.12~3.11.15

I. 請挑出以下定義的英文單字。

(A) pacific　　(B) norm　　　(C) normal　　(D) potential　　(E) accelerate
(F) enormous　　(G) abnormal

_____ 1. conforming to a standard; usual

_____ 2. to move faster; to hasten, quicken or speed up

_____ 3. extremely large in size or in amount

_____ 4. peace loving; peaceful, calm

_____ 5. a standard that is required or regarded as normal; generally accepted standards of social behavior

_____ 6. not normal, unusual; very different from usual in a way that seems strange, worrying or dangerous

_____ 7. possible but not yet actual; natural ability that could develop to make you very good at something

II. 請填入正確的詞彙。

(A) norms　　(B) enormous　(C) normalize　(D) abnormal　(E) potential

(F) pacific　　(G) normal　　(H) accelerated

1. He earned _____ sums of money and was paid as much as £100 for a single appearance .

2. The leaders met to _____ the relations between the two countries.

3. The pianist is young but promising because he has great _____ .

4. My parents thought it was _____ for a boy to be interested in wearing colorful clothes.

5. They were a _____ people who settled disagreements by talking rather than going to war.

6. 1.58 m is a _____ height for a Chinese girl.

7. The government's proper policies have _____ the economy.

8. The training of students in National Taiwan University is beginning to abide by international _____ .

16 sati, satis, satur：即「滿足、飽」。

dissatisfy (dis 不 + satis 滿足 + fy 動詞字尾) [dɪs`sætɪsˌfaɪ] (v) 使不滿意
satisfaction (satis 滿足 + fact 做 + ion 名詞字尾 → 做到滿足) [ˌsætɪs`fækʃən] (n) 滿意、令人滿意的事物
satisfactory (satis 滿足 + fact 做 + ory 形容詞字尾) [ˌsætɪs`fæktərɪ] (adj) 令人滿意的
satisfy (satis 足夠、滿足 + fy 使 …) [`sætɪsˌfaɪ] (v) 使滿意

進階擴充

- **insatiable** (in 不 + satiable 可滿足的) [ɪn`seʃɪəb!] (adj) 不知足的、貪得無厭的
- **satiable** (sati 滿足 + able 可…的 → 可滿足的) [`seʃɪəb!] (adj) 知足的
- **satiate** (sati 滿足、飽 + ate 使…) [`seʃɪˌet] (v) 使過飽而生厭、使飽足
- **satiety** (sati 飽 + e + ty 名詞字尾) [sə`taɪətɪ] (n) 過飽、飽足
- **saturate** (satur 滿 + ate 使…) [`sætʃəˌret] (v) 浸透、使充滿、使飽和

17 vac, vacu, van：即「空」。

evacuate（e 出 + vacu 空 + ate 使…→ 使空出）[ɪ`vækju‚et] (v) 疏散、撤離
vacancy（vac 空 + ancy 名詞字尾）[`vekənsɪ] (n) 空缺、空房
vacant（vac 空 + ant …的）[`vekənt] (adj) 空著的
vacation（vac 空 + ation 名詞字尾 → 空閒）[ve`keʃən] (n) 假期、休假
vacuum（vacu 空 + um）[`vækjuəm] (n) 真空
vanish（van 空 + ish 動詞字尾）[`vænɪʃ] (v) 消失
vanity（van 空 + ity 名詞字尾）[`vænətɪ] (n) 虛榮、自負

 進階擴充

- evanescent（e 出 → 不見 + van 空 + escent …的）[‚ɛvə`nɛsn̩t] (adj) 迅速消失的、短暫的
- vacuous（vacu 空 + ous …的）[`vækjuəs] (adj) 無思想的、空洞的、茫然的、空虛的

練習 3.11.16~3.11.17

I. 請挑出以下定義的英文單字。

(A) satisfy　　(B) vanity　　(C) evacuate　　(D) vacant　　(E) vanish

_____ 1. not filled or occupied; empty

_____ 2. to disappear completely and suddenly

_____ 3. to please someone by fulfilling his desires or needs

_____ 4. too much pride in one's own appearance or achievements, so that he is conceited

_____ 5. to remove somebody from a place of danger to a safer place, especially in time of war; to leave a place because of danger

II. 請填入正確的詞彙。

(A) satisfactory　　(B) dissatisfied　　(C) satisfaction　　(D) evacuated

(E) satisfied　　(F) vanished　　(G) vacant　　(H) vanity

1. I'm not ＿＿＿ with the service at that hotel, so I shall complain to the proprietor.

2. The pretty girl is so filled with ＿＿＿ that she thinks that every boy in her class is in love with her.

3. As there were not any ＿＿＿ rooms, we had to go to another hotel.

4. I have written this story five times but I am still ＿＿＿ with it.

5. He looked at his secretary's well-done work with a smile of ＿＿＿.

6. The children were ＿＿＿ to the countryside when the city was being bombed.

7. The workers would not go back to work until they got a ＿＿＿ answer from the boss.

8. I thought it would rain, but the clouds have ＿＿＿ and it's a fine day.

18 sol：即「單獨」。

sole [sol] *(adj)* 唯一的	
solitary (*sol 單獨 + itary …的*) [`sɑlə,tɛrɪ] *(adj)* (只用在名詞前) 單獨的、獨自的	
solitude (*sol 單獨 + itude 名詞字尾*) [`sɑlə,tjud] *(n)* 單獨、孤單、幽靜	
solo [`solo] *(n)* 獨奏曲、獨唱曲、獨舞	
soloist (*solo 獨奏 + ist 者*) [`soloɪst] *(n)* 獨奏者、獨唱者	

🔑 **進階擴充**

- desolate (*de 去除 + sol 單、唯一 + ate 形容詞字尾 → 去除唯一的人 → 一個人都沒有*) [`dɛṣḷɪt] *(adj)* 無人煙的、荒涼的
- desolation (*desolate 荒涼的 + ion 名詞字尾*) [,dɛṣḷ`eʃən] *(n)* 荒蕪、荒廢、荒涼
- soliloquy (*soli 獨自 + loquy 說*) [sə`lɪləkwɪ] *(n)* (戲劇裡的) 獨白

19 priv：即「個人、私自」。

deprive（*de 去除 + prive 個人 → 去除個人擁有的東西*）[dɪ`praɪv] *(v)* 剝奪
privacy（*priv 私 + acy 名詞字尾*）[`praɪvəsɪ] *(n)* 獨處而不受干擾、私密性、隱私
private（*priv 私 + ate … 的*）[`praɪvɪt] *(adj)* 私人的、私有的
privilege（*priv 個人 + i + lege 法律 → 與個人權利有關的法律 → 法律賦予的特別待遇*）[`prɪvl̩ɪdʒ] *(n)* 特權
privileged（*priv 個人 + i + leg 法律 + ed … 的*）[`prɪvɪlɪdʒd] *(adj)* 享有特權的、享有特殊待遇的、榮幸的
underprivileged（*under 在下面 + privileged 享有特權的 → 在特權階層的下面*）[ˌʌndɚ`prɪvəlɪdʒd] *(adj)* 貧窮的、在社會底層的（和社會上多數人相比生活水準低、享有的權力和受教育的機會少）

練習 3.11.18~3.11.19

I.　請挑出以下定義的英文單字。

(A) solitude　　(B) solitary　　(C) underprivileged　　　　(D) solo

(E) privilege　　(F) deprive

_____ 1.　very poor, with lower standard of living, fewer rights and educational opportunities than most people in society

_____ 2.　a special advantage that is given only to one person or group of people

_____ 3.　a piece of music or a dance performed by only one person

_____ 4.　alone; without companions; spending a lot of time alone, usually because they like being alone

_____ 5.　to take something from someone, especially something that they need or want

_____ 6.　the state of being alone, without companions; the state of being alone especially when this is what you enjoy

II. 請填入正確的詞彙。

(A) privilege　　(B) private　　(C) deprived　　(D) privacy　　(E) solitude
(F) privileged

1. The land is _____ property and no one is allowed to trespass on it.
2. After his children got married and had their own homes, he and his wife lived in _____.　They were so-called empty nesters.
3. Education should not be considered to be a _____ in a modern society.
4. The film star tried very hard to get _____ by hiding away from public media.
5. The conflicts in the Middle East have _____ many children of a normal home life.
6. The higher education in Taiwan is becoming available to all, not to the _____ few.

20 ego：即「自我」。

ego [`igo] *(n)* 自我意識、自信心、自尊心、自負

🔑 進階擴充

- **egocentric**（*ego 自我 + centr 中心 + ic …的*）[ˌigo`sɛntrɪk] *(adj)* 只考慮自己的、以自我中心的、自私的
- **egoism**（*ego 自我 + ism 主義、信仰*）[`igoˌɪzəm] *(n)* 總考慮個人和個人利益、自私自利、個人主義
- **egoist**（*ego 自我 + ist 人、者*）[`igoɪst] *(n)* 自私自利的人、利己主義者、自我主義者

21 alter：即「其他的、別的」。

alter（*alter 別的 → 做成別的*）[`ɔltɚ] *(v)* 改變

alteration（*alter 別的 + ation 名詞字尾*）[ˌɔltə`reʃən] *(n)* 改變

alternate（*alter 別的 + n + ate 形容詞兼動詞字尾*）[`ɔltɚnɪt] *(adj)* 另一個的、預備的；[`ɔltɚˌnet] *(v)* 交替

alternation (*alternate* 交替 + *ion* 名詞字尾) [ˌɔltɚˋneʃən] *(n)* 交替、輪流、間隔

alternative (*alternate* 另外、別的 + *ive* 形容詞兼名詞字尾 → 捨棄這個而要另外一個) [ɔlˋtɝnətɪv] *(adj)* 選擇性的、二中擇一的；*(n)* 選擇

進階擴充

- altruism (*altru = alter* 他人 + *ism* 主義) [ˋæltruˌɪzəm] *(n)* 利他主義
- altruist (*altru = alter* 他人 + *ist* 人) [ˋæltruˌɪst] *(n)* 利他主義者
- altruistic (*altruist* 利他主義者 + *ic* 形容詞字尾) [ˌæltruˋɪstɪk] *(adj)* 利他的、無私心的

練習 3.11.20~3.11.21

I. 請挑出以下定義的英文單字。

(A) alter   (B) alternative   (C) alteration   (D) alternate   (E) ego

_____ 1. one's feeling about oneself; a feeling of self-importance

_____ 2. something that you can choose to do or use instead of something else; another choice; another, different

_____ 3. to change

_____ 4. a change

_____ 5. another; something different; to happen by turns

II. 請填入正確的詞彙。

(A) alternated   (B) alterations   (C) ego   (D) alternative   (E) altered

1. The awards he received for his talent as a violinist strengthened his _____.
2. The student _____ the grade on his paper to make it seem higher than it actually was.
3. The suit didn't fit, so I took it to the tailor for _____.
4. Her emotions _____ between hope and fear; that is, hope and fear came to her in turns.
5. I wanted to travel, but I had no money. I had no _____ but to stay at home.

3.12　其他詞根

1 chron, chrono：即「時間」。

chronic（chron 時間 + ic…的）[`kranɪk]（adj）慢性的、延續很長的

🔑 進階擴充

- anachronism（ana 錯誤 + chron 時 + ism 名詞字尾）[ə`nækrə͵nɪzm]（n）被視為過時的人、習俗、思想、弄錯年代（將某事物置錯歷史時期的錯誤）
- chronicle（chron 時間、年代 + icle 名詞字尾 → 按時間順序記載的史實）[`kranɪkl]（n）編年史、年代記
- chronology（chrono 時間 → 年代 + logy 學）[krə`nɑlədʒɪ]（n）年代學
- synchronal（syn 同 + chron 時 + al …的）[`sɪŋkrənl]（adj）同時的、同步的
- synchronic（syn 相同 + chron 時間 + ic 形容詞字尾）[sɪn`kranɪk]（adj）同時發生的
- synchronize（syn 同 + chron 時 + ize 動詞字尾）[`sɪŋkrənaɪz]（v）使同步、同時發生

2 ann, enn：即「年」。

anniversary（ann 年 + i + vers 轉 + ary 名詞字尾 → 時間轉了一年）[͵ænə`vɝsərɪ]（n）周年紀念日
annual（ann 年 + ual …的）[`ænjuəl]（adj）一年一次的、一年生的、每年的

🔑 進階擴充

- annalist（ann 年 + al …的 + ist 者）[`ænlɪst]（n）編年史作者、年鑑編者
- annals（ann 年 + als 名詞字尾）[`ænlz]（n）編年史、年鑑
- annuity（ann 年 + uity 名詞字尾）[ə`njuətɪ]（n）年金、養老金
- biannual（bi 二 + annual 一年的）[baɪ`ænjuəl]（adj）一年兩次的
- biennial（bi 二 + enn 年 + ial …的）[baɪ`ɛnɪəl]（adj）每兩年一次的
- perennial（per 貫穿 + enn 年 + ial …的 → 貫穿一年的）[pə`rɛnɪəl]（adj）四季不斷的、終年的、長期的、永久的、（植物）多年生的
- semiannual（semi 半 + ann 年 + ual …的）[͵sɛmɪ`ænjuəl]（adj）每半年的

3 centr, medi, mid：即「中」。

i centr

concentrate（con 共同、聚 + centr 中 + ate 使…）[`kɑnsɛn,tret] (v) 集中精力

eccentric（ec =e 出、離 + centr 中心 + ic …的 → 離開中心 → 出格）[ɪk`sɛntrɪk] (adj) 古怪的；
(n) 行為古怪的人

進階擴充

- centrifugal（centr 中心 + i + fug 逃離 + al …的）[sɛn`trɪfjugḷ] (adj) 離心的
- centrifuge（centr 中心 + i + fuge 逃離）[`sɛntrə,fjudʒ] (n) 離心機
- egocentric（ego 自我 + centr 中心 + ic …的）[,igo`sɛntrɪk] (adj) 自我中心的、利己主義的

ii medi

intermediate（inter 在…之間 + medi 中 + ate 形容詞字尾）[,ɪntɚ`midɪət] (adj) 中間的、中級的

mediate（medi 中 + ate 動詞字尾 → 居中）[`midɪ,et] (v) 調停、仲裁

mediator（mediate 調停 + or 人）[`midɪ,etɚ] (n) 調停者、仲裁人

medieval（medi 中 + ev = eve 時代 + al …的）[,midɪ`ivəl] (adj) 中世紀的

進階擴充

- Mediterranean（medi 中 + terr 地 + anean …的）[,mɛdətə`renɪən] (n) 地中海

iii mid

amid（a 在 + mid 中）[ə`mɪd] (prep) 在…中

midday（mid 中 + day 天）[`mɪd,de] (n) 正午

midnight（mid 中 + night 夜）[`mɪd,naɪt] (n) 午夜

midst [mɪdst] (n) 中間

midstream（mid 中 + stream 河流 → 河流正中）[`mɪd,strim] (n) 中流

midsummer（mid 中 + summer 夏）[,mɪd`sʌmɚ] (n) 仲夏、夏至

midway（mid 中 + way 路）[,mɪd`we] (adj) 中途的；(adv) 中途地

進階擴充

• midwife *(mid 中 + wife 女子)* [`mɪd͵waɪf] *(n)* 助產士、接生員、產婆

練習 3.12.1~3.12.3

I.　請挑出以下定義的英文單字。

(A) anniversary　(B) annual　　　(C) chronic　　　(D) concentrate　(E) mediate

(F) medieval　　(G) eccentric

_____ 1.　continuing for a long time and unable to be cured

_____ 2.　happening once a year

_____ 3.　a date on which something special or important happened in a previous year

_____ 4.　to try to end a quarrel between two people or groups

_____ 5.　related to the Middle Ages

_____ 6.　odd; unusual ; strange

_____ 7.　to focus one's attention on something

II.　請填入正確的詞彙。

(A) annual　　　(B) chronic　　　(C) concentrate　(D) eccentric　　　(E) mediate

1.　He's been suffering from _____ arthritis for years now.

2.　My father's birthday party is the biggest _____ event of my family.

3.　The UN attempted to _____ between Israel and Palestine.

4.　The students are amused by the professor's _____ habit of pulling his ears while he talks.

5.　A driver should _____ on the road when driving.

4 later：即「邊」。

lateral（*later* 邊 + *al* …的）[ˋlætərəl]（*adj*）橫（向）的、側面的

🔑 進階擴充

- bilateral（*bi* 二 + *lateral* 邊的）[baɪˋlætərəl]（*adj*）雙邊的
- collateral（*col* = *con* 一起 + *lateral* 邊的）[kəˋlætərəl]（*adj*）附帶的
- equilateral（*equi* 相等 + *lateral* 邊的）[͵ikwɪˋlætərəl]（*adj*）等邊的
- quadrilateral（*quadri* 四 + *lateral* 邊的）[͵kwɑdrɪˋlætərəl]（*adj*）四邊的
- trilateral（*tri* 三 + *lateral* 邊的）[ˋtraɪˋlætərəl]（*adj*）三邊的
- unilateral（*uni* 一、單 + *later* 邊 + *al* …的）[͵junɪˋlætərəl]（*adj*）單邊的、單方面的

5 found, fund：即「底、基」。

found（*found* 底 → 打底子）[faund]（*v*）建立、創立、創辦

foundation（*found* 底、基礎 + *ation* 名詞字尾）[faunˋdeʃən]（*n*）基礎、地基、基金會

founder（*found* 基礎 + *er* 人 → 打基礎的人）[ˋfaundə]（*n*）奠基人、創始人

fund（*fund* 底 → 基礎 → 創辦事業的基礎）[fʌnd]（*n*）基金

fundament（*fund* 底 → 基礎 + *a* + *ment* 名詞字尾）[ˋfʌndəmənt]（*n*）基礎、基本原理

fundamental（*fundament* 基礎 + *al* …的）[͵fʌndəˋmɛntļ]（*adj*）基礎的、基本的

profound（*pro* 向前 → *found* 底 → 伸向底部）[prəˋfaund]（*adj*）深刻的

練習 3.12.4~3.12.5

I. 請挑出以下定義的英文單字。

(A) foundation　　(B) found　　　　(C) profound　　　(D) fundamental

(E) founder　　　(F) fund

_____ 1. deep, far below the surface; having a strong influence or effect

_____ 2. someone who establishes a business, an organization, a school, etc.

_____ 3. an amount of money that is collected and kept for a particular purpose

_____ 4. of the simplest and most important parts of something

_____ 5. to start something such as an organization, a company, a school, etc.

_____ 6. the basic conditions that will make it possible for something to be successful; an organization that gives money to a charity, for research, etc.

II. 請填入正確的詞彙。

(A) fundamental   (B) funds   (C) foundations   (D) founded

(E) latitude

1. If the young boys and girls go to camp for two weeks by themselves, they'll need to have _____ knowledge about how to take care of themselves.

2. New York City is located at the _____ of about 41 degrees north of the equator.

3. He laid the _____ for his success by hard work.

4. The project was abandoned for lack of _____.

5. The famous monastery of St. Bernard, which was _____ in the eleventh century, lies about a mile away from the pass.

6 cruc：即「十字」。

crucial (*cruc 十字 + ial …的 → 處在十字路口*) [`kruʃəl] *(adj)* 至關重要的、決定性的	
cruise (*cru 十字 + ise 動詞字尾 → 縱橫相交 → 在海上縱橫而行*) [kruz] *(v)* 巡遊、巡航	
cruiser (*cruise 巡航 + er 物*) [`kruzə] *(n)* 巡洋艦	

進階擴充

- **crucifix** (*cruc 十字 + i + fix 釘*) [`krusə‚fɪks] *(n)* 耶穌釘於十字架的像
- **cruciform** (*cruc 十字 + i + form 形*) [`krusə‚fɔrm] *(adj)* 十字形的
- **crucify** (*cruc 十字 + ify 動詞字尾*) [`krusə‚faɪ] *(v)* 釘死在十字架上
- **crusade** (*crus 十字 + ade 名詞字尾*) [kru`sed] *(n)* 十字軍（遠征）
- **excruciating** (*ex 過度 + cruci 十字 + ate 動詞字尾 + ing …的 → 在十字架上過度受罪*) [ɪk`skruʃɪ‚etɪŋ] *(adj)* 極痛苦的、折磨人的、難忍受的

7 onym, nom, nomin：即「名字」。

i onym
anonymous (an = a 無 + onym 名 + ous …的) [əˈnɑnəməs] (adj) 無名的、匿名的
antonym (anti 反 + onym 名) [ˈæntəˌnɪm] (n) 反義詞
synonym (syn 相同 + onym 名) [ˈsɪnəˌnɪm] (n) 同義詞

🔑 進階擴充

- **homonym** (homo 相同 + nym 名) [ˈhɑməˌnɪm] (n) 同形同音異義詞
- **pseudonym** (pseud 假 + onym 名) [ˈsudṇˌɪm] (n) 假名、筆名

ii nom, nomin
nominate (nomin 名 + ate 動詞字尾) [ˈnɑməˌnet] (v) 提名

🔑 進階擴充

- **ignominious** (ig = in 不、無 + nomin 名 + ious …的 → 無好名的) [ˌɪgnəˈmɪnɪəs] (adj) 丟臉的、恥辱的
- **ignominy** (ig = in 無 + nomin 名 + y 名詞字尾) [ˈɪgnəˌmɪnɪ] (n) 恥辱
- **misnomer** (mis 錯 + nom 名 + er 名詞字尾) [ˌmɪsˈnomə] (n) 誤稱、使用不當的名稱、用詞不當、【法】(在訴訟等中) 寫錯姓名 (或地名)
- **nominal** (nomin 名 + al …的) [ˈnɑmənḷ] (adj) 名義上的、有名無實的

8 leg, legis：即「法律」。

illegal (il = in 不 + leg 法律 + al …的) [ɪˈligḷ] (adj) 違法的、違禁的
legal (leg 法律 + al 形容詞字尾) [ˈligḷ] (adj) 法律的、合法的
legality (legal 合法的 + ity 名詞字尾) [liˈgælətɪ] (n) 合法性
legislate (legis 法律 + l + ate 動詞字尾) [ˈlɛdʒɪsˌlet] (v) 制定法律、通過立法
legislation (legislate 立法 + ion 名詞字尾) [ˌlɛdʒɪsˈleʃən] (n) 立法、法律的制定 (或通過)
legislature (legislate 立法 + ure 名詞字尾) [ˈlɛdʒɪsˌletʃə] (n) 立法機關、立法機構
legitimacy (leg 法律 + itim + acy 名詞字尾) [lɪˈdʒɪtəməsɪ] (n) 合法 (性)

> **legitimate** （*leg 法律 ＋ itim ＋ ate …的*）[lɪ`dʒɪtəmɪt] *(adj)* 合法的、法定的、婚生的
>
> **privilege** （*privi 個人 ＋ lege 法律 → 與個人權利有關的法律 → 法律賦予的特別待遇*）[`prɪvl̩ɪdʒ] *(n)* 特權

9 cracy：即「統治、政體、政府」。

> **bureaucracy** （*bureau 政府機關 ＋ cracy 統治*）[bju`rakrəsɪ] *(n)* 官僚、官僚政府
>
> **democracy** （*demo 人民 ＋ cracy 統治、政體*）[dɪ`makrəsɪ] *(n)* 民主、民主政治

進階擴充

- **aristocracy** （*aristo 貴族 ＋ cracy 統治*）[͵ærəs`takrəsɪ] *(n)* 貴族、貴族統治
- **autocracy** （*auto 自己、獨自 ＋ cracy 統治*）[ɔ`takrəsɪ] *(n)* 獨裁政治、獨裁政府
- **plutocracy** （*pluto 財富 ＋ cracy 統治*）[plu`takrəsɪ] *(n)* 富豪、富豪統治
- **technocracy** （*techno 技術 ＋ cracy 統治*）[tɛk`nakrəsɪ] *(n)* 技術統治、專家統治
- **theocracy** （*theo 神 ＋ cracy 統治、政體*）[θi`akrəsɪ] *(n)* 僧侶統治、神權統治（的國家）

練習 3.12.6~3.12.9

I. 請挑出以下定義的英文單字。

(A) crucial　　(B) cruise　　(C) nominate　　(D) legitimate　　(E) legislature

(F) legislate　　(G) legal　　(H) anonymous　　(I) democracy　　(J) bureaucracy

_____ 1. extremely important; decisive

_____ 2. to sail along slowly

_____ 3. allowed by law

_____ 4. to officially propose that someone be chosen for a position

_____ 5. in accordance with the law or rules; lawful; legal; (of a child) born to parents who are legally married to each other

_____ 6. unknown by name

_____ 7. to make a law

_____ 8. an institution that has the power to make or change laws

_____ 9. a government by a rigid, complex, inefficient and usually large numbers of bureaus, administrators and self-important officials.

_____ 10. a system or government in which everyone in the country is equal and has the right to elect leaders in the government.

II. 請填入正確的詞彙。

(A) crucial   (B) cruised   (C) illegal   (D) anonymous (E) legislate
(F) legality   (G) privilege   (H) democracy (I) bureaucracy (J) legitimacy

1. Getting this contract is _____ to the future of our company.

2. We _____ along the Tansuei River in the evening. In the boat we admired the beautiful setting sun and the birds in flight.

3. Some people questioned the _____ of the US attack on Iraq.

4. Education is a right, not a _____.

5. The benefactor does not want to cause public attention and wishes to remain _____.

6. They were arrested for selling _____ drugs.

7. The government is planning to _____ against computer related crimes.

8. In a _____ the people rule through elected representatives who attend to the business of the government.

9. The mayor was criticized for setting up an inefficient _____ regardless of the needs of the people.

10. The new government was elected by a majority of voters, so its _____ was beyond doubt.

附錄

（一）否定字首總匯

（二）英文構詞

附錄（一） 否定字首總匯

英文單字前可加上表示否定的字首，詞性不變，但意思相反，常用的否定字首包括 dis-, il-, im-, in-, ir-, non-, un-。

1. dis-

- disability [ˌdɪsə`bɪlətɪ] *(n)* 無能、無力、殘障
- disabled [dɪs`ebl̩d] *(adj)* 殘障的
- disadvantage [ˌdɪsəd`væntɪdʒ] *(n)* 不利、損失
- disaffected [ˌdɪsə`fɛktɪd] *(adj)* 抱不平的、不服的
- disagree [ˌdɪsə`gri] *(v)* 不一致、爭論
- disappear [ˌdɪsə`pɪr] *(v)* 消失
- disapproval [ˌdɪsə`pruvl̩] *(n)* 不贊成、不准許
- disapprove [ˌdɪsə`pruv] *(v)* 不贊成、不同意
- disarm [dɪs`ɑrm] *(v)* 繳…的械、解除…的武裝
- disband [dɪs`bænd] *(v)* 解散、遣散
- disbelief [ˌdɪsbə`lif] *(n)* 不信、懷疑
- discharge [dɪs`tʃɑrdʒ] *(n)* 釋放、解雇；*(v)* 允許…離開、釋放、解雇
- disclaim [dɪs`klem] *(v)* 放棄、否認、拒絕承認
- disclose [dɪs`kloz] *(v)* 使露出、使顯露、揭發、透露
- discomfort [dɪs`kʌmfət] *(n)* 不舒服、不安
- disconnect [ˌdɪskə`nɛkt] *(v)* 切斷
- discontented [dɪskən`tɛntɪd] *(adj)* 不滿的、不滿足的
- discontinue [ˌdɪskən`tɪnju] *(v)* 停止、中斷
- discount [`dɪskaʊnt] *(n)* 折扣；*(v)* 打折扣
- discourage [dɪs`kɝɪdʒ] *(v)* 使喪失勇氣
- discredit [dɪs`krɛdɪt] *(v)* 敗壞…的名聲
- disembark [ˌdɪsɪm`bɑrk] *(v)* 登陸、上岸
- disengage [ˌdɪsɪn`gedʒ] *(v)* 解開、解除、使脫離
- disfigure [dɪs`fɪgjə] *(v)* 損毀…的外形
- disgrace [dɪs`gres] *(n)* 丟臉；*(v)* 使丟臉、使失寵

- disheartened [dɪs`hɑrtn̩d] *(adj)* 沮喪的、灰心的
- dishonest [dɪs`ɑnɪst] *(adj)* 不誠實的
- dishonor [dɪs`ɑnə] *(n)* 不名譽、丟臉；*(v)* 使丟臉、侮辱
- disillusioned [ˌdɪsɪ`luʒənd] *(adj)* 醒悟的、不抱幻想的、幻想破滅的
- disinfect [ˌdɪsɪn`fɛkt] *(v)* 將…消毒（或殺菌）
- disintegrate [dɪs`ɪntəgret] *(v)* 使碎裂、使瓦解、使崩潰
- disinterested [dɪs`ɪntərɪstɪd] *(adj)* 無私的、公正的
- dislike [dɪs`laɪk] *(v)* 不喜歡
- dislocate [`dɪsləˌket] *(v)* 使移動位置、使脫臼
- disloyal [dɪs`lɔɪəl] *(adj)* 不忠誠的、不忠實的
- dismember [dɪs`mɛmbə] *(v)* 肢解、分割
- disobey [ˌdɪsə`be] *(v)* 不服從
- disorder [dɪs`ɔrdə] *(n)* 無秩序
- disorganized [dɪs`ɔrgəˌnaɪzd] *(adj)* 沒有條理的、混亂的
- disorient [dɪs`ɔrɪˌɛnt] *(v)* 使失去方向、使迷惘、使失去判斷力
- disown [dɪs`on] *(v)* 不承認…是自己的、否認、聲明和…斷絕關係
- disparity [dɪs`pærətɪ] *(n)*（職位、數量、品質等）不一致、不同、不等
- displace [dɪs`ples] *(v)*（從原來的地方）移開、迫使（人）離開、取代
- displeasure [dɪs`plɛʒə] *(n)* 不快、不滿
- disregard [ˌdɪsrɪ`gɑrd] *(n)* 不理會、不顧、漠視、不尊重；*(v)* 漠視、不尊重
- disrepair [ˌdɪsrɪ`pɛr] *(n)* 失修、破損、荒廢
- disrespect [ˌdɪsrɪ`spɛkt] *(n)* 不敬、無禮、輕蔑；*(v)* 不尊敬、對…無禮
- dissatisfied [dɪs`sætɪsˌfaɪd] *(adj)* 不滿的
- dissatisfaction [ˌdɪssætɪs`fækʃən] *(n)* 不滿、不平
- disuse [dɪs`jus] *(n)* 不用、廢棄

2. il-

- illegal [ɪ`ligl̩] *(adj)* 違法的
- illegitimate [ˌɪlɪ`dʒɪtəmɪt] *(adj)* 非法的、非婚生的
- illiterate [ɪ`lɪtərɪt] *(adj)* 文盲的、知識淺陋的；*(n)* 文盲、無知的人
- illogical [ɪ`lɑdʒɪkl̩] *(adj)* 不合邏輯的

3. im-

- imbalance [ɪm`bæləns] *(n)* 不平衡
- immature [ˌɪmə`tjʊr] *(adj)* 不成熟的
- immobile [ɪm`mobl̩] *(adj)* 無法動的
- immoral [ɪ`mɔrəl] *(adj)* 不道德的
- immortal [ɪ`mɔrtl̩] *(adj)* 不朽的、永世的、不死的
- impartial [ɪm`parʃəl] *(adj)* 不偏不倚的、公正的、無偏見的
- impassable [ɪm`pæsəbl̩] *(adj)* 不能通行的
- impatient [ɪm`peʃənt] *(adj)* 不耐煩的
- imperfect [ɪm`pɝfɪkt] *(adj)* 不完美的
- impersonal [ɪm`pɝsn̩l̩] *(adj)* 非個人的、客觀的、無人情味的
- impolite [ˌɪmpə`laɪt] *(adj)* 無禮的
- impossible [ɪm`pasəbl̩] *(adj)* 不可能的
- impotent [`ɪmpətənt] *(adj)* 無能為力的、陽痿的
- impractical [ɪm`præktɪkl̩] *(adj)* 不切實際的
- imprecise [ˌɪmprɪ`saɪz] *(adj)* 不嚴密的、不精確的
- improbable [ɪm`prabəbl̩] *(adj)* 不大可能的、未必會發生的、未必確實的
- improper [ɪm`prapɚ] *(adj)* 不適當的、不正確的
- impure [ɪm`pjʊr] *(adj)* 不純的

4. in-

- inability [ˌɪnə`bɪlətɪ] *(n)* 無能力
- inaccessible [ˌɪnæk`sɛsəbl̩] *(adj)* 達不到的、難進入的
- inaccuracy [ɪn`ækjərəsɪ] *(n)* 不正確、不精確
- inaccurate [ɪn`ækjərɪt] *(adj)* 不正確的、不精確的
- inactive [ɪn`æktɪv] *(adj)* 不活動的、不活躍的、無生氣的
- inadequacy [ɪn`ædəkwəsɪ] *(n)* 不適當、不完全、不充分
- inadequate [ɪn`ædəkwɪt] *(adj)* 不充分的、不適當的
- incalculable [ɪn`kælkjələbl̩] *(adj)* 不可計算的、數不清的、不可估量的
- incapable [ɪn`kepəbl̩] *(adj)* 不能勝任的、不會的、不能的
- incoherent [ˌɪnko`hɪrənt] *(adj)* 無條理的、不一貫的
- incomparable [ɪn`kɑmpərəbl̩] *(adj)* 無比的、無雙的、無可匹敵的

- incompatible [ˌɪnkəmˈpætəbl̩] *(adj)* 不相容的、矛盾的
- incompetent [ɪnˈkɑmpətənt] *(adj)* 無能力的、不能勝任的、不合適的；*(n)* 無能力的人
- incomplete [ˌɪnkəmˈplit] *(adj)* 不完全的、不完整的
- incomprehensible [ˌɪnkɑmprɪˈhɛnsəbl̩] *(adj)* 不能理解的、難懂的、不可思議的
- inconceivable [ˌɪnkənˈsivəbl̩] *(adj)* 不能想像的、不可思議的
- inconsistent [ˌɪnkənˈsɪstənt] *(adj)* 不一致的、不協調的
- inconvenient [ˌɪnkənˈvinjənt] *(adj)* 不方便的
- incorrect [ˌɪnkəˈrɛkt] *(adj)* 不正確的
- incurable [ˌɪnˈkjurəbl̩] *(adj)* 無法治癒的、不可救藥的
- indecent [ɪnˈdisn̩t] *(adj)* 下流的、粗鄙的、不適當的
- indecisive [ˌɪndɪˈsaɪsɪv] *(adj)* 無決斷力的
- indefensible [ˌɪndɪˈfɛnsəbl̩] *(adj)* 不能防禦的
- indefinite [ɪnˈdɛfənɪt] *(adj)* 不確定的、未定的、無限期的
- independent [ˌɪndɪˈpɛndənt] *(adj)* 獨立的
- indistinct [ˌɪndɪˈstɪŋkt] *(adj)* 不清楚的、模糊的
- inedible [ɪnˈɛdəbl̩] *(adj)* 不適於食用的、不能吃的
- ineffective [ɪnəˈfɛktɪv] *(adj)* 無效率的、無能的
- ineffectual [ɪnəˈfɛktʃuəl] *(adj)* 無效果的、徒勞無益的
- inefficient [ɪnəˈfɪʃənt] *(adj)* 無效率的
- inescapable [ɪnəˈskepəbl̩] *(adj)* 逃不掉的、不可避免的
- inexcusable [ɪnɪkˈskjuzəbl̩] *(adj)* 沒法辯解的、不可寬恕的
- inexperienced [ˌɪnɪkˈspɪrɪənst] *(adj)* 經驗不足的
- infinite [ˈɪnfənɪt] *(adj)* 無限的、無邊的、極大的
- infirm [ɪnˈfɝm] *(adj)* 意志薄弱的、不堅定的
- inflexible [ɪnˈflɛksəbl̩] *(adj)* 不易彎曲的、不靈活的
- informal [ɪnˈfɔrml̩] *(adj)* 非正式的、非正規的
- infrequent [ɪnˈfrikwənt] *(adj)* 不頻發的、罕見的
- inhuman [ɪnˈhjumən] *(adj)* 無人性的
- inhumane [ˌɪnhjuˈmen] *(adj)* 無人性的、殘忍的
- injustice [ɪnˈdʒʌstɪs] *(n)* 不公正
- innumerable [ɪˈnjumərəbl̩] *(adj)* 無數的、數不清的
- insane [ɪnˈsen] *(adj)*（患）精神病的、精神錯亂的、瘋狂的

- insecure [ˌɪnsɪˈkjur] *(adj)* 不安全的、有危險的
- insensitive [ɪnˈsɛnsətɪv] *(adj)* 不敏感的
- inseparable [ɪnˈsɛpərəbḷ] *(adj)* 分不開的、不可分離的
- insignificant [ˌɪnsɪgˈnɪfəkənt] *(adj)* 無足輕重的
- insincere [ˌɪnsɪnˈsɪr] *(adj)* 無誠意的
- instability [ˌɪnstəˈbɪlətɪ] *(n)* 不穩定
- insufficient [ˌɪnsəˈfɪʃənt] *(adj)* 不充分的、不足的
- invariable [ɪnˈvɛrɪəbḷ] *(adj)* 不變的、恆定的、一律的
- invisible [ɪnˈvɪzəbḷ] *(adj)* 看不見的

5. ir-

- irrational [ɪˈræʃənḷ] *(adj)* 無理性的
- irreconcilable [ɪˈrɛkənˌsaɪləbḷ] *(adj)* 不能和解的
- irregular [ɪˈrɛgjələ] *(adj)* 不規則的
- irrelevant [ɪˈrɛləvənt] *(adj)* 不切題的、不相關的
- irreparable [ɪˈrɛpərəbḷ] *(adj)* 不能修補的、不能挽回的
- irreplaceable [ˌɪrɪˈplesəbḷ] *(adj)* 不能替換的
- irrepressible [ˌɪrɪˈprɛsəbḷ] *(adj)* 壓抑不住的
- irresistible [ˌɪrɪˈzɪstəbḷ] *(adj)* 忍不住的、不可抵抗的
- irrespective [ˌɪrɪˈspɛktɪv] *(adj)* 不顧的、不問…的
- irresponsible [ˌɪrɪˈspɑnsəbḷ] *(adj)* 不負責任的
- irreversible [ˌɪrɪˈvɝsəbḷ] *(adj)* 不可逆轉的

6. non-

- noncommittal [ˌnɑnkəˈmɪtḷ] *(adj)* 不作許諾的、不表態的
- non-existent [ˌnɑnɪgˈzɪstənt] *(adj)* 不存在的
- nonfiction [ˌnɑnˈfɪkʃən] *(n)* 非小說類散文作品
- nonprofit [ˌnɑnˈprɑfɪt] *(adj)* 非營利的
- nonsense [ˈnɑnsɛns] *(n)* 無意義的詞語、胡說
- nonsmoker [ˌnɑnˈsmokə] *(n)* 不抽煙的人
- nonstandard [nɑnˈstændəd] *(adj)* 非標準的
- non-stop [nɑnˈstɑp] *(adj)* 直達的、不停的；*(adv)* 不休息地、不斷地；*(n)* 直達車（班機）

- non-violent [ˌnɑn`vaɪələnt] *(adj)* 非暴力的

7. un-

- unable [ʌn`ebl̩] *(adj)* 不能的、不會的、無能力的、不能勝任的
- unacceptable [ˌʌnək`sɛptəbl̩] *(adj)* 不能接受的
- unaccustomed [ˌʌnə`kʌstəmd] *(adj)* 不習慣的
- unaffected [ˌʌnə`fɛktɪd] *(adj)* 不受影響的
- unafraid [ˌʌnə`fred] *(adj)* 無畏的、不恐懼的
- unambiguous [ˌʌnæm`bɪgjuəs] *(adj)* 不含糊的、明白的、清楚的
- unappealing [ˌʌnə`pilɪŋ] *(adj)* 不吸引人的
- unapproachable [ˌʌnə`protʃəbl̩] *(adj)* 不易親近的、孤高的、冷漠的
- unattractive [ˌʌnə`træktɪv] *(adj)* 無吸引力的、不引人注目的
- unavailable [ˌʌnə`veləbl̩] *(adj)* 無法利用的、得不到的、達不到的
- unavoidable [ˌʌnə`vɔɪdəbl̩] *(adj)* 不可避免的
- unaware [ˌʌnə`wɛr] *(adj)* 不知道的、未察覺到的
- unbalanced [ʌn`bælənst] *(adj)* 不平衡的、不均衡的
- unbearable [ʌn`bɛrəbl̩] *(adj)* 不能忍受的、令人不能容忍的
- unbelievable [ˌʌnbɪ`livəbl̩] *(adj)* （由於太好或太糟而）令人難以置信的、非常驚人的
- uncertain [ʌn`sɝtn̩] *(adj)* 不明確的、含糊的、不確定的
- unclear [ʌn`klɪr] *(adj)* 不清楚的、不明白的、含糊不清的
- uncomfortable [ʌn`kʌmfətəbl̩] *(adj)* 不舒服的、不愉快的
- uncommon [ʌn`kɑmən] *(adj)* 不尋常的、罕見的
- uncompromising [ʌn`kɑmprə,maɪzɪŋ] *(adj)* 不妥協的、不讓步的；堅定的
- unconcerned [ˌʌnkən`sɝnd] *(adj)* 不擔心的、不在乎的
- unconditional [ˌʌnkən`dɪʃənl̩] *(adj)* 無條件的
- unconnected [ˌʌnkə`nɛktɪd] *(adj)* 不連接的、無關的
- unconscious [ʌn`kɑnʃəs] *(adj)* 不省人事的、無意識的
- unconstitutional [ˌʌnkɑnstə`tjuʃənl̩] *(adj)* 違反憲法的
- uncontrollable [ˌʌnkən`troləbl̩] *(adj)* 控制不住的、無法管束的
- unconventional [ˌʌnkən`vɛnʃənl̩] *(adj)* 不依慣例的
- unconvincing [ˌʌnkən`vɪnsɪŋ] *(adj)* 不令人信服的、難以置信的
- uncountable [ʌn`kaʊntəbl̩] *(adj)* 不可數的

- uncover [ʌn`kʌvə] (v) 揭開…的覆蓋物、揭露

- undecided [ˌʌndɪ`saɪdɪd] (adj) 未決定的

- undefeatable [`ʌndɪ`fitəbḷ] (adj) 不可擊敗的

- undeniable [ˌʌndɪ`naɪəbḷ] (adj) 無可否認的

- undoubtedly [ʌn`daʊtɪdlɪ] (adv) 毫無疑問地

- undress [ʌn`drɛs] (v) 脫衣服

- undue [ʌn`dju] (adj) 過度的、過分的

- unearth [ʌn`ɝθ] (v)（從地下）發掘、掘出

- unease [ʌn`iz] (n) 心神不安

- uneasy [ʌn`izɪ] (adj) 心神不安的、擔心的

- uneconomical [ˌʌnikə`nɑmək̩ḷ] (adj) 不經濟的、浪費的

- unemployed [ˌʌnɪm`plɔɪd] (adj) 失業的、無工作的

- unequal [ʌn`ikwəl] (adj) 不相等的、不相當的

- uneven [ʌn`ivən] (adj) 不平坦的、崎嶇的、參差不齊的

- uneventful [ˌʌnɪ`vɛntfəl] (adj) 平靜無事的

- unexpected [ˌʌnɪk`spɛktɪd] (adj) 想不到的、意外的、突如其來的

- unfair [ʌn`fɛr] (adj) 不公平的、不公正的

- unfaithful [ʌn`feθfəl] (adj) 不忠實的、不忠於職守的

- unfamiliar [ˌʌnfə`mɪljə] (adj) 不熟悉的

- unfashionable [ʌn`fæʃənəbḷ] (adj) 不時髦的、不流行的

- unfasten [ʌn`fæsn̩] (v) 鬆開

- unfavorable [ʌn`fevrəbḷ] (adj) 不利的

- unfinished [ʌn`fɪnɪʃt] (adj) 未完成的

- unfit [ʌn`fɪt] (adj) 不相宜的、不合適的

- unfold [ʌn`fold] (v) 打開

- unforeseen [ˌʌnfor`sin] (adj) 未預見到的、預料之外的

- unforgettable [ˌʌnfə`gɛtəbḷ] (adj) 難忘的、永遠記得的

- unfortunate [ʌn`fɔrtʃənɪt] (adj) 不幸的

- unfounded [ʌn`faʊndɪd] (adj) 沒有事實根據的、無理由的

- unfriendly [ʌn`frɛndlɪ] (adj) 不友好的、有敵意的

- unfulfilled [ˌʌnfʊl`fɪld] (adj) 未實現的、未得到滿足的

- ungrateful [ʌn`gretfəl] (adj) 忘恩負義的

- unhappy [ʌnˋhæpɪ] *(adj)* 不幸福的、不愉快的
- unharmed [ʌnˋhɑrmd] *(adj)* 沒有受傷（或受害）的、無恙的、平安的
- unhealthy [ʌnˋhɛlθɪ] *(adj)* 不健康的
- unheard [ʌnˋhɝd] *(adj)* 從未聽說的
- unhelpful [ʌnˋhɛlpfəl] *(adj)* 無用的、無益的
- unhurt [ʌnˋhɝt] *(adj)* 沒有受害的、沒有受傷的
- unimaginable [ˌʌnɪˋmædʒɪnəbl̩] *(adj)* 難以想像的
- unimportant [ˌʌnɪmˋpɔrtn̩t] *(adj)* 不重要的
- uninhabitable [ˌʌnɪnˋhæbɪtəbl̩] *(adj)* 不適於居住的
- unintentional [ˌʌnɪnˋtɛnʃənl̩] *(adj)* 非故意的
- uninterested [ʌnˋɪntərɪstɪd] *(adj)* 不感興趣的
- uninterrupted [ˌʌnɪntəˋrʌptɪd] *(adj)* 不間斷的、連續的
- unjust [ʌnˋdʒʌst] *(adj)* 不公正的、不義的
- unjustified [ʌnˋdʒʌstəˌfaɪd] *(adj)* 未被證明為正當的、不正當的、無法解釋的
- unkind [ʌnˋkaɪnd] *(adj)* 不仁慈的、不和善的、不客氣的
- unknown [ʌnˋnon] *(adj)* 未知的、陌生的；默默無聞的
- unlawful [ʌnˋlɔfəl] *(adj)* 不合法的
- unlike [ʌnˋlaɪk] *(prep)* 不像
- unlikely [ʌnˋlaɪklɪ] *(adj)* 不太可能的
- unlimited [ʌnˋlɪmɪtɪd] *(adj)* 無限制的、無約束的
- unload [ʌnˋlod] *(v)* 卸載
- unlock [ʌnˋlɑk] *(v)* 開鎖
- unlucky [ʌnˋlʌkɪ] *(adj)* 不幸的、倒霉的
- unmarried [ʌnˋmærɪd] *(adj)* 未婚的、獨身的
- unmatched [ˌʌnˋmætʃt] *(adj)* 不相配的
- unmistakable [ˌʌnməˋstekəbl̩] *(adj)* 不會弄錯的、清楚的、明顯的
- unnatural [ʌnˋnætʃərəl] *(adj)* 不自然的、造作的
- unsuccessful [ˌʌnsəkˋsɛsfəl] *(adj)* 不成功的
- unnecessary [ʌnˋnɛsəˌsɛrɪ] *(adj)* 不需要的、不必要的、多餘的
- unnoticed [ʌnˋnotɪst] *(adj)* 未被注意的、被忽視的
- unoccupied [ʌnˋɑkjəˌpaɪd] *(adj)* 沒人住的、沒人占用的、空著的
- unofficial [ˌʌnəˋfɪʃəl] *(adj)* 非正式的、非官方的

- unpack [ʌn`pæk] (v) 打開（包裹等）取出東西
- unpaid [ʌn`ped] (adj) 未付的、（債等）未還的、未繳納的
- unplanned [ʌn`plænd] (adj) 令無計劃的
- unpleasant [ʌn`plɛzn̩t] (adj) 令人不愉快的
- unplug [ˌʌn`plʌg] (v) 拔去 ... 的塞子（或插頭）
- unpopular [ʌn`pɑpjələ] (adj) 不受歡迎的
- unprecedented [ʌn`prɛsəˌdɛntɪd] (adj) 空前的、史無前例的
- unpredictable [ˌʌnprɪ`dɪktəbl̩] (adj) 不可預料的、出乎意料的
- unprofessional [ˌʌnprə`fɛʃənl] (adj) 非專業（或職業）的、外行的
- unprovoked [ˌʌnprə`vokt] (adj) 未受挑釁的、無故的
- unqualified [ʌn`kwɑləˌfaɪd] (adj) 不夠資格的、不合格的
- unquestionably [ʌn`kwɛstʃənəblɪ] (adj) 毫無疑問地、確鑿地
- unreal [ʌn`riəl] (adj) 不真實的
- unrealistic [ˌʌnrɪə`lɪstɪk] (adj) 不切實際的
- unreality [ˌʌnrɪ`ælətɪ] (n) 不真實、不現實、虛幻
- unreasonable [ʌn`riznəbl̩] (adj) 不講理的、非理智的
- unrelated [ˌʌnrɪ`letɪd] (adj) 無關的
- unreliable [ˌʌnrɪ`laɪəbl̩] (adj) 不可信任的、靠不住的、不可靠的
- unremarkable [`ʌnrɪ`mɑrkəbl̩] (adj) 不顯著的、不值得注意的
- unresolved [ˌʌnrɪ`zɑlvd] (adj) 未解決的
- unrest [ʌn`rɛst] (n) 不安、不平靜、動亂、動盪
- unrestrained [ˌʌnrɪ`strend] (adj) 無限制的、過度的
- unrivaled [ʌn`raɪvl̩d] (adj) 無敵的、無對手的、無可比擬的
- unsafe [ʌn`sef] (adj) 不安全的、危險的、靠不住的
- unsatisfactory [ˌʌnsætɪs`fæktərɪ] (adj) 令人不滿意的
- unseen [ʌn`sin] (adj) 未看見的、未被覺察的、看不見的
- unsettled [ʌn`sɛtl̩d] (adj) 不穩定的、動盪的、未解決的
- unskilled [ʌn`skɪld] (adj) 無特別技巧的
- unsociable [ʌn`soʃəbl̩] (adj) 不愛交際的
- unsolved [ʌn`sɑlvd] (adj) 未解決的、未解答的、未解釋的
- unspeakable [ʌn`spikəbl̩] (adj) 不能以言語表達的、無法形容的
- unspecified [ʌn`spɛsəˌfaɪd] (adj) 非特指的、未具體說明的

- unspoiled [ʌn`spɔɪld] (adj) 未損壞的、未受破壞的
- unspoken [ʌn`spokən] (adj) 沒有開口說的
- unstable [ʌn`stebl̩] (adj) 不穩固的、不固定的、不牢靠的
- unsteady [ʌn`stɛdɪ] (adj) 不平穩的、不穩固的、搖擺的
- unsuccessful [ˌʌnsək`sɛsfəl] (adj) 不成功的
- unsuitable [ʌn`sjutəbl̩] (adj) 不合適的、不適宜的、不相稱的
- unsure [ˌʌn`ʃʊr] (adj) 缺乏信心的、無把握的
- untidy [ʌn`taɪdɪ] (adj) 不整潔的、不修邊幅的、凌亂的
- untie [ʌn`taɪ] (v) 解開
- untimely [ʌn`taɪmlɪ] (adj) 過早的、不適時的、不合時宜的
- untouched [ʌn`tʌtʃt] (adj) 未觸動過的、原樣的、未受影響的、未受損傷的
- untrue [ʌn`tru] (adj) 不真實的、不正確的、假的
- untruth [ʌn`truθ] (n) 謊言、假設
- unused [ʌn`juzd] (adj) 未使用的、未用過的、未利用的
- unusual [ʌn`juʒʊəl] (adj) 不平常的
- unveil [ʌn`vel] (v) 除去…的面紗（或覆蓋物）、揭開
- unwanted [ʌn`wɑntɪd] (adj) 不需要的、空閒的、無用的、多餘的
- unwary [ʌn`wɛrɪ] (adj) 不謹慎的、粗心的、不警惕的
- unwelcome [ʌn`wɛlkəm] (adj) 不受歡迎的
- unwell [ʌn`wɛl] (adj) 不舒服的、有病的
- unwilling [ʌn`wɪlɪŋ] (adj) 不願意的、不情願的
- unwind [ʌn`waɪnd] (v) 解開、展開、鬆開、捲回
- unwise [ʌn`waɪz] (adj) 不明智的、愚蠢的
- unworkable [ʌn`wɝkəbl̩] (adj) 難以使用的、難運轉的
- unwrap [ʌn`ræp] (v) 開包、解開、拆開
- unwritten [ʌn`rɪtn̩] (adj) 沒寫下的、沒記錄的、不成文的、口頭的
- unzip [ʌn`zɪp] (v) 拉開（拉鍊）

附錄（二） 英文構詞

英文新字的形成有一定的規則可循，了解這些規則能幫助我們猜新字的意義，也可依此自己造字。以下就是這些規則的總匯。

1. 複合詞 (Compounding)

1.1 複合名詞 (compound nouns)

(a)　N + N

i.　第一個名詞標示第二個名詞的性別。

boyfriend（男朋友）, girlfriend（女朋友）, woman president（女總統）, she-goat（母山羊）, he-goat（公山羊）

〔註〕woman president 的複數為 women presidents

ii.　第二個名詞標示第一個名詞的功用或目的。

bookcase（書架）, sheep dog（牧羊犬）

iii.　第一個名詞標示第二個名詞的結果。

a death blow = a blow which causes death（致命的打擊）

iv.　第一個名詞標示第二個名詞的地方。

bank safe（銀行保險箱）, lap dog（膝狗、哈叭狗、奉承者）, house arrest（軟禁）, kitchen sink（廚房水槽）

v.　第一個名詞標示第二個名詞的所有者。

car key（汽車鑰匙）, door knob（門旋鈕）

vi.　第一個名詞標示第二個名詞的材料。

gold watch（金錶）, plastic bag（塑膠）, rubber stamp（橡皮圖章）

vii.　第一個名詞標示第二個名詞的類別。

bath towel（浴巾）, dish towel（擦碟布）, tea towel（擦拭杯盤用的抹布）, safety/seat belt（安全帶）, conveyor belt（傳送帶）, green belt（城市綠化帶）, horror movie（恐怖片）, science fiction movie（科幻電影）, war movie（戰爭片）, action movie（動作片）, factory worker（工廠工人）, chemistry teacher（化學老師）, tea shop（茶館）, vacuum cleaner（吸塵器）

viii.　第二個名詞標示第一個名詞的容器。

coffee cup（咖啡杯）, teapot（茶壺）, rice bowl（飯碗）

ix. 第一個名詞標示第二個名詞的時間。

afternoon tea（下午茶）, evening dress（晚禮服）, night clothes（睡衣）, night life（夜生活）, night club（夜總會）, morning paper（早報）

x. 第二個名詞是 man, woman, person，表示性別。

policeman（警察）, policewoman（女警察）, chairman（主席）, chairwoman（女主席）, chairperson（主席）, freshman（新生）

xi. 第一個名詞是專有名詞。

Oedipus complex（伊底帕斯情結、戀母情結）

Electra complex（伊雷克特拉情結、戀父情結）

Ford car（福特汽車）, IBM computer（IBM 電腦）

xii. 其他

brain death（腦死）, brain drain（人才外流）, latchkey child（鑰匙兒）, junk food/mail（垃圾食物／郵件）, bread basket（產糧區）, breast milk（母奶）, think tank（智囊團）, hunger strike（絕食）, pillow talk（枕邊細語）, interest group（利益集團）, top dog（勝利者）

(b) V-ing + N

i. 動名詞 V-ing 標示第二個名詞的結果。

sleeping sickness = sickness which causes sleeping（昏睡病）

ii. 動名詞 V-ing 標示第二個名詞的目的。

washing machine = a machine for washing（洗衣機）

swimming pool（游泳池）, dining room（飯廳）, bathing suit（游泳衣）, stepping-stone（踏腳石、手段）, breathing space（喘息或考慮的時間）

iii. 其他

walking dictionary（活字典）, selling point（賣點）, boiling point（沸點）, freezing point（冰點）, turning point（轉捩點）, running dog（走狗）

(c) V + N

i. 動詞－受詞的關係

breakfast = to break the fast（停止齋戒期，引申為早餐的意思）

pickpocket（扒手）, call girl（應召女郎）, scarecrow（稻草人）, sunshine（陽光）, jump rope（跳繩）

ii. 動詞－主詞的關係

flashlight = a light which flashes（手電筒）

playboy（花花公子）, watchdog（看門狗、監察人員、監督人員）

(d)　N + V

    i.　　主詞－動詞的關係

        nosebleed = The nose is bleeding.（鼻出血）

        sunrise（日出）, sunset（日落）, headache（頭痛）, earthquake（地震）, landslide（山崩）, mudslide（土石流）, heartbeat（心跳）, heartbreak（難忍的悲傷或失望）

    ii.　受詞－動詞的關係

        birth control = to control birth（節育）

        blood test（驗血）, brain trust（智囊團）, man hunt（對逃犯等的搜捕）, class boycott（罷課）, witch-hunt（追查懲罰社會或機構中認為危險的壞分子）

(e)　V + V

make-believe（假想、假裝）, hearsay（傳聞）

(f)　Adj + N（重音落在形容詞上，形成一特殊意義的詞）

比較：a white house = a house which is white（白色的房子）

        White House（白宮，美國的總統府）

fast food（速食）, software（軟體）, hardware（硬體）, fat cat（有錢有勢的人）, dark horse（黑馬、出人意外得勝之馬）, black sheep（害群之馬）, white elephant（累贅物）, black coffee（黑咖啡）, black humor（黑色幽默）, hot dog（熱狗）, blue print（藍圖、方案）, greenhorn（生手）, greenhouse（溫室）, green card（綠卡）, greenback（美鈔）, red tape（繁文縟節）, whitewash（掩飾）, heavyweight（重量級人物）, cold shoulder（冷淡、輕視）, dead end（死胡同）

(g)　N + Adj

secretary general（祕書長）, auditor general（主計長）, court martial（軍事法庭）, the president elect（總統當選人）, governor-general（總督）

(h)　N-er + Adv

passer-by（過路人）, runner-up（亞軍隊）, hanger-on（趨炎附勢者）, stander-by（旁觀者）, looker-on（旁觀者）

(i)　Prep/Adv + N

underdog（失敗者）, inpatient（住院病人）, outpatient（門診病人）, underwear（內衣褲）, underworld（黑社會）, overload（超載）, outlaw（不法之徒）, byword（俗語，代表某種性質的人或事物）

(j)　Adv + V

upstart（新貴）, outbreak（戰爭的爆發、疾病的發作）, outcast（被遺棄者）, outcome（結果）, intake（攝取）, income（收入）, doublespeak（故弄玄虛的欺人之談）, backlash（反彈）, about-face（變卦）

(k)　V + Adv

breakthrough（突破）, comeback（東山再起）, cover-up（掩飾）, sit-in（靜坐抗議）, sit-up（仰臥起坐）, sellout（背叛、出賣）, walk-on（跑龍套角色）, walk-out（罷工、退席表示抗議）, drop-out（輟學學生）, fallout（輻射微塵）, breakdown（崩潰）, crackdown（鎮壓）, kickback（回扣）, turnover（營業額）

(l)　N + V-ing（名詞是動名詞的受詞）

horse-riding（騎馬）, decision making（決策）, brain washing（洗腦）, sight-seeing（觀光）, horse-trading（討價還價）, housecleaning（大掃除、人員整頓）

(m)　N + V-ing（= V + prep + N）

handwriting = write with one's hand（筆跡）

sunbathing = bathe in the sun（日光浴）

(n)　N + V-er（做某事的行為者）

tax payer（納稅人）, crime buster（犯罪剋星）, baby boomer（嬰兒潮出生的人）, day dreamer（做白日夢者）, city dweller（都市居民）, globetrotter（世界旅行者）, garbage collector（收垃圾的人）, dishwasher（洗碗機）, painkiller（止痛藥）, CD player（CD 播放器）, fire fighter（救火隊員）, head hunter（挖角的人）, woman chaser（追求女人的人）, baby-sitter（代人臨時照看嬰孩者）, can-opener（開罐器）, doomsayer（災難預言者）, trailblazer（先驅）

(o)　N + Prep + N

father-in-law（岳父、家翁）, mother-in-law（婆婆、岳母）, son-in-law（女婿）, daughter-in-law（媳婦）, brother-in-law（小舅子、小叔、大伯）, sister-in-law（小姑、小姨子）, lady-in-waiting（宮女）, comrade in arms（戰友）

(p)　N + to + be

bride-to-be（準新娘）

1.2　複合動詞 (compound verbs)

(a)　N + V

brainwash（洗腦）, proofread（校對）, baby-sit（臨時照顧別人的幼兒）, bottle-feed（用牛乳餵嬰兒）, breast-feed（用母乳餵嬰兒）, headhunt（挖角）, chain-smoke（連續抽煙）, nosedive（價值暴跌）, roller-skate（用滾輪溜冰）

(b)　V + V

typewrite（打字），sleepwalk（夢遊），crosscheck（反覆查對），stir-fry（炒），jump-start（起動、發動），kick-start（起動、發動），crossbreed（異種交配），spin-dry（利用離心力脫水），dry clean（乾洗）

(c)　Adj + V

whitewash（粉飾、掩飾），fine-tune（調整），short-change（少找零錢）

(d)　Adj + N

bad-mouth（苛刻批評），cold shoulder（冷淡、輕視），safequard（保護）

(e)　Adv/Prep + V

underwrite（背書），understate（輕描淡寫），underestimate（低估），undertake（承擔），overlook（俯瞰、忽略），oversee（監督），overhear（無意中聽到），overcome（克服），overrule（駁回、否決），overstate（誇大的敘述），overestimate（高估），outweigh（在重量或價值等超過），outnumber（數目超過），outlive（比…長命），uproot（連根拔起），uphold（支持），withstand（抵擋、禁得起），withhold（拒給、抑制），downplay（不重視），backpedal（倒踏腳踏板），double-park（並排停車），double-check（再度檢查），deep-fry（油炸）

1.3　複合形容詞 (compound adjectives)

(a)　N + N

world-class（世界級的）

(b)　N + Adj

capital intensive（資本密集的），labor-intensive（勞力密集的），health conscious（有健康意識的），safety-conscious（有安全意識的），fashion-conscious（有流行意識的），care-free（無憂無慮的），trustworthy（值得信任的），seasick（暈船的），homesick（想家的），lovesick（害相思病的），razor-thin（極薄的），knee-deep（深及膝的），rock solid（岩石般的堅硬），world famous（世界聞名的），worldwide（全世界的），sky-high（極高的），accident-prone（易發生意外的）

(c)　Adj + Adj

deaf-mute（聾啞的），bittersweet（苦樂參半的），red-hot（熾熱的、非常激動的），white-hot（白熱的、狂熱的），wide-open（完全敞開的）

(d)　Adv + Adj

uptight（心情焦躁的），downright（明顯的、率直的），ever-present（經常存在的）

(e) Adj + N

blue-collar（藍領階級的）, white-collar（白領階級的）, pink-collar（粉領階級的）, long-distance（長途的）, plain-clothes（便衣的）, right-hand（右手的、得力的）, high-level（高階層的、高級的）, high-class（高級的、一流的）, high-grade（高級的）, low-class（低級的、品質低劣的）, low-fat（低脂肪的）, double-digit（兩位數的）, high-risk（高風險的）, secondhand（二手的）

(f) Adv/Prep + N

in-depth（深入的）, before-tax（在付稅前所獲得收益的）, overnight（過夜的）, offhand（即時地）, downhill（下坡的）, downtown（市區的）, outdoor（戶外的）, indoor（室內的）, overtime（超時的、加班的）

(g) V + V

go-go（經濟活絡的）, stop-go（收放的應變經濟政策的）, win-win（雙贏的）

(h) Adv + V

high-rise（超高層的、高樓的）

(i) V + Adv

see-through（透明的）, walk-in（僅可供一人走進的、未經預約就可來的）, live-in（住在雇主家的、同居的）, take-away（外賣的）

(j) V + Adj

fail-safe（自動防故障裝置的）

(k) V + N

cross-border（兩國邊界間的）, cross-strait（海峽兩邊的）, cut-price（打折扣的、廉價的）, cut-throat（激烈的）, breakneck（非常危險速度的）

(l) Adj + N-ed

cold-blooded（無情的）, red-blooded（精力充沛的）, high-minded（高尚的）, absented-minded（心不在焉的）, old-fashioned（老式的）

(m) Adj + V-ed

clean-shaven（鬍子刮得乾乾淨淨的）, white-painted（漆成白色的）, native-born（土生土長的）, American- born（美國出生的）, ready-made（現成的）

(n) Adv + V-ed

well-educated（受過良好教育的）, well-balanced（均衡的）, long-awaited（等待很久的）, much-praised（深受讚美的）, well-behaved（規矩的）, outspoken（坦率直言的）, downtrodden（被蹂躪的、被壓制的）, understaffed（人手不足的）, ill-founded（沒有具體事實根據的）

(o)   N + V-ed

poverty-stricken（貧困不堪的），time-honored（悠久傳統的），land-locked（內陸的），war-torn（戰亂不安的），time-proven（經過時間證明的），home-grown（自家種植的、國產的），homemade（自製的），man-made（人工的），self-made（白手起家的），market-oriented（市場取向的），crime-infested（犯罪氾濫的）

(p)   N + V-ing

peace-loving（愛好和平的），face-saving（保全面子的），time-consuming（費時的），breathtaking（壯麗的），eye-catching（引人注目的），eyebrow-raising（令人驚訝的），eye-popping（使人瞠目的），nerve-racking（令人緊張的）

(q)   Adj + V-ing

nice-looking（美麗的），worried-looking（貌似憂慮的），easy-going（隨和的），ill-fitting（不適合的），harsh-sounding（刺耳的），foul-smelling（惡臭的）

(r)   Adv + V-ing

hard-working（用功的），fast-moving（快速移動的），fast-growing（迅速成長的），slow-moving（緩慢移動的），forth-coming（即將來臨的），outstanding（突出的、顯著的），long-standing（長久的），incoming（即將就任的）

(s)   Adj + V-ed

plain-spoken（說話坦率的），blunt-spoken（說話不客氣的）

(t)   數字 + 年齡／時間／長度／價格／距離／重量

five-year-old（五歲的），multi-million dollar（數百萬的），five-day（五天的）

(u)   序數 + N

first rate（一流的），third-floor（第三層樓的），eighteenth-century（十八世紀的），firsthand（第一手的），secondhand（二手的）

(v)   片語

down-and-out（一敗塗地），out-and-out（完全的、徹底的），well-to-do（富裕的），out-of-date（過時的），up-to-date（新式的），up-to-the-minute（最新的、最近的），down-to-earth（實際的），across-the-board（全盤的、全面的），around-the-clock（夜以繼日的），over-the-counter（無需醫師處方即可出售的、店面交易的），wait-and-see（觀望的），off-the-record（非正式地）

1.4 複合副詞 (compound adverbs)

(a)   Adv + N

overnight（過夜），downhill（下坡的、每況愈下），downtown（在市區、往市區），downstream（下游地），downstairs（在樓下、往樓下），uphill（上坡地、

向上地）, upstairs（向樓上 、 在樓上）, upstream（向上游 、 溯流 、 逆流地）, overleaf（在背面 、 在次頁）

(b)　Adv + Adj

double quick（儘速）

1.5　字尾押韻的複合詞 (rhyme-motivated compounds)

hotchpotch *n*（雜燴）, hodge-podge *n*（雜燴）, willy-nilly *adv*（不管願意或不願意）, nitty-gritty *n*（事實真相、本質）, pooh-pooh *v*（呸，表示藐視嘲笑）, tittle-tattle *n*（東家長西家短）, ticky-tacky *adj/n*（低值廉價）, whippersnapper *n*（自以為了不起的年輕人）, humdrum *adj*（單調的）, namby-pamby *adj*（柔弱溫和的）, lovey-dovey *adj*（過分浪漫的）, hobnob *v*（與有地位的人交談）, higgledy-piggledy *adj*（雜亂的）, fuddy-duddy *n*（守舊者）, hanky-panky *n*（性行為）

1.6　母音變化複合詞 (vowel change or alternation between two elements)

(a)　/ɪ/-/æ/　shilly-shally *v*（猶豫不決）, zigzag *v/adj/adv/n*（成 Z 字形）, dilly-dally *v*（三心二意地浪費時間）, mishmash *n*（混雜物）*v*（使成為雜亂的一堆）

(b)　/ɪ/-/ɑ/　flip-flop *v/n*（改變想法）, wish-washy *adj*（缺乏主見或決心的）, crisscross *v/n*（交叉往來）

2.　詞性轉變 (Conversion)

2.1　名詞轉變成動詞

a hammer（鐵錘）→ to hammer（錘打）

weather（天氣）→ to weather（安全度過）

milk（牛奶）→ to milk（擠 [奶]）

water（水）→ to water（澆水）

flower（花）→ to flower（開花）

a bridge（橋）→ to bridge（縮小差距）

plant（植物）→ to plant（種植）

voice（聲音）→ to voice（表達）

silence（安靜）→ to silence（使沉默 、 壓制）

a husband（丈夫）→ to husband（節儉）

a doctor（醫生）→ to doctor（篡改 、 攪混食物或飲料）

2.2 動詞轉變成名詞

to guess（猜測）→ a guess（猜測）

to polish（擦亮）→ a polish（擦亮）

to cut（切割、刪減）→ a cut（切割、刪減）

to broadcast（廣播）→ a broadcast（廣播）

to kick（踢）→ a kick（踢）

to call（打電話）→ a call（打電話）

to wash（洗）→ a wash（洗）

to divide（隔開）→ divide（隔閡）

2.3 形容詞轉變成名詞

given（贈予的）→ a given（基本的事實），gay（同性戀的）→ a gay（同性戀的人）

2.4 形容詞轉變成動詞

brave（勇敢的）→ to brave（勇敢處理困難危險的事）

better（較好的）→ to better（改善）

dirty（骯髒的）→ to dirty（弄髒）

right（正確的）→ to right（改正）

2.5 助動詞轉變成名詞

must（必須）→ a must（必須之事物）

will（將、願意）→ a will（遺囑）

has been → has-been（過時的人）

2.6 副詞轉變成動詞

up（向上）→ to up（增加）

down（向下）→ to down（很迅速的吃喝、打倒在地）

further（更進一步地）→ to further（增進、助長）

2.7 可數轉變成不可數名詞

a chicken（雞）→ chicken（雞肉）

a lamb（羔羊）→ lamb（小羊肉）

an egg（蛋）→ egg（煮食的蛋）

3. 剪裁 (Clipping)

pornography（色情文學）→ porn

advertisement（廣告）→ ad

veteran（退伍軍人）→ vet

veterinarian（獸醫）→ vet

photograph（照片）→ photo

automobile（汽車）→ auto

4. 混和 (Blends)

breakfast + lunch → brunch（早午餐）

international + network → Internet（網路）

work + alcoholic → workaholic（工作狂）

smoke + fog → smog（煙霧）

stagnation + inflation → stagflation（不景氣狀況之下的物價上漲）

news + broadcast → newscast（新聞廣播）

sex + exercise → sexercise（性愛運動）

5. 只取首字母的縮寫詞 (Acronyms)

compact disk → CD（光碟）

Acquired Immune Deficit Syndrome → AIDS（愛滋病）

light amplification by stimulated emission of radiation → laser（雷射）

the United Nation → the UN（聯合國）

identification card → ID card（身分證）

identified flying objects → UFOs（幽浮）

venereal disease → VD（性病）

6. 專有名詞普通化 (Proper Noun → Common Noun)

Xerox → Xerox n（影印備分）; to Xerox v（影印）

Levi → Levi's（牛仔褲 = jeans）

Walkman → walkman（隨身聽）

7. 借字 (Loan words)

kowtow（嗑頭 — 借自中文）, alma mater（母校 — 借自拉丁文）,

blitzkrieg（閃電戰 — 借自德文）, fiasco（大失敗 — 借自義大利文）,

coups d'etat（政變 — 借自法文）, glasnost（准予自由討論國家問題 — 借自俄文）

解答

第一章　英文字首（Prefixes）

練習 1.1.1　　　　p.005

1. discomfort　　2. asexual　　3. inaccessible　4. discount　5. disadvantage
6. incompetent　7. immortal　　8. illiberal　9. nonessential　10. irresistible
11. uneducated　12. uncivilized　13. misfortune　14. inability　15. unstable
16. instability　17. unpleasant　18. irrelevant　19. illegitimate　20. insecure

練習 1.1.2　　　　p.006

1. disinfect　2. unwrap　3. discolor　4. decompose　5. decode　6. unpack
7. dislocate　8. declassify　9. unload　10. discredit

練習 1.1.3　　　　p.007

1. anti-abortion　2. anti-communism　3. counterattack　4. counter-revolution
5. anti-discrimination　6. anti-social

練習 1.2.1　　　　p.009

1. 前任丈夫　2. 祖先　3. 預言　4. 預先安排　5. 預覽　6. 延長
7. 宣布　8. 未成熟的 / 過早的　9. 前震　10. 工頭

練習 1.2.2　　　　p.010

1. 大學畢業後的、研究生　2. 後工業的　3. 退步、逆行　4. 有追溯效力的　5. 反彈
6. 後現代的　7. 折返、追溯　8. 倒退的、退化的

練習 1.2.3　　　　p.012

1. 上船 (飛機、車) 2. 過動的　3. 過敏症的　4. 氾濫　5. 矯枉過正　6. 高速公路
7. 超級名模　8. 在頭頂上的　9. 人口過剩　10. 超連結

練習 1.2.4　　　　p.013

1. 使沮喪　2. 低於標準的　3. 次文化　4. 潛水艇　5. (使貨幣) 貶值　6. 虛偽的
7. 亞熱帶的　8. 零下的　9. 內衣　10. 降級

練習 1.2.5　　　p.015

1. 關入籠子　2. 徵募　3. 灌輸、移植　4. 監禁　5. 內陸　6. 收入　7. 向內　8. 部門內的
9. 州內的　10. 輸入

練習 1.2.6　　　p.016

1. 呼喊　2. 出口　3. 治外法權的 4. 婚外的　5. 結果　6. 宣布為不法　7. 坦率直言的
8. 超聲、超音波　9. 紫外線　10. 輪廓

練習 1.2.7　　　p.017

1. 人與人之間的　2. 州與州間的　3. 部門與部門間的　4. 互動　5. 通婚　6. 面談
7. 十字路口　8. 互相依賴

練習 1.2.8　　　p.018

1. 地中海　2. 期中考試　3. 助產士　4. 年中　5. 中央部分　6. 中年

練習 1.2.9　　　p.019

1. B　2. C　3. A

練習 1.3.1　　　p.021

1. H　2. E　3. C　4. A　5. D　6. G　7. B　8. F

練習 1.3.2　　　p.022

1. E　2. F　3. C　4. B　5. A　6. D

練習 1.3.3　　　p.023

1. D　2. B　3. G　4. A　5. H　6. F　7. C　8. E

練習 1.3.4　　　p.024

1. 適應　2. 吸收　3. 突然的　4. 濫用　5. 分叉

練習 1.3.5.1　　　p.024

1. B　2. C　3. A　4. D

練習 1.3.5.2　　　p.025

1. A　2. E　3. C　4. F　5. B　6. D

練習 1.3.6.1　　　p.027

1. D　2. H　3. E　4. A　5. I　6. F　7. J　8. B　9. C　10. G

練習 1.3.6.2　　　p.028

1. C　2. D　3. A　4. B

練習 1.3.7　　　p.029

1. 誤算　2. 錯誤觀念　3. 誤導的　4. 虐待　5. 判斷錯誤　6. 報導錯誤

練習 1.4.1　　　p.030

1. mono　2. uni　3. mon　4. uni　5. uni　6. mono

練習 1.4.2　　　p.032

1. bi　2. amphi　3. bi　4. du　5. twi　6. bi

練習 1.4.2~1.4.4　　　p.033

1. trisect　2. quadrilateral　3. triangle　4. bilateral　5. bisect　6. quadrangle

練習 1.4.1~1.4.8　　　p.034

I.　1. four　2. four　3. two　4. three　5. 1,000

II.　1. J　2. K　3. L　4. B　5. I　6. A　7. D　8. M　9. C　10. F　11. E　12. G　13. H

練習 1.5　　　p.038

1. I　2. E　3. A　4. B　5. G　6. C　7. F　8. D　9. H　10. J

練習 1.6　　　p.042

1. G　2. I　3. J　4. E　5. B　6. D　7. C　8. F　9. H　10. A

練習 1.7　　　p.045

I.　1. E　2. H　3. J　4. B　5. C　6. D　7. F　8. I　9. G　10. A

II.　1. discouraged, encourage　2. decoded, encoded　3. empowered, superpower
　　4. alike, unlike　5. beheaded, ahead　6. surrounded, around

III.　1. enriched　2. enjoyed　3. ensured　4. endeared　5. enabled　6. endanger
　　7. enlarge　8. embodied　9. empower　10. entitle

練習 1.8.1　　p.047

1. 不對稱　2. 漂浮的　3. 不關心政治的　4. 並行　5. 燃燒著的

練習 1.8.2　　p.048

1. 攀登　2. 協定　3. 適應　4. 宣布　5. 鄰接

練習 1.8.3　　p.049

1. 使迷惑　2. 在…後邊　3. 小看、貶低　4. 使迷惑

練習 1.8.4　　p.049

1. 誹謗、中傷　2. 墮落、退化　3. 除霜　4. 解碼　5. 分解

練習 1.8.5　　p.050

1. 二氧化物　2. 離題　3. 二色的　4. 分叉

練習 1.8.6　　p.051

1. 平心靜氣的　2. 解除武裝　3. 透露　4. 不信任　5. 消毒

練習 1.8.7　　p.052

1. 使喜愛　2. 包圍　3. 嵌入、埋置　4. 信託　5. 把…裝箱

練習 1.8.8　　p.052

1. 趕出　2. 前校長　3. 暴露

練習 1.8.9　　p.053

1. 文盲的　2. 監禁　3. 移入　4. 不合邏輯的　5. 使處於危險中　6. 沒有能力的

練習 1.8.10　　p.054

1. 誤用　2. 行為不良　3. 算錯　4. 誤解　5. 倒楣　6. 不配

練習 1.8.11　　p.055

1. 過度反應　2. 過度負荷　3. 監督　4. 海外　5. 隔夜的、整夜的　6. 推翻　7. 煮得過熟

練習 1.8.12　　p.055

1. 再現 、 再提　2. 縮回　3. 退後　4. 反射　5. 再次保證、使放心　6. 去除

■ 練習 1.8.13   p.056

1. 記錄、謄寫　2. 傳送　3. 交易　4. 變性人

■ 練習 1.8.14   p.057

1. 不健康的　2. 鬆開　3. 失業的　4. 開鎖

■ 練習 1.8.15   p.058

1. 暗流　2. 人口稀疏的　3. 地下道　4. 內衣　5. 未煮熟的　6. 資金不足的

第二章　英文字尾（Suffixes）

■ 練習 2.1.1.1   p.060

1. Austrian　2. Southerner　3. Portuguese　4. suburban

■ 練習 2.1.1.2~2.1.1.3   p.062

1. individualist　2. Christian　3. nationalist　4. statistician　5. mathematician
6. trainer　7. advertiser　8. theoretician　9. grammarian　10. barbarian

■ 練習 2.1.1.4   p.064

1. beneficiary　2. electorate / elector　3. nominee　4. reader　5. auctioneer
6. emigrant　7. contestant　8. agent　9. consultant　10. administrator　11. investor
12. representative

■ 練習 2.1.1.5~2.1.1.6   p.065

1. empress　2. murderess　3. princess　4. stewardess

■ 練習 2.1.2   p.068

1. significance　2. probability　3. edibility　4. distance　5. convenience
6. consistency　7. negligence　8. truth　9. awareness　10. absurdity
11. swiftness　12. ambiguity　13. breadth　14. efficiency　15. youth
16. conciseness

■ 練習 2.1.3   p.070

1. addiction　2. intrusion　3. collision　4. revival　5. resentment　6. disarmament
7. admission　8. comprehension　9. contradiction　10. renewal　11. withdrawal
12. advertisement　13. invasion　14. involvement　15. invitation　16. proposal
17. concession　18. disclosure　19. acknowledgement　20. evolution

練習 2.1.4　　p.072

1. D　2. C　3. A　4. E　5. B

練習 2.1.5　　p.073

1. E　2. A　3. C　4. B　5.D

練習 2.1.6　　p.074

1. B　2. D　3. C　4. A　5. E

練習 2.1.7　　p.076

1. D　2. F　3. B　4. A　5. C　6. H　7. E　8. G

練習 2.1.1~2.1.7　　p.076

I.　1. electrician　2. vegetarian　3. extremist　4. narrator　5. invention
　　6. inspect　7. weakness　8. survival　9. expanded　10.management
　　11. democrat　12. biology

II.　1. capability　2. urgency　3. friendliness　4. compatibility　5. eminence
　　6. audibility　7. inconsistency　8. adaptability　9. darkness　10. resistance
　　11. observance　12. tiredness

練習 2.2.1　　p.079

1. adorable　2. believable　3. dependable　4. reliable　5. predictable　6. imaginable
7. defensible　8. accessible　9. advisable　10. reversible

練習 2.2.2　　p.080

1. sandy　2. miserly　3. neighborly　4. devilish　5. feverish　6. horsy

練習 2.2.3　　p.081

1. mournful　2. foggy　3. hazardous　4. zealous　5. resentful　6. risky
7. mannered　8. bearded

練習 2.2.4　　p.084

1. agricultural　2. circular　3. heroic　4. tyrannical　5. sympathetic
6. gradual　7. financial　8. conceptual　9. synthetic　10. alphabetical

■ 練習 2.2.5.1~2.2.5.10　　p.086

1. capacious　2. affectionate　3. creative　4. exclamatory　5. inflationary
6. exultant　7. scientific　8. fearful　9. thoughtful　10. accumulative
12. exclusive　13. competitive

■ 練習 2.2.5.11~2.2.5.15　　p.087

1. awesome　2. bothersome　3. orderly　4. infectious　5. prosperous
6. quarrelsome

■ 練習 2.2.1~2.2.7　　p.088

I.　1. forgivable　2. bulletproof　3. laziness　4. productive　5. readable
II.　1. failures　2. momentary　3. confuses　4. industrious　5. responsible
　　6. transported　7. disappointment　8. accepted　9. energetic　10. inhabit
　　11. careful　12. painful　13. useful　14. shameless　15. hopeless
　　16. colorful　17. pitiful　18. powerful
III. painful ⟷ painless；useful ⟷ useless；careful ⟷ careless；
　　tactful ⟷ tactless；thoughtful ⟷ thoughtless；doubtful ⟷ doubtless；
　　powerful ⟷ powerless；shameful ⟷ shameless
　　wonderful, awful, beautiful, successful 不能用 -less 構成反義詞。
　　wonderful 的反義詞是 terrible 或 awful。
　　awful 的反義詞是 wonderful 或 fantastic。
　　beautiful 的反義詞是 ugly。
　　successful 的反義詞是 failed。

■ 練習 2.3　　p.092

I.　1. loosen　2. standardize　3. publicize　4. deepen　5. electrify　6. soften
　　7. glorify　8. identify　9. globalize　10. justify
II.　I. deafened　2. notified　3. frustrated　4. multiplying　5. threats　6. mobilizing
　　7. fastened　8. symbolizes　9. sympathy　10. advertisements
III. 1. fasten 拴牢　2. frighten 使害怕　3. enrich 使富裕　4. hearten 使振奮
　　5. enlarge 擴大　6. widen 加寬　7. encourage 鼓勵　8. lighten 照亮、減輕
　　9. endanger 危及　10. enable 使能夠

■ 練習 2.4　　p.095

I.　1. decide　2. expensive　3. enjoyable　4. skillfully　5. directly

6. mysteriously   7. hungrily   8. breathe   9. silently   10. defended

II. 1. suitably; suitability   2. flexibly; flexibility   3. inevitably; inevitability

4. capably; capability   5. audibly; audibility   6. availably; availability

7. feasibly; feasibility   8. responsibly; responsibility   9. credibly; credibility

10. visibly; visibility

練習 2.5.1   p.097

1. 復活 (n)   2. 情感的 (adj)   3. 意外的 (adj)   4. 更新 (n)

5. 撤退 (n)   6. 聾人聽聞的 (adj)

練習 2.5.2~2.5.4   p.099

1. 芝加哥人 (n)   2. 電工 (n)   3. 圓的 (adj)   4. 複數的 (adj)

5. 博士學位 (n)   6. 幸運的 (adj)   7. 縮寫 (v)   8. 溝通 (v)

練習 2.5.5   p.100

1. 較快 (adj, adv) 2. 紐西蘭人 (n)   3. 演藝人員 (n)   4. 擴音器 (n)

5. 推進器 (n)   6. 倫敦人 (n)

練習 2.5.6   p.100

1. 愚蠢的   2. 愛爾蘭的   3. 卑躬屈膝的   4. 狂熱的

5. 稍老的   6. 帶綠色的

練習 2.5.7~2.5.8   p.102

1. 行為主義 (n)   2. 悲觀 (n)   3. 恐怖主義 (n)   4. 英勇 (n)

5. 一季的 (adj)   6. 祕密地 (adv)   7. 友善的 (adj)   8. 兄弟般的 (adj)

練習 2.5.9~2.5.11   p.104

1. 廣告 (n)   2. 娛樂 (n)   3. 關係 (n) 4. 技藝 (n)   5. 運動員精神 (n)

6. 調查 (n)   7. 小豬 (n)   8. 多風的 (adj)

第三章　英文字根（Roots）

練習 3.1.1.1   p.107

I. I. B   2. D   3. G   4. E   5. A   6. C   7. F

II. 1. A   2. D   3. C   4. B   5. F   6. E   7. G

練習 3.1.1.2　　　p.109

I. 1. F (cannot → can)　2. T　3. F (hear → see ; ears → eyes)　4. T
　 5. F (difficult → easy)　6. T　7. T　8. T

II. 1. F　2. E　3. H　4. G　5. D　6. C　7. A　8. B

練習 3.1.2~3.1.3　　　p.110

I. D　2. G　3. H　4. C　5. F　6. A　7. B　8. E

II. 1. A　2. B　3. G　4. F　5. E　6. D　7. C　8. H

練習 3.1.4.1　　　p.113

I. I. E　2. B　3. D　4. F　5. A　6. C

II. 1. C　2. A　3. E　4. B　5. F　6. D　7. G

練習 3.1.4.2~3.1.4.3　　　p.115

I. 1. C　2. A　3. B　4. E　5. D

II. 1. E　2. B　3. D　4. A　5. C

練習 3.1.5　　　p.117

I. I. F　2. A　3. B　4. E　5. G　6. C　7. D

II. 1. H　2. A　3. E　4. F　5. C　6. B　7. D　8. G　9. J　10. I

練習 3.1.6~3.1.7　　　p.120

I. 1. I　2. E　3. C　4. B　5. L　6. D　7. F　8. A　9. K　10. J　11. G　12. H

II. 1. D　2. G　3. J　4. B　5. C　6. I　7. E　8. A　9. H　10. F

練習 3.1.8　　　p.122

I. 1. C　2. E　3. E　4. F　5. D　6. A

II. 1. B　2. A　3. D　4. C　5. E

練習 3.2.1　　　p.124

I. 1. B　2. F　3. E　4. C　5. D　6. G　7. A

II. 1. A　2. E　3. G　4. C　5. B　6. F　7. D

練習 3.2.2~3.2.3　　　p.126

I. 1. I　2. G　3. A　4. J　5. D　6. F　7. H　8. E　9. C　10. B

II. 1. D　2. E　3. B　4. A　5. C　6. F　7. J　8. G　9. H　10. I

練習 3.2.4　　　　p.127

I. 1. E　2. B　3. C　4. A　5. D
II. 1. E　2. B　3. D　4. C　5. A

練習 3.2.5　　　　p.129

I. 1. D　2. E　3. A　4. G　5. C　6. F　7. I　8. B　9. H
II. 1. D　2. E　3. G　4. A　5. B　6. C　7. F

練習 3.2.6　　　　p.131

I. 1. E　2. B　3. D　4. C　5. A　6. F
II. 1. D　2. E　3. A　4. C　5. B　6. F　7. G

練習 3.2.7.1　　　　p.132

I. 1. C　2. G　3. B　4. A　5. F　6. E　7. D
II. 1. I　2. E　3. B　4. H　5. G　6. A　7. C　8. J　9. F　10. D

練習 3.2.7.2~3.2.7.3　　　　p.134

I. 1. B　2. E　3. D　4. A　5. G　6. C　7. F
II. 1. D　2. C　3. E　4. B　5. F　6. A

練習 3.2.8~3.2.9　　　　p.136

I. 1. B　2. F　3. E　4. A　5. C　6. G　7. D
II. 1. C　2. A　3. F　4. G　5. B　6. E　7. D

練習 3.2.10　　　　p.137

I. 1. E　2. B　3. G　4. D　5. F　6. C　7. A
II. 1. D　2. B　3. A　4. F　5. E　6. C　7. G

練習 3.2.11.1　　　　p.139

I. 1. G　2. E　3. A　4. B　5. D　6. C　7. F
II. 1. C　2. A　3. B

練習 3.2.11.2　　　　p.140

I. 1. E　2. F　3. G　4. B　5. A　6. D　7. H　8. C
II. 1. D　2. C　3. B　4. F　5. A　6. E

練習 3.2.12~3.2.14　　　p.142

I.　1. D　2. A　3. C　4. B　5. E　6. H　7. F　8. G

II.　1. E　2. D　3. G　4. A　5. F　6. C　7. B

練習 3.2.15~3.2.17　　　p.145

I.　1. G　2. F　3. A　4. H　5. D　6. E　7. B　8. C　9. I

II.　1. F　2. B　3. E　4. G　5. A　6. D　7. C　8. H

練習 3.3.1.1　　　p.147

I.　1. E　2. B　3. D　4. A　5. C

II.　1. E　2. B　3. C　4. D　5. A

練習 3.3.1.2~3.3.1.3　　　p.148

I.　1. A　2. D　3. B　4. C

II.　1. D　2. C　3. B　4. E　5. A

練習 3.3.1.4~3.3.1.5　　　p.150

I.　1. B　2. A　3. F　4. C　5. D　6. G　7. H　8. E　9. I

II.　1. C　2. E　3. D　4. A　5. G　6. B　7. F　8. H

練習 3.3.1.6　　　p.152

I.　1. D　2. A　3. F　4. E　5. B　6. G　7. C

II.　1. C　2. I　3. D　4. E　5. A　6. H　7. F　8. B　9. G

III.　1. A　2. F　3. C　4. B　5. D　6. E

IV.　1. C　2. E　3. B　4. I　5. D　6. H　7. F　8. A　9. G

練習 3.3.2~3.3.3　　　p.155

I.　1. D　2. C　3. E　4. B　5. F　6. A

II.　1. E　2. C　3. B　4. A　5. D

練習 3.3.4　　　p.157

I.　1. C　2. E　3. D　4. B　5. F　6. G　7. A　8. H

II.　1. C　2. E　3. G　4. D　5. B　6. H　7. A　8. F

練習 3.3.5　　　p.159

I.　1. B　2. A　3. D　4. C

II.　1. C　2. D　3. A　4. B

練習 3.4.1　　　　p.160

I. 1. C　2. A　3. D　4. B
II. 1. D　2. B　3. A　4. C

練習 3.4.2~3.4.3　　　　p.162

I. 1. C　2. E　3. D　4. B　5. A
II. 1. C　2. B　3. E　4. D　5. A　6. F

練習 3.4.4　　　　p.164

I. 1. B　2. E　3. D　4. A　5. C
II. 1. A　2. F　3. D　4. C　5. B　6. E

練習 3.4.5~3.4.6　　　　p.166

I. 1. J　2. D　3. A　4. E　5. F　6. H　7. C　8. B　9. K　10. I　11. L　12. G
II. 1. C　2. I　3. A　4. F　5. H　6. D　7. G　8. J　9. B　10. E

練習 3.4.7　　　　p.168

I. 1. B　2. C　3. D　4. A
II. 1. A　2. C　3. E　4. D　5. B

練習 3.4.8　　　　p.169

I. 1. F　2. D　3. C　4. E　5. A　6. B
II. 1. A　2. C　3. E　4. B　5. D

練習 3.4.9　　　　p.171

I. 1. D　2. B　3. C　4. A
II. 1. A　2. C　3. D　4. B

練習 3.4.10　　　　p.172

I. 1. B　2. A　3. C　4. D
II. 1. B　2. C　3. D　4. A

練習 3.4.11　　　　p.173

I. 1. C　2. D　3. A　4. B　5. E
II. 1. F　2. A　3. B　4. E　5. C　6. D

練習 3.4.12~3.4.13　　p.175

I. 1. F　2. C　3. B　4. H　5. I　6. A　7. G　8. D　9. E　10. J
II. 1. D　2. J　3. B　4. I　5. G　6. C　7. A　8. F　9. H　10. E

練習 3.4.14~3.4.15　　p.177

I. 1. E　2. C　3. D　4. B　5. A
II. 1. F　2. C　3. G　4. A　5. D　6. E　7. B　8. H

練習 3.5.1~3.5.2　　p.179

I. 1. D　2. E　3. A　4. C　5. B
II. 1. B　2. E　3. C　4. F　5. A　6. D

練習 3.5.3~3.5.4　　p.181

I. 1. C　2. A　3. E　4. F　5. D　6. B　7. H　8. G
II. 1. A　2. E　3. D　4. C　5. B　6. F　7. H　8. G

練習 3.5.5.1~3.5.5.2　　p.183

I. 1. C　2. A　3. D　4. B
II. 1. A　2. G　3. D　4. F　5. C　6. B　7. E

練習 3.5.5.3　　p.184

I. 1. E　2. D　3. C　4. A　5. B
II. 1. A　2. F　3. B　4. C　5. D　6. E

練習 3.5.6~3.5.7　　p.186

I. 1. A　2. B　3. C　4. E　5. D
II. 1. A　2. C　3. B　4. E　5. D

練習 3.5.8~3.5.10　　p.189

I. 1. C　2. A　3. B　4. D　5. E
II. 1. A　2. D　3. C　4. B　5. E

練習 3.5.11　　p.190

I. 1. C　2. A　3. D　4. B
II. 1. B　2. D　3. C　4. A

練習 3.6.1~3.6.2　　　p.192

I.　1. B　2. C　3. A　4. D　5. E
II.　1. A　2. B　3. E　4. D　5. C

練習 3.7.1~3.7.2　　　p.195

I.　1. G　2. B　3. F　4. C　5. A　6. D　7. E　8. H
II.　1. A　2. D　3. E　4. C　5. B

練習 3.7.3~3.7.4　　　p.197

I.　1. C　2. H　3. G　4. D　5. A　6. E　7. B　8. F　9. I　10. L　11. J　12. K
II.　1. C　2. E　3. B　4. F　5. A　6. D　7. H　8. I　9. J　10. G　11. K　12. L

練習 3.7.5~3.7.7　　　p.200

I.　1. C　2. G　3. A　4. F　5. E　6. H　7. D　8. B　9. I　10. J
II.　1. E　2. B　3. G　4. F　5. D　6. A　7. C

練習 3.8.1~3.8.2　　　p.202

I.　1. A　2. D　3. C　4. B　5. E　6. G　7. F
II.　1. A　2. B　3. C　4. D　5. F　6. E

練習 3.8.3　　　p.203

I.　1. D　2. B　3. A　4. C
II.　1. C　2. A　3. B

練習 3.8.4~3.8.5　　　p.205

I.　1. C　2. D　3. B　4. E　5. A
II.　1. D　2. F　3. E　4. A　5. G　6. B　7. C

練習 3.9.1~3.9.5　　　p.208

I.　1. B　2. A　3. C　4. E　5. F　6. D　7. G　8. H
II.　1. A　2. B　3. E　4. G　5. D　6. C　7. F

練習 3.9.6　　　p.210

I.　1. A　2. C　3. B　4. D
II.　1. B　2. A　3. C　4. D

練習 3.9.7~3.9.10　　　p.212

I. 1. C　2. A　3. D　4. E　5. B

II. 1. B　2. C　3. A　4. D　5. E

練習 3.10.1　　　p.215

I. 1. C　2. B　3. D　4. A　5. G　6. F　7. E　8. H

II. 1. C　2. A　3. E　4. B　5. D　6. J　7. G　8. I　9. F　10. H

練習 3.10.2　　　p.217

I. 1. C　2. E　3. D　4. A　5. B

II. 1. G　2. D　3. F　4. C　5. E　6. A　7. B

練習 3.10.3　　　p.219

I. 1. C　2. F　3. B　4. A　5. E　6. G　7. H　8. D

II. 1. E　2. G　3. D　4. A　5. F　6. C　7. B

練習 3.10.4　　　p.221

I. 1. D　2. B　3. C　4. E　5. F　6. A

II. 1. F　2. D　3. B　4. A　5. C　6. E　7. G

練習 3.10.5~3.10.7　　　p.223

I. 1. B　2. E　3. C　4. D　5. A

II. 1. G　2. F　3. D　4. B　5. A　6. E　7. C

練習 3.10.8~3.10.9　　　p.225

I. 1. C　2. E　3. D　4. F　5. B　6. A　7. G

II. 1. D　2. E　3. F　4. G　5. C　6. I　7. A　8. H　9. J　10. B

練習 3.10.10　　　p.228

I. 1. A　2. C　3. B　4. D

II. 1. A　2. D　3. B　4. C

練習 3.11.1~3.11.2　　　p.229

I. 1. B　2. A　3. E　4. D　5. C

II. 1. E　2. B　3. C　4. A　5. D

練習 3.11.3　　　　p.231

I.　1. B　2. C　3. E　4. A　5. D　6. F

II.　1. F　2. E　3. G　4. D　5. A　6. B　7. C

練習 3.11.4~3.11.5　　　　p.233

I.　1. B　2. G　3. D　4. H　5. A　6. E　7. F　8. C

II.　1. A　2. B　3. G　4. F　5. D　6. E　7. C

練習 3.11.6~3.11.9　　　　p.236

I.　1. D　2. A　3. B　4. C　5. E　6. F　7. G

II.　1. C　2. A　3. D　4. B　5. E　6. H　7. F　8. G

練習 3.11.10　　　　p.238

I.　1. E　2. C　3. F　4. B　5. D　6. A　7. G

II.　1. D　2. A　3. G　4. B　5. H　6. F　7. C　8. E

練習 3.11.11　　　　p.240

I.　1. A　2. B　3. C

II.　1. E　2. B　3. A　4. C　5. D

練習 3.11.12~3.11.15　　　　p.242

I.　1. C　2. E　3. F　4. A　5. B　6. G　7. D

II.　1. B　2. C　3. E　4. D　5. F　6. G　7. H　8. A

練習 3.11.16~3.11.17　　　　p.244

I.　1. D　2. E　3. A　4. B　5. C

II.　1. E　2. H　3. G　4. B　5. C　6. D　7. A　8. F

練習 3.11.18~3.11.19　　　　p.246

I.　1. C　2. E　3. D　4. B　5. F　6. A

II.　1. B　2. E　3. A　4. D　5. C　6. F

練習 3.11.20~3.11.21　　　　p.248

I.　1. E　2. B　3. A　4. C　5. D

II.　1. C　2. E　3. B　4. A　5. D

練習 3.12.1~3.12.3　　p.251

I. 1. C　2. B　3. A　4. E　5. F　6. G　7. D

II. 1. B　2. A　3. E　4. D　5. C

練習 3.12.4~3.12.5　　p.252

I. 1. C　2. E　3. F　4. D　5. B　6. A

II. 1. A　2. E　3. C　4. B　5. D

練習 3.12.6~3.12.9　　p.255

I. 1. A　2. B　3. G　4. C　5. D　6. H　7. F　8. E　9. J　10. I

II. 1. A　2. B　3. F　4. G　5. D　6. C　7. E　8. H　9. I　10. J

索引

（字母後加 - 者代表字首，字母前加 - 者代表字尾，未加者代表字根。）

朗文英文字彙通 字首・字尾・字根全集

記憶英文單字，方法對了，就能達到事半功倍的效果。單靠死背，能記住的單字量有限，而且容易忘記。但如果可以從了解造字的規則，即從字首、字尾、字根著手，訓練生字拆解力，將可快速、有效地開發潛在字彙力。本書即是一本可查可讀、最完整的字源語典，厚植證照應考力的絕佳好書。

ISBN：978-986-154-563-9　　　　建議售價：NT$650

英語常見問題大詞典

觀點內容最新，彙集迄今英語研究的最新成果，解答學習英語所遇到的實際困難，收集疑難問題近四千則，並透過正誤對比、正反對比和相似對比等方式，加深理解和記憶，讀者可透過它自行解惑、教師可引用有說服力的典型例句回覆學生問題、翻譯工作者可查閱難譯和常誤譯的語彙，為案頭必備工具書！

ISBN：978-986-154-101-3　　　　建議售價：NT$850

朗文英文文法全集

文法，主要就在學習單字的排列規則。

基於這樣的概念，本書將每章分成「概念」→「理解」→「進階」三個學習步驟，尤其在 PART 1 的「概念」，盡可能用簡單的語言來解釋文法概念，並搭配生動有趣的插圖，讓讀者能快速掌握學習。

ISBN：978-986-154-136-5　　　　建議售價：NT$550

請洽全省誠品、金石堂、何嘉仁以及各大書店，即可購買！
博客來網路書店、金石堂網路書店、誠品網路書店，均有販售！

朗文全民英檢系列書 應考攻略必備利器

朗文全民英檢初級 New Edition

聽力測驗（附CD）
ISBN 986-154-529-8
定價：360元

閱讀測驗
ISBN 986-154-530-1
定價：300元

口說測驗（附CD）
ISBN 986-154-527-1
定價：260元

寫作測驗
ISBN 986-154-528-X
定價：240元

朗文全民英檢中級 New Edition

聽力測驗（附CD）
ISBN 986-154-525-5
定價：380元

閱讀測驗
ISBN 986-154-526-3
定價：320元

口說測驗（附CD）
ISBN 986-154-531-X
定價：270元

寫作測驗
ISBN 986-154-532-8
定價：250元

朗文全民英檢中高級

聽力&口說測驗（附CD）
ISBN 986-154-012-1
定價：420元

閱讀&寫作測驗
ISBN 986-154-015-6
定價：360元

國家圖書館出版品預行編目資料

核心字彙記憶捷徑：字首‧字尾‧字根學習法 ＝ Vocabulary power
made easy: an affix and root approach / 陳明華‧張明勤‧李恆
敏編著. ― 初版. ― 臺北市：臺灣培生教育，2008. 08
　　面；　公分.
含索引
ISBN 978-986-154-754-1（平裝）

　1. 英語　　2. 詞彙　　3. 學習方法

805.12　　　　　　　　　　　97012924

核心字彙記憶捷徑——字首‧字尾‧字根學習法
Vocabulary Power Made Easy—An Affix and Root Approach

編　　　　著	陳明華‧張明勤‧李恆敏	
發　行　人	洪欽鎮	
主　　　編	李佩玲	
責　任　編　輯	陳慧莉	
協　力　編　輯	鄧令麗、鄧靜葳	
封　面　設　計	黃聖文	
美　編　印　務	楊雯如	
行　銷　企　畫	朱世昌、劉珈利	
發行所／出版者	台灣培生教育出版股份有限公司	
	地址／台北市重慶南路一段 147 號 5 樓	
	電話／02-2370-8168　　傳真／02-2370-8169	
	網址／www.PearsonEd.com.tw	
	E-mail／reader@PearsonEd.com.tw	
香 港 總 經 銷	培生教育出版亞洲股份有限公司	
	地址／香港鰂魚涌英皇道 979 號（太古坊康和大廈 2 樓）	
	電話／(852)3181-0000　傳真／(852)2564-0955	
	E-mail／msip@PearsonEd.com.hk	
台 灣 總 經 銷	創智文化有限公司	
	地址／台北縣 235 中和市建一路 136 號 5 樓（翰林文教大樓）	
	電話／02-2228-9828　　傳真／02-2228-7858／02-2228-7852	
學 校 訂 書 專 線	02-2370-8168 轉 695	
版　　　次	2008 年 8 月初版一刷	
書　　　號	TL037	
Ｉ Ｓ Ｂ Ｎ	978-986-154-754-1	
定　　　價	新台幣 350 元	

100 台北市重慶南路一段147號5樓

台灣培生教育出版股份有限公司 收
Pearson Education Taiwan Ltd.

書號：TL037

書名：**核心字彙記憶捷徑**
——字首‧字尾‧字根學習法

回函參加抽獎喔！
（詳情請見下頁！）

★資料請填寫完整，才可參加抽獎喔！

讀者資料

姓名：_____ 性別：_____ 出生年月日：_____.

電話：(O)_____ (H)_____ (Mo)_____.

傳眞：(O)_____ (H)_____ .

E-mail：_____.

地址：_____.

教育程度：

　　□國小　□國中　□高中　□大專　□大學以上

職業：

　　1.學生　□

　　2.教職　□教師　□教務人員　□班主任　□經營者　□其他：_____

　　　任職單位：□學校　□補教機構　□其他：_____

　　　教學經歷：□幼兒英語　□兒童英語　□國小英語　□國中英語　□高中英語
　　　　　　　　□成人英語

　　3.社會人士　□工　□商　□資訊　□服務　□軍警公職　□出版媒體　□其他_____.

從何處得知本書：

　　□逛書店　□報章雜誌　□廣播電視　□親友介紹　□書訊　□廣告函　□其他_____.

對我們的建議：

_____

_____

_____

感謝您的回函，我們每個月將抽出幸運讀者，致贈精美禮物，得獎名單可至本公司網站查詢。
讀者服務專線：02-2370-8168#801
http://www.PearsonEd.com.tw　　E-mail:reader@PearsonEd.com.tw